이상적인 기둥서방생활

10

루크레치아의 금발을 당겨 사이드 테일을 만들었다.

渡辺 恒彦
와타나베 츠네히코
illustration 아야쿠라 쥬

마르가리타 샤로와. 현재의 젊은 사람들 중에서는 최고 수준의 「부여마법」 사용자라고 알려져 있다.

완전히 갑작스럽게 또 한 사람이 모습을 드러냈다.

「어서 오십시오, 손을 잡으시지요. 프레야 전하」

그렇게 말하며 마르가리타 왕녀가 내민 것은 장식이 전혀 없는 철제(鐵製) 팔찌였다.

「아니요, 역시 이건 너무 과분합니다」

젠지로는 그것이 그냥 철제 팔찌가 아니라는 것을 한눈에 알아보았다.

「젠지로 폐하께서 앞으로 활동하시는데 도움이 될 것이라 자부합니다. 꼭 받아 주세요.」

「………………」

「…………………」

말도 없이 계속 증기 욕실에 틀어박혀 있는 선배 시녀 세 사람을……

페와 돌로레스는 물론,

먹는 것에 관해서는 레테도 의외로 양보가 없었다.

그래서 결국, 세 사람 몫의 아이스크림을 먹기 위한

증기 욕실 오래 참기 대회가 열리고야 말았다.

「………………」

이상적인
기동서방생활⑩

기둥서방에게 접근하는 방법

프레야 공주와 함께 젠지로는 마법 도구를 구입하기 위한 교섭에 나선다. 교섭 상대는 주세페 왕태자. 그를 상대로 **"진수화"**라는 마법 도구 구입을 성공하는 프레야 공주. 그에 더해 주세페 왕태자는 각 귀족 가문과 개별적으로 교섭을 하여 각 가문이 소유한 마법 도구를 구입하는 것도 허가한다. 며칠 후, 허가를 받은 프레야 공주가 향한 곳은 루크레치아의 생가인 브로이 후작 가문. 그곳에서 브로이 후작에게 **"잔잔한 바다"**라는 강력한 마법 도구를 양도받는다. 양도 조건은 **"쌍왕국과 웁살라 왕국의 우호 관계"**. 플러스, 젠지로의 측실로 들어가길 원하는 루크레치아에게 조언을 해 주는 것. 프레야 공주는 자신의 성공 체험을 바탕으로 젠지로에게 유효한 접근 방법을 루크레치아에게 전수하는데―

INTRODUCTION

이상적인 기둥서방 생활 ⑩

이상적인 기둥서방 생활

⑩

와타나베 츠네히코

길찾기

이상적인
기둥서방생활⑩

CONTENTS

일러스트 아야쿠라 쥬 **장정·본문 디자인** 5GAS DESIGN STUDIO
교정 아이카와 카오리(도쿄출판서비스센터) **편집** 다카하라 히데키(주부의 벗)
한국어판 번역 문기업 **교정** 정성학 김일철 김남훈 **마케팅** 김정훈 **편집** 백진화 **주간** 박관형

[프롤로그] **사랑하는 아들과의 시간**

"젠키치, 아빠야."

그날, 젠지로는 후궁의 한 방에서 사랑하는 아들──카를로스 젠키치를 양팔에 안고 싱글거리며 웃었다.

마치 자신이 직접 흔들의자가 된 것처럼 아기를 안고 몸을 천천히 좌우로 움직이는 그 모습은 야무지지 못한 웃음도 있어, 딱 아들 바보 같은 모습이었다.

"젠키치, 많이 컸구나."

그 말은 사실 반쯤 거짓말이었다.

물론 태어난 지 1년 2개월밖에 되지 않아서 젠키치는 그야말로 하루가 다르게 부쩍부쩍 커 갔지만, 젠지로는 어제도 이렇게 사랑하는 아들을 안아 본 참이었다.

아무리 그래도 어제와 오늘 사이에 얼마나 컸는지 눈으로 확인할 수 있을 만큼 화악 변하지는 않았다.

"젠키치, 많이 컸구나."

젠지로가 그 말만 하는 것은 다른 이유가 아니었다.

'많이 컸구나'라는 말이 이 자리에서 해도 좋다고 허용된 젠지로의 두 번째 말이었기 때문이다.

언령이라는 자동 번역이 존재하는 이 세계에서는 언어를 올바로 배우기 위해, 모국어를 확실히 습득하기 까지는 다른 언어를 최대한 들려 주지 않도록 조심해야 한다.

카파 왕국의 모국어는 남대륙 서방 언어로, 젠지로가 현재 어눌하지 않게 발음할 수 있는 남대륙 서방어는 '아빠야'와 '많이 컸구나', 이 두 가지뿐이었다.

맨 처음에 외운 남대륙 서방어가 '아빠'이고, 두 번째가 '많이 컸구나'라는 점은, 젠지로의 자식 사랑이 얼마나 큰지 잘 나타내 주었다.

아무튼 간에, 젠지로는 자신에게 허용된 두 가지의 말을 사용해 힘껏 아들에게 애정을 쏟아 주었다.

"젠키치, 아빠야. 많이 컸구나."

이른 아침이라고는 하지만 지금은 혹서기다.

카를로스 젠키치를 카파 왕국의 기후에 익숙해지도록 만들기 위해 얼음 공급을 필요 최소한으로 줄인 탓에, 실내는 이미 30도를 넘었지만, 사랑하는 아들을 어르는 데 전력투구를 하는 중인 젠지로에게 더위는 전혀 불쾌하지 않았다.

하지만 부모의 일방적인 애정이 아기에게 잘 전달되는가 하면 꼭 그렇지는 않았다.

"우…… 우우, 우아앙"

흔들거리는 느낌이 아무리 좋아도 기온이 점점 올라가는 중에 계속 안겨 있으니 아기가 보채는 것은 필연적이라고 해도 과언이 아니었다.

"젠지로 님, 이제 카를로스 전하를 내려놓아 주십시오."

민감하게 아기의 감정을 파악한 유모 카산드라는 부드러운 목소리로 젠지로에게 충고했다.

젠지로는 순간적으로 '그래, 알았다' 하고 일본어로 대답할 뻔했지만, 아슬아슬한 순간에 그 말을 집어삼켰다.

"……."

아무 말 없이 고개만 한 번 끄덕인 젠지로는 익숙한 손놀림으로 자신의 아이를 아기용 작은 침대에 내려놓았다.

그리고 젠지로는 유모인 카산드라에게 다가가 절대로 젠키치에게는 들리지 않을 작은 목소리로 말했다.

"나머지는 부탁하네." 하고.

젠지로의 말을 듣고 중년의 유모는 보는 사람을 안심시키는 대범한 미소를 지으며 대답했다.

"네, 알겠습니다."

유모의 미소에 격려를 받은 젠지로는 자꾸 뒤를 돌아보고 싶을 만큼 아쉬운 마음을 남긴 채, 아들의 침실을 뒤로 했다.

카를로스 젠키치 왕자의 침실 밖으로 나온 젠지로는 후궁 복도를 걸었다.

"후우, 복도에 나오니 여전히 덥구나. 혹서기도 이제 채 한 달이 안 남았을 텐데 말이야."

기온이 너무 높아서 힘껏 심호흡을 해도 아직 산소가 부족하게 느껴질 정도라, 젠지로는 새삼스럽지만 질렸다는 듯이 그렇게 중얼거렸다.

사실 젠키치의 침실은 요즘 얼음을 가져다 놓지 않기 때문에 복도와 온도가 크게 다르지 않다.

그런데도 체온이 높은 아기를 안고 있던 침실을 덥다고 느끼지 않는 반면 그냥 걷고 있을 뿐인 복도를 덥다고 느끼는 것은, 젠지로의 체내 온도계가 얼마나 주관적인지 알려 주었다.

아무튼, 젠지로는 더위를 피하기 위해 복도를 빠르게 걸어 평소 생활하는 거실로 돌아갔다.

거실에는 청소 담당 책임자인 이네스와 다른 몇몇 젊은 시녀들이 대기하고 있었다.

"어서 오십시오, 젠지로 님."

"그래, 다녀왔다. 아우라는 침실에 있는가?"

"네, 그렇습니다."

그렇게 짧은 대화를 시녀와 나누면서 젠지로는 곧장 거실을 지나 침실 안으로 들어갔다.

침실로 이어진 문을 살짝 연 젠지로는 조금이라도 냉기가 빠져나가지 않도록 자신의 몸을 대각선으로 기울여 안으로 들어간 뒤, 재빨리 손을 뒤로 돌려 문을 닫았다.

"후우, 살겠다."

최대 출력으로 가동 중인 에어컨 덕택에 실내 온도가 25도 이하로 내려가 있는 침실의 공기를 한껏 들이쉰 젠지로는 만감이 교차한다는 듯이 그렇게 중얼거렸다.

"더운 날씨에 고생 많았어, 젠지로. 카를로스는 잘 있었지?"

땀을 닦는 젠지로에게 온화한 말투로 격려를 해 준 사람은 사랑하는 아내――여왕 아우라였다.

여왕 아우라는 헐렁한 드레스 차림으로 등받이가 뒤로 기운 의자에 걸터앉아 있었다.

머리카락도 묶고 있지 않아 방에서 매우 편안하게 지내는 것처럼 보였지만, 손에 공식 서류인 것으로 보이는 용피지를 들고 바라보고 있는 것을 보면, 완벽하게 왕관의 영향에서 벗어나지는 못 한 듯했다.

젠지로는 아우라 옆에 대기하고 있던 시녀에게 건네받은 수건으로 얼굴의 땀을 닦으며 침대의 가장자리에 걸터앉았다.

"응, 평소랑 똑같았어. 단, 역시 아직 기온이 높아서 말이야. 조금 안아 줬을 뿐인데 싫어하더라고."

거짓말이었다.

아니, 젠지로의 주관적인 생각으로는 거짓말이 아니었지만, 사실을 객관적으로 보면 방금 한 말은 전혀 사실이 아니었다.

젠지로가 카를로스 젠키치를 안고 있었던 시간은 결코 '조금'이 아니었다.

훈련을 받은 애견 카페의 강아지라도 그 정도나 계속 안고 있었다면 손을 깨물고 도망갔을지도 모르는 시간 동안 젠지로는 사랑하는 아들을 계속 안고 있었다.

그 사실은 젠지로가 카를로스 젠키치의 침실에 있는 동안 계속 혼자 이 침실 안에서 남편이 돌아오길 기다리고 있던 아우라가 그 누구보다도 잘 알았다.

침실 구석에 있는 시계를 바라본 아우라는 호의적인 쓴웃음을 지은 뒤.

"그렇구나. 아무튼 깊게는 추궁하지 않겠지만, 역시 나는 같이 가지 않길 잘했어. 허용만 된다면 나도 카를로스를 오랫동안 귀여워해 주고 싶지만 말이지."

그렇게 말하고, 보고 있던 용피지를 뒤에 대기하던 젊은 시녀에게 건네주었다.

"지금 아우라는 몸이 제일 중요하잖아. 후궁에 있을 때만이라도 가능하면 시원한 공간에 있는 편이 나아."

서류 작업은 후궁에 가져와서 할 수 있지만 사람을 만나는 일은 왕궁에서 할 수밖에 없다.

아우라는 임산부로서 체력을 유지해야 한다는 말을 들었기 때문에, 후궁에 있을 수 있는 동안에는 가능한 한 에어컨 바람을 쐴 수 있는 침실에서 나가지 않았다.

"이쪽 아이도 잘 있으려나?"

시녀에게 건네받은 수건으로 손의 땀을 닦은 젠지로는 그렇게 말하더니 의자에 걸터앉아 있는 아내의 배에 살짝 오른손을 대 보았다.

남편의 손을 받아들이듯이 몸에서 힘을 뺀 여왕은 부드럽게 웃으며 고개를 끄덕였다.

"응. 미셸이 말하길, 아주 순조롭대. 그런데 카를로스 때와 비교해 입덧도 거의 없는 것이나 마찬가지라, 개인적으로는 오히려 불안한 느낌도 들어.”

그렇게 말하며 아우라는 자신의 배를 쓰다듬는 남편의 손 위에 자신의 손을 포갰다.

“이제 조금만 참아. 조금만 더 참으면 내가 쌍왕국에서 치유술사를 빌려올 테니까. 치유술사가 있으면 어느 정도는 무리를 해도 괜찮을 거야.”

지르벨 법왕 가문의 치유술사가 다루는 치유마법은 이쪽 세계에서 반칙이라는 말을 해도 좋을 만큼 엄청난 힘을 지니고 있다.

임산부가 다소 체력을 잃어도, 그 전용 마법을 사용하면 순식간에 체력을 회복한다.

그렇게만 되면, 지금보다 훨씬 안락한 생활을 보낼 수 있다.

그런 남편의 말을 듣고 기쁘게 고개를 끄덕인 여왕은 번뜩 어떤 사실을 깨닫고는 말했다.

“그러고 보니 치유술사는 ‘해독’ 마법도 가능했지? 그렇다면 치유술사가 옆에 대기하고 있으면, 술의 독이 배 안쪽에 닿기 전에 ‘해독’을 사용할 수 있으니, 나도 조금은 술을 마실 수 있을지도…….”

“아우라.”

미련이 남는다는 듯이 그렇게 말하는 아내를 젠지로가 웬일로 따끔한 말투로 나무랐다.

“으음…….”

역시 아우라도 자신의 발언이 나빴다는 사실을 자각하고 있었던 것일까.

그 말을 듣고 목을 살짝 움츠리며 슬쩍 남편을 올려다보았다.

"안 돼?"

"안 될지 어떨지는 내가 결정할 수 있는 문제가 아니야. 나중에 미셸 선생님에게 물어볼게."

"음? 그 말은 곧, 안 된다는 뜻이잖아."

아우라는 재미없다는 듯이 입을 삐죽였다.

아우라의 주치의인 미셸은 건강관리에 관해서는 상대가 왕이라도 한 발도 물러서지 않는다.

그런 미셸이 임신 중에 음주를 허가할 가능성은 제로였다.

현대 일본의 의사라면 술을 전혀 마시지 않는 것이 극심한 스트레스의 주된 원인이라고 보인다면, 여러 가지 제한 사항이 있을지는 모르지만, 소량의 음주도 가능하다고 판단할지도 모른다. 하지만 이쪽 세계의 의사인 미셸은 그런 판단을 내리지 않았다.

임신부가 술을 마셔서는 안 된다, 절대로.

확실히, 그렇게 단언했다.

"하아. 그럼 한동안은 계속 단주를 해야 하는 건가. 아이가 생기는 것은 환영하지만, 솔직히 말하면 조금 힘들어."

한숨을 내쉬는 아우라를 보고 젠지라고 고개를 갸웃했다.

"평소에 술을 좋아하긴 했지만, 젠키치 때는 그렇게까지 집착하지 않았던 것 같은데."

"응. 지난번에는 입덧도 길고 심했던 데다, 무엇보다 미각과 후각이 변했거든. 그다지 술을 마시고 싶다는 생각이 들지 않았어. 하지만 이번엔 다행히도 입덧이 비교적 가볍고, 미각과 후각도 스스로 느낄 수 있을 만큼 변하지 않았으니까."

"그렇구나. 미각이 변하지 않은 만큼, 일상적으로 좋아서 즐기던 알코올을 끊기 어려운 거구나."

젠제로의 말을 듣고 동의한다는 듯이 아우라가 아무 말 없이 작게 어깨를 으쓱 들어 올렸다.

"그래, 그런 느낌이야. 에어컨이 있는 침실 덕분에 혹서기인데도 식욕이 떨어지지 않아서 그런가 봐. 물론 그렇게까지 심각한 문제는 아니지만."

더위에 강한 것이 카파 왕국 사람의 특징이지만, 역시나 한도가 있다.

혹서기의 열기는 이 땅에서 태어나 살아온 카파 왕국 사람마저도 지치게 한다.

그래서 혹서기에는 더위를 먹어 식욕이 없어지고, 결국 먹는 것은 물과 술뿐인 사람도 드물지 않다는 모양이었다.

젠지로의 입장에서도 물론 더운 날에 술(주로 차갑게 식힌 맥주)을 마시면 맛있지만, 도를 넘게 더운 날에는 오히려 술도 마시기 싫어진다. 그런 점에서 보면, 천생 더위에 강한 카파 왕국 사람과 자신은 그 한도라는 것이 다르기 때문이겠지.

하지만 에어컨과 얼음 선풍기 덕에 임산부인 사랑하는 아내가 식욕 감퇴 없이 혹서기를 지내고 있다는 말을 들으니, 고생해서 발전기와 가전제품을 가지고 온 보람이 있다는 생각이 들었다.

"그럼 술을 못 마셔서 생기는 불만은 맛있는 음식을 먹어 채울 수밖에 없겠는걸? 음식 제한은 별로 없지?"

"응, 그럼 모처럼이니 여러 가지를 주문해 볼까? 젠지로, 당신이 추천하는 독특한 요리 같은거 없어?"

다른 세계에서 온 젠지로는 지금까지도 빙수나 카스테라 같은 과자류를 중심으로, 몇 가지인가 미지의 요리를 카파 왕국에 소개해 주었다.

그런 실적 덕에 자신을 향한 기대의 말을 듣고, 젠지로는 조금 생각한 뒤 자신감 넘친 목소리로 대답했다.

"아, 그거라면 많이 있지. 산양 담당인 니콜라이가 열심히 노력해 준 덕분에 산양 젖도 마실 수 있을 만큼 냄새가 많이 사라졌고, 생크림이나 버터도 시험 삼아 만들어서, 그것들을 사용해 과자도 만들어 보게 했어. 아, 그리고 산양 젖과 감귤 종류의 과즙으로 만든 프레시치즈도 만들게 했고. 아직 더 개량해야 하겠지만, 전부 다 꽤 맛있었어."

웬일로 강하게 어필하는 젠지로를 보고 아우라는 누가 봐도 확실히 알 수 있을 정도로 눈을 이리저리 돌렸다.

"으음, 그래? 하지만 그런 건 더 몸 상태가 좋을 때 맛보고 싶어."

기대대로는 아니지만 예상대로인 아내의 반응을 보고 젠지로가 쓴웃음을 지었다.

"역시 유제품은 안 될 것 같아?"

"응. 미각의 문제가 아니라, 본능적으로 기피하게 된다고 해야 하나?"

항복이라는 듯이 양손을 올리며 아우라가 그렇게 말하는 것도 솔직히 말해 이상할 게 없었다.

　남대륙에서 가축이라고 하면 용족――대형 파충류를 의미한다. 당연하지만 파충류는 젖이 나오지 않는다. 그래서 남대륙 사람들은 가축의 젖을 먹는 풍습이 전혀 없다.

　후궁의 젊은 시녀들은 아직 가치관이 유연한지 버터나 생크림을 사용한 과자도 아무런 문제없이 잘 먹었지만, 아우라처럼 새로운 미각을 받아들이지 못하는 사람도 드물지 않았다.

　"아쉬운걸? 하지만 어쩔 수 없으려나?"

　유제품을 좋아하는 젠지로서는 그 기쁨을 아내와 나눌 수 없어 아쉬웠지만, 그렇다고 기호품에 불과한 음식을 참고 먹으라고 할 수는 없었다.

　물론 출산을 하고 몸조리를 끝낸 상태라면 마음을 단단히 먹고 시도해 볼 수는 있다.

　하지만 지금 같은 상황에서 자칫 기피하는 음식을 먹고 토하기라도 하면 큰일이다.

　"그럼 새로운 음식은 어렵겠네. 아우라는 뭐가 먹고 싶어?"

　"글쎄. 지금처럼 침실에 틀어박혀 있을 때라면 몰라도, 더운 왕궁에서 일을 끝낸 뒤라면 빙수가 먹고 싶어져."

　"아, 그렇겠네. 너무 많이 먹으면 안 되지만, 하루에 한 번 정도는 문제없을 거야. 맛은 어떤 게 좋아? 잼? 설탕?"

　젠지로가 가져온 일본제 빙수 시럽은 다 먹은 지 오래였다.

　그런 젠지로의 특별할 것 없는 질문을 듣고 아우라는 아무렇지도 않은 듯 시치미를 떼며.

"음. 어떤 맛이든 좋지만, 가장 좋아하는 것은 브랜디, 그 다음은 위스키려나? 분명히 당신이 가져온 위스키가 몇 병인가 남아 있을 텐데?"

"아우라!"

이런 상황에서도 술에 미련을 못 버리는 임산부를 젠지로는 마음을 굳게 먹고 나무랐다.

[제1장] **프레야 공주의 위기**

젠지로가 다시 쌍왕국으로 가기 위해 세세하게 일정을 조정하고 있던 어느 날 오후의 일이었다.

요즘 들어 완벽하게 아우라의 집무실 역할을 담당하는 침실에서 젠지로는 나무와 덩굴로 만든 의자에 앉아 고개를 갸웃했다.

"응? 프레야 전하가 구조 요청을?"

아우라는 난처한 표정으로 고개를 끄덕였다.

"응. 구조 요청이라고 해야 할지, 더위에 항복을 선언했다고 해야 할지, 아무튼 그런 종류의 전언이었어. 이쪽으로서도 함부로 대할 수 없는 상대라 당신에게 상의하는 거야."

"아아, 그렇구나."

아우라의 설명을 듣고 젠지로는 무슨 말인지 이해가 되었다.

그러고 보니 쌍왕국에 있을 때에도 편지로 '프레야 공주가 더워서 죽을 것처럼 힘들어 하는데, 얼음을 보내 줘도 될까?'라는 질문을 받았다.

얼음은 돌아오자마자 허가를 내주었지만, 효과가 없었던 걸까?

"프레야 전하는 그거지? 더위를 먹었다든가, 더위에 두 손 두 발

을 들었다든가. 얼음을 건네줘도 좋다고 허가는 내렸는데, 그거로
는 해결이 안 됐어?"

머릿속에 떠오른 질문을 하는 젠지로를 보고 여왕 아우라는 작
게 한숨을 내쉬며 대답했다.

"오히려 그게 잘못이었던 것 같아. 정기적으로 얼음을 가져다 준
덕분에, 일시적으로 체력과 식욕을 되찾은 프레야 전하가 눈치채고
말았어. 후궁 안에 얼음을 만들 수 있는 공간이 있다는 사실을 말
이지. 그래서 그런지 프레야 전하가 이런 부탁을 한 거야. 부디, 그
얼음을 만들 수 있는 공간에 잠시라도 좋으니 자신을 피난시켜 줄
수 없겠냐고."

"아~. 그런 흐름이었구나."

젠지로의 뇌리에 무릎을 안고 앉아 냉장고에 들어가 있는 프레야
공주가 잠시 떠올랐지만, 프레야 공주가 원하는 것은 그런 것이 아
닐 가능성이 높았다.

아마도 얼음을 제조, 또는 보관할 수 있는 작은 방——빙고(氷
庫) 같은 곳이 카파 왕국의 어딘가에 있을 거라고 상상을 한 것이
겠지.

그 방을 피서지로 사용할 수 없을까 문의를 한 것이다.

냉장고에 공주님을 넣어 둘 수는 없지만, 에어컨이 있는 후궁의
침실에서 지내게 하면 프레야 공주의 요청을 들어줄 수는 있다.

"그런데 그래도 문제없어? 다른 나라의 공주님을 후궁에 들이
다니."

카파 왕국 쪽과 프레야 공주 본인 사이에는 젠지로의 측실로 들

어오는 것이 공식적으로 결정되어 있었지만, 프레야 공주의 본가인 웁살라 왕국 측과는 아직 아무런 논의도 하지 않은 상태였다.

젠지로가 염려하는 말을 듣고 여왕 아우라는 풍만한 가슴을 앞으로 쭉 내밀 듯이 자세를 잡으며 딱 잘라 말했다.

"문제투성이야. 확실히 말해, 전혀 받아들일 수 있는 여지가 없는 이야기지."

"아우라?"

갑자기 이야기의 근간을 무너뜨려 버리는 아내를 젠지로가 눈을 반쯤 뜨며 딴지를 걸었다.

하지만 그런 반응도 예상을 했었던 모양이다. 여왕 아우라는 부드러운 미소를 띠며 말을 계속했다.

"그래서 이번 요청에도 불구하고 프레야 전하를 후궁에 들이는 일은 없을 거야. 대신에 내가 생각한 대처법은 두 가지. 하나는 긴급 피난으로서 프레야 전하의 침실을 왕궁에서도 가장 후궁에 가깝지만 가능한 한 좁은 한 방을 내주는 거야. 그리고 얼음이 만들어지는 대로 가장 가까운 곳에서 가장 빠르게 그 방으로 전달하는 거지. 그렇게 하면 실내 온도가 꽤 많이 내려갈 테니까."

"아, 그렇구나. 젠키치의 방처럼 말이지?"

젠지로는 퐁 하고 주먹으로 손바닥을 쳤다.

현재 프레야 공주가 지내는 곳은 왕궁 중에서도 중추에서 멀리 떨어진 방문객용 특별동(棟)이었다.

가끔 그곳으로 얼음을 전해 주고 있는데, 혹서기의 더위 탓에 옮기는 도중에 꽤 많은 부분이 녹아 버리는 것은 물론, 사람들의 시선도 있기 때문에 자주 얼음을 건네주지는 못했다.

하지만 후궁 근처로 방을 옮기면 그 효율은 확 올라간다.

좁은 방이라면 카를로스 젠키치의 침실처럼 실내 온도를 30도 이하까지 내려가도록 할 수 있을지도 모른다.

젠지로는 아우라가 무슨 말을 하고 싶어 하는지는 이해했지만, 그래도 조금 전의 의문을 완전히 해소하지는 못 했다.

"확실히 후궁으로 들이는 것보다는 문제가 없을 것 같지만, 그래도 정말 괜찮아? 후궁에서 가장 가까운 방이라면 그곳이잖아. 그 후궁으로 이어지는 연결 복도의 입구 근처. 그런 안쪽 방을 다른 나라의 공주님의 침실로 내주다니 괜찮을까?"

다시 질문을 하는 젠지로에게 아우라는 조금 눈썹을 모으며 말했다.

"솔직히 말하면 별로 바람직하지는 않아. 그래서 아슬아슬한 타협점을 제시한 거지. 실제로 미셸에게 프레야 전하의 상태를 봐 달라고 부탁했는데, 아무래도 별로 좋지 않은 모양이야. 최악의 상황에 최악의 상황이 겹치면, 목숨이 위험할지도 모른대."

물론 그것은 매우 낮은 확률이다.

여름 더위를 먹어 컨디션 불량이 계속되고, 제대로 음식을 못 먹은 상태에서 혹시라도 병에 걸리면 목숨을 잃을 가능성도 있다.

기껏해야 그 정도의 가능성이지만, 다른 나라의 빈객——그것도 장래의 측실 부호이자 유력한 무역 상대국의 공주님을 그런 어처구

니없는 일로 위험에 처하도록 만들 수는 없는 노릇이었다.

해결 방법이 있다면 더욱 그렇다.

"좋아. 그런 거라면 나도 특별히 반대하지 않아. 그런데 다른 또한 가지 방법은?"

납득을 한 젠지로가 그렇게 다음 이야기를 재촉했다.

"응. 다른 한 가지 방법은 사실 당신에게 부탁해야 될 사항인데, 샤로와 왕가의 마법 도구야. 당신도 이미 경험했듯이, 그 나라에는 시원한 바람을 쐴 수 있는 마법 도구가 존재해. 그걸 어느 정도 구입해 줬으면 해."

그 말을 듣고 젠지로는 생각했다.

분명히 쌍왕국의 자란궁에는 도처에 마법 도구가 설치되어 있었고, 그 덕에 쾌적한 생활을 할 수 있었다.

물론 에어컨이 있는 침실과 비교할 수준은 되지 않았지만, 자란궁에 머무는 동안, 대낮에도 평범하게 지내면 더위를 신경 쓸 필요가 없는 정도까지는 실내 기온이 내려갔었다.

쌍왕국이 사막 기후인 반면, 카파 왕국은 열대우림 기후라 같은 효과가 나타날지는 알 수 없었지만, 그래도 있는 것과 없는 것은 큰 차이다.

"알았어. 사 올게. 그런데 그렇게 편리한 걸, 카파 왕국에서는 왜 지금껏 아무도 사려고 하지 않은 거지?"

당연하다면 당연한 젠지로의 의문을 듣고 여왕은 쓴웃음을 지으며 대답했다.

"마법 도구는 아주 비싸거든. 혹서기의 더위는 카파 왕국 사람에게도 가혹하긴 하지만, 동시에 인생을 통틀어 계속 맞이해야 하는 일상이기도 해. 참으려고 한다면 못 참을 건 없는 기온이지. 그래서 대부분의 사람은 그냥 참는 것을 선택하는 거야."

"그렇구나. 정들면 고향이라는 느낌인가?"

에어컨이 없어서 불만을 느끼는 사람은 에어컨이 있는 일상에 적응한 사람뿐이다.

순수한 카파 왕국 사람에게 있어 혹서기는 원래 더운 것이고 참아야 하는 것이며, 참다 보면 언젠가는 반드시 지나가는 것에 지나지 않았다.

1년의 4분의 1에 불과한 시간을 쾌적하게 보내기 위해, 왕후 귀족의 시점에서 봐도 '비싸다'라고 단언할 수 있는 것을 구입하려고 하는 사람은 적을 수밖에 없다.

무엇보다 젠지로 자신은 『순간이동』으로 오고 가고 있어서 잊기 십상이지만, 남대륙 중서부의 카파 왕국 입장에서 보면, 남대륙 중중부의 쌍왕국은 편도로만도 한 달이 걸리는 먼 나라이다.

'치유의 비석'처럼 생사가 달린 마법 도구라면 몰라도, 카파 왕국에서는 생활을 풍족하게 해 주는 것뿐인 마법 도구에 의지하려고 생각하는 사람은 별로 찾아보기 힘들었다.

"응, 그런 거지. 왕족끼리 거래하는 것은 조금 그렇지만, 대금은 은화로 준비할 테니, 당신이 직접 돈을 내줬으면 해."

아우라의 말대로 마법 도구 같은 거금이 움직이는 거래에 왕족이 직접 대량의 금속 화폐를 들고 움직이는 것은 별로 우아한 일이 아니었다.

하지만 편도로 한 달이나 걸리는 카파 왕국과 샤로와 지르벨 쌍왕국 사이라, 환어음으로 거래를 해 봐야 현금화가 불가능하고, 순간이동으로 오갈 수 있는 젠지로보다 빠르고 신뢰할 수 있는 운반책도 존재하지 않았다.

그래서 왕족이 직접 대량의 은화가 가득 들어찬 나무상자를 등에 짊어지고 이동하는 처지가 된다.

"좋아. 그런데 돈은 우리가 내는 거야? 쩨쩨하지만, 필요한 사람은 프레야 전하잖아?"

적어도 현재, 프레야 공주의 소속은 카파 왕국이 아니라 북대륙의 웁살라 왕국이었다. 프레야 공주가 필요로 하는 마법 도구라면, 프레야 공주 자신에게 대금을 청구하는 것도 이상한 일이 아니다.

하지만 여왕은 그 점도 이미 염두에 두고 있었던 듯 고개를 좌우로 저었다.

"아니, 온도를 낮추는 마법 도구는 어디까지나 카파 왕국이 구입하는 거야. 나중에는 프레야 전하를 맞이한 뒤에, 후궁 별채에 놓아둘 비품이 될 테니까."

"아, 듣고 보니 그러네. 맞아."

아우라의 설명을 듣고 젠지로가 고개를 끄덕였다.

프레야 공주가 젠지로의 측실이 되는 것은 확정된 것이나 마찬가지였다.

장래에 프레야 공주가 카파 왕국의 후궁에 들어온다고 한다면,

프레야 공주가 후궁에서 쾌적하게 지낼 수 있도록 자리를 마련하는 것은 카파 왕국 측의 임무였다.

젠지로가 가져온 가전제품의 은혜를 누릴 수 있는 곳은 후궁에서도 젠지로와 아우라의 거점인 본채뿐이었다.

프레야 공주가 들어올 예정인 별채의 혹서기 대책으로, 온도를 낮추는 마법 도구를 전체적으로 갖추어 놓는 것은 나쁜 일이 아니었다.

"당신에게 여러 가지로 수고를 끼치게 되었지만, 아무쪼록 잘 부탁할게."

"오케이. 분부대로 할게."

여왕의 의뢰를 남편은 평소처럼 미소를 지으며 받아들었다.

———————◆———————

프레야 공주가 주거지를 왕궁 가장 안쪽의 방으로 옮긴 지 이틀 정도가 된 어느 날.

젠지로와 아우라에게 프레야 공주의 면담 의뢰가 들어왔다.

장소는 프레야 공주의 개인실.

왕과 왕의 배우자를 찾아오는 것이 아니라, 자신의 방으로 부르는 것은 조금 불경하다고 할 수 있었지만, 프레야 공주의 몸 상태를 고려하면 트집 잡을 정도의 일은 아니었다.

무엇보다 프레야 공주가 단순히 감사의 인사를 하기 위해서 아우라와 젠지로 두 사람을 모두 불렀을 리가 없어 라는 신뢰도 있었기 때문에, 두 사람은 바쁜 가운데에서도 시간을 내서 프레야 공주가 있는 곳을 찾아갔다.

"어서 오세요, 아우라 폐하, 젠지로 폐하. 원래는 제가 찾아뵈어야 하는데, 이렇게 모시게 된 무례를 사과드립니다."

좁은 방에서 얇은 민소매 드레스 차림을 한 프레야 공주는 젠지로가 예상했던 것보다 훨씬 힘이 넘치는 목소리로 두 사람을 맞이했다.

"아니, 사과할 일은 아니오. 생각보다 건강해 보여 안심이군, 프레야 전하."

"감사합니다, 아우라 폐하. 신경을 써 주신 덕에 간신히 식욕도 돌아와 문제없이 생활하고 있답니다. 이 방에 있을 때의 이야기이긴 하지만요."

프레야 공주는 그렇게 감사 인사를 하면서 쓴웃음을 지었다.

좁은 방의 한쪽 구석에는 지금도 프레야 공주에게 보낸 왕궁 시녀가 커다란 은 접시 위에 올려 둔 얼음을 천천히 부채 같은 것으로 부치며 시원한 바람을 보내 주었다.

그 덕에 이 방의 기온은 꽤 낮은 편이었다. 어디까지나 젠지로의 체감 온도이기는 하지만, 25도에서 30도 사이의 기온이 유지되고 있는 듯했다.

40도 이상이 당연한 카파 왕국의 혹서기를 생각하면, 눈물이 나올 정도로 감사한 피서지라 할 수 있었다.

실제로 프레야 공주는 만감이 교차하는 마음을 담아 젠지로에게 감사의 인사를 했다.

"이렇게 뜨거운 땅에서 얼음을 만들어 내는 마법 도구는 젠지로 폐하의 소유물이라고 들었습니다. 그렇게 귀중한 것을 저를 위해 사용해 주셔서 감사합니다. 거듭 감사의 인사를 드립니다."

그렇게 말하며 깊숙이 고개를 숙이는 모습에서는, 형식을 뛰어넘는 진심으로 감사하는 마음이 담겨져 있었다.

"아니요. 심각해지기 전에 손을 쓸 수 있어 다행입니다."

그런 말을 하면서, 젠지로는 권하는 대로 의자에 걸터앉았다.

젠지로와 아우라가 나란히 앉아 있는 것도, 그 맞은편에 프레야 공주가 걸터앉은 것도 덩굴과 나무로 만든 비교적 간소한 의자였다.

마주보고 앉은 의자와 의자 사이에 있는 목제 둥근 테이블도 역시 작고 간소한 것이었지만, 항상 방에서 사용하는 큰 소파나 둥글고 두꺼운 거대한 테이블은 이쪽 실내에는 들어가지 않았기 때문에 어쩔 수 없는 일이었다.

아무튼 간에 세 사람이 자리에 앉은 뒤, 맨 처음으로 말을 꺼낸 사람은 세 사람 중에 가장 지위가 높은 여왕 아우라였다.

"그런데, 프레야 전하. 미안하지만, 우리는 시간이 그리 많이 않아서 말이오. 조금 예의에 어긋나지만 용건을 바로 말해 줄 수 있겠소?"

그렇게 단도직입적으로 말을 꺼낸 남대륙 여왕에게 북대륙의 왕녀는 등을 곧게 펴고 또렷하게 말했다.

"네. 젠지로 폐하는 한 번 더 샤로와 지르벨 쌍왕국으로 가시잖아요? 괜찮다면 쌍왕국에 같이 가 주실 수 없을까요? 저도 샤로와 왕가의 부여술사인 분들에게 의뢰하고 싶은 것이 있답니다."

프레야 공주의 부탁을 듣고 젠지로와 아우라는 순간 서로 눈을 마주쳤다.

이것은 내밀한 일이긴 하지만 측실을 받아들이기로 결정한 자신이 말해야 하는 일이라는 사실을 깨달은 젠지로가 아우라의 뒤를 이어 말했다.

"프레야 전하. 만약 전하의 희망이 온도를 낮추는 마법 도구라면 걱정하지 않으셔도 됩니다. 제가 구입하여 보내 드릴 생각이니까요."

젠지로의 말을 듣고 프레야 공주는 눈을 크게 뜨며 감동했다는 듯이 말했다.

"어머나, 감사합니다, 젠지로 폐하. 그렇게까지 신경 써 주시다니 감격스러워요. 하지만 제가 원하는 것은 그것뿐만이 아닙니다. '황금나뭇잎호'의 대항해를 보조하기 위한 마법 도구——'진수화', '물 조작', '바람 제어' 등도 필요합니다."

강한 의지를 담아 말하는 프레야 공주의 목소리를 듣고 젠지로와 아우라는 모두 고개를 끄덕였다.

"그렇구려."

"아, 그런 말씀이시군요."

북대륙과 냄대륙을 오가는 대륙 간 항행은 가장 새롭고 가장 큰 범선인 '황금나뭇잎호'의 힘을 이용해도 수많은 위험이 도사리고 있어 목숨을 걸어야 한다.

애초에 프레야 공주가 카파 왕국에 온 것 자체가 폭풍을 만나 떠밀려온 부분도 있었다.

프레야 공주가 고향에 돌아가 허가를 받고 젠지로의 측실로 돌아오려면, 최소한 한 번 더 왕복 항해를 할 필요가 있었다. 위험한 항해를 조금이라도 안전하게 할 수 있다면, 그런 것을 원하는 것도 필연적이라 할 수 있었다.

물론 프레야 공주는 젠지로의 측실이 되면 항해를 그만두겠다고는 이야기하지 않았지만.

프레야 공주의 말을 듣고 젠지로와 아우라는 한 번 더 눈을 마주치고 고개를 끄덕였다. 그리고 이번에는 여왕 아우라가 말했다.

"사정은 이해했소. 그런 거라면 이쪽도 거절할 명분이 없지. 단, 이번 일은 다른 나라도 관련된 일이니, 내 허가만으로 끝날 일이 아니라는 것쯤은 알고 있을 거라 생각하오."

아우라는 그렇게 말하고 프레야 공주의 동의를 받은 다음, 옆에 앉아 있는 남편을 바라보았다.

"젠지로."

"네."

자신을 호명하자, 평소와는 달리 신하에 어울리는 태도로 공손하게 고개를 끄덕인 젠지로의 모습을 보고 여왕이 명령했다.

"그대가 쌍왕국에 간 뒤, 바로 프레야 전하의 희망을 쌍왕국에 전하라. 대답은 서면으로 받아 저편에 있는 적합한 병사 또는 시녀에게 건네주어 이쪽으로 보내야 한다."

"알겠습니다."

여왕의 명령을 듣고 젠지로는 침착한 목소리로 그렇게 대답했다.

젠지로로서도 예상한 일이었다.

예정에 없는 사람은 저편의 허가 없이 보낼 수는 없었다. 젠지로가 일단 저편에 돌아갈 예정인 이상, 허가를 받는 것도, 허가를 받았다는 사실을 전달하는 것도 젠지로의 일일 수밖에 없었다.

젠지로의 대답을 듣고 한 번 만족스럽게 고개를 끄덕인 여왕 아우라는 다시 시선을 맞은편에 있는 프레야 공주에게로 되돌리고 조금 심각한 표정으로 충고했다.

"아직 확정된 것은 아니나, 프레야 전하를 쌍왕국으로 보내겠다고 하면 틀림없이 허가가 떨어질 것이오. 그 나라는 치료술과 마법 도구, 두 종류의 고객을 다른 나라에서 항상 받아들이고 있으니 말이오. 우리 나라의 왕족인 젠지로의 소개라면 소홀히 다룰 수는 없을 터. 단, 실제로 마법 도구를 판매해 줄 것인지는 보증할 수 없소. 그 이후의 일은 프레야 전하. 전하 자신이 어떻게 하는가에 달렸다고 보면 되오."

젠지로도 온도를 낮추는 마법 도구를 구입할 예정이지만, 아우라는 그 일을 전혀 걱정하지 않았다.

온도를 낮추는 마법 도구는 쌍왕국의 두 개의 왕궁──자란궁과 성백궁(聖白宮)의 도처에서 항시 사용되는 마법 도구이기 때문에 재고는 틀림없이 확보되고 있을 테고, 젠지로는 이곳 남대륙에서 모르는 사람이 없는 대국인 카파 왕국의 왕족이기도 했기 때문이다.

무엇보다 '순간이동'을 사용할 수 있는 카파의 왕족과 돈독한 관계를 맺어 두면, 대륙 서부에 원정을 갔다가 돌아올 때, '순간이동'을 이용할 수 있다는 속셈이 발동한다.

기분을 맞춰 주기 위해서도 재고가 있는 마법 도구를 적정 가격에 판매하는 것 정도는 해 줄 것이란 확신이 있었다.

그에 비해 프레야 공주는 멀리 북대륙의 공주님에 불과했다. 북대륙에서야 어쨌든 남대륙에서는 프레야 공주의 조국인 웁살라 왕국의 나라 이름조차 제대로 아는 사람은 극소수에 불과했다.

카파 왕국의 왕족인 젠지로가 신분을 보증하는 이상, 왕족으로서는 대접해 주겠지만 마법 도구를 원하는 다른 고객들도 그 대부분은 다른 나라의 왕족이거나 쌍왕국 내의 유력 귀족들이다.

프레야 공주를 특별하게 대접할 이유가 없다.

보통이라면 프레야 공주는 줄의 가장 마지막에 서서 순서를 기다려야 한다.

그런 설명을 여왕 아우라에게 들은 프레야 공주는 낙담하는 일 없이 담담한 표정으로 받아들였다.

"그렇게 된다고 해도 어쩔 수 없죠. 이번 항해에 맞추지 못할지도 모르지만, 예약만이라도 해 둘 생각입니다."

"호오, 이번 항해에는 맞추지 못하더라도, 말인가."

의미심장하게 프레야 공주의 말을 되뇐 여왕 아우라는 '괜찮아?'라고 묻듯이 옆에 앉은 남편을 슬쩍 바라보았다.

아내가 하고자 하는 말이 무엇인지 이해한 젠지로는 고개를 한 번 끄덕이고는.

"그건 좋은 생각이군요, 프레야 전하. 장기 항해를 할 때의 마법 도구는 문자 그대로 목숨줄이 될 수 있으니까요. 전하의 총명한 판단을 지지합니다."

미소를 지으며 그렇게 '허가'를 내렸다.
"감사합니다, 젠지로 님!"
그 말을 듣고 프레야 공주는 환희에 사로잡힌 듯, 떨리는 목소리로 얼굴 가득 미소를 지었다.
이번 항해에는 맞추지 못하더라도, 항해용 마법 도구를 예약한다.
그 말이 의미하는 것은 명확했다.
프레야 공주는 일단 북대륙으로 돌아가 고향에서 젠지로의 측실로 들어가는 것에 대한 허가를 받은 뒤에도 항해를 그만두지 않겠다. 그렇게 말한 것이다.
어쩌면 선장이라는 직위가 아니라, 오너로서 '황금나뭇잎호'에 참여할 생각일지도 모르지만, 후자라고 하더라도 일반적인 여성이라면 하지 않을 일이었다.
그렇기에 아우라는 남편이 될 예정인 젠지로에게 눈으로 '괜찮아?'라고 묻고, 그 질문에 젠지로가 '좋다'라고 대답한 것으로, 장래의 남편에게 결혼 후의 자유를 허락받은 프레야 공주가 환희에 찬 목소리로 대답을 한 것은 그런 이유 때문이었다.

"……"

눈을 글썽이며 자신의 남편을 바라보는 측실 후보를 보고 아우라도 정실로서 하고 싶은 말이 없는 것은 아니었지만, 이 자리에서 그런 말을 꺼내선 안 된다는 것쯤은 잘 알고 있었다.

"그런 것이라면 내가 더 이상 할 말이 없소, 프레야 전하. 전하가 쌍왕국에 공식 방문을 하게 되면, 젠지로와 함께 저녁 연회 등에 초대될 것이오."

"아, 그러네요. '순간이동'으로 이동할 사람은 저와 스카디 정도이니 너무 많은 짐을 가지고 갈 수는 없지만, 연회용 드레스 한 벌도 넣어가고 싶습니다. 스카디, 알았지?"

"네. 알겠습니다."

프레야 공주의 말을 듣고 지금까지 계속 아무 말 없이 프레야 공주 뒤에 대기하고 있던 장신의 여전사──스카디가 침착한 목소리로 그렇게 대답했다.

여자, 아니, 남자 전사를 기준으로 봐도 몸집이 크고 강력한 축에 드는 스카디에게 있어 저녁 연회용 드레스와 장신구 한 벌 정도의 짐이 추가된다고 해도 그것은 거의 오차 범위 수준이었다.

"역시 몇 벌이나 드레스를 가지고 갈 수는 없겠지? 어떤 드레스를 가지고 갈까?"

"너무 진기할 필요는 없지 않을까요, 공주님? 평소에 입으시는 드레스면 충분하지 않을지요?"

그런 대화를 나누는 북대륙 공주님과 종에게 남대륙의 여왕은 의식적으로 입꼬리를 올린 웃는 표정으로 끼어들었다.

"아, 드레스라면 이쪽에서 마련하고 싶은데. 받아 줄 수 있겠소?"

의미심장한 말투와 일부러 웃는 모습이 뻔히 보이는 얼굴로 그렇게 말하는 여왕을 보고, 프레야 공주는 곧장 짐짓 일부러 어리둥절한 표정을 지으며 대답했다.

"어머나, 정말 괜찮으신가요? 아우라 폐하?"

"그렇소. 실은 전하를 놀라게 해 주려고 재봉 장인들에게 만들게 했지. 물론 마지막에는 전하의 몸에 맞춰 조정할 필요가 있겠지만, 그건 며칠 안 걸리리라 생각하오."

젠지로가 눈대중으로 봤을 때, 프레야 공주의 키는 160센티미터 전후였다.

프레야 공주의 조국인 웁살라 왕국의 기준으로는 '작은 몸집인 여성'이겠지만, 이 카파 왕국의 기준으로는 그야말로 '표준적인 여성'이다.

실력 좋은 재봉 장인이라면 눈으로 본 정보만으로도 나름대로 키에 맞춘 드레스를 만들 수 있다.

갑작스러운 이야기였지만, 왕족으로서 이런 종류의 대화에 익숙한 프레야 공주는 놀라지도 않고 아우라의 호의를 받아들였다.

"감사합니다, 아우라 폐하."

"으음. 단, 한 가지 걱정되는 점이 있소. '붉은 드레스'인 탓에 프레야 전하의 머리카락과 눈동자 색과 대비가 심해서 말이지. 손이 좀 가겠지만, 장신구 등을 이용해 어떻게든 잘 어울리게 입어 줬으면 하오."

'붉은 드레스'.

아우라의 그 말을 듣고 프레야 공주는 순간 놀란 표정을 지었다.

당연한 일이었다. 붉은색은 카파 왕국의 상징색.

그런 색의 드레스를 여왕이 직접 보내 주고, 배우자인 젠지로가 에스코트를 하는 가운데 그 옷을 입고 공식적인 자리에 나서게 허락한다는 것은 명백하게 '이 자는 카파 왕가의 일원이다'라고 대내외적으로 선포하는 것이나 마찬가지였기 때문이다.

"가, 감사합니다! 아우라 폐하, 젠지로 폐하!! 그 드레스에 부끄럽지 않도록, 카파 왕가의 일원으로서 자랑할 만한 행동을 하겠습니다! 정말로, 정말로 감사합니다!! 이 감동을 뭐라고 표현하면 좋을지……! 너무 감동적인 나머지 싸버……."

"공주님!!"

너무 기쁜 나머지 깜빡 왕족으로서 해서는 안 될 외설적인 표현을 하려는 프레야 공주를 등 뒤에서 여전사가 필사적인 목소리로 간신히 말리는 데 성공했다.

───────◆───────

젠지로와 아우라가 떠난 후.

방에 남은 프레야 공주는 전혀 진정하지 못하고, 너무 기뻐 비명에 가까운 목소리로 말했다.

"야호, 성공했어요! 이건 아우라 폐하가 눈에 보이는 형태로 저를 받아 주셨다고 생각해도 되는 거죠?!"

당장에라도 그 자리에서 깡충깡충 뛸 것 같은 주인의 모습을 보고 조금 어이없다는 표정을 지으면서도 충실한 여전사는 냉정한 목소리로 대답했다.

"그렇군요. 이번의 드레스는 틀림없이 아우라 폐하의 호의라고 볼 수 있습니다."

드레스를 보내는 것은 일반적으로 봤을 때, 남편이 될 사람인 젠지로의 역할이었다.

그런데 정실인 아우라가 측실이 될 사람인 프레야 공주에게 보내 준다는 것은 보통의 귀족 집안이라면 자칫 선전포고로도 읽힐 수 있는 행동이지만, 이번 경우에는 일반적인 왕족, 귀족과는 사정이 달랐다.

일반적인 왕가, 귀족 가문인 경우에는 집이라는 조직의 정점에 당주인 남성이 있고, 그 아래에 정실, 측실이 존재한다.

직위상의 서열로는 정실이 위고 측실이 아래지만, 당주인 남성의 애정, 친정 집안의 격, 차기 당주가 될 남자아이를 측실이 출산한 경우 등으로 인해 그 힘의 관계가 뒤집히게 되는 일도 드물지 않다.

하지만 젠지로 아우라의 경우에는 완전히 조건이 달랐다.

애초에 카파 왕가의 당주도 카파 왕국의 국왕도 아내인 아우라다. 젠지로는 어디까지나 배우자, 왕의 배우자에 불과했다.

즉, 여왕 아우라라는 꼭대기 옆에 배우자인 젠지로가 있고, 측실은 그 두 사람의 바로 아래 지위가 되는 것이다. 때문에 측실들이 아우라를 상대로 하극상을 일으키는 것은 사실상 불가능하다.

그렇기에 젠지로의 측실이 되고자 하는 여성은 아우라의 눈에 들 필요가 있다.

그런 배경을 생각해 보면, 여왕 아우라에게 카파 왕국의 상징색인 '붉은 드레스'를 선물로 받는다는 사실에, 프레야 공주가 아주 기뻐하는 것도 지극히 당연한 일이었다.

"저어, 스카디? 드레스의 답례로 저도 아우라 폐하에게 뭔가 보내는 것이 좋을까요?"

주인의 질문에 여전사는 잠시 아무 말 없이 생각을 한 뒤, 고개를 저었다.

"아니요. 이번에는 그러지 않으시는 편이 좋을 듯합니다. 붉은 드레스는 따지자면, 아우라 폐하께서 공주님에게 보낸 카파 왕가 입성을 환영하는 상징입니다. 자칫 선물을 보냈다가 오해를 사면, 공주님이 카파 왕가에 들어간 뒤로도 아우라 폐하와 대등하게 행동하겠다는 의사 표시로 받아들이실 위험이 있습니다."

"그렇구나. 그럼 이번에는 아우라 폐하의 호의만 감사히 받아들이도록 하죠. 이제 문제는 드레스에 어울리는 장신구네요. 조국에서 가져온 것 중에 홍옥 장신구는 없었죠?"

알면서도 일단 확인을 하는 프레야 공주에게 여전사가 동의했다.

"네. 홍옥이 중심인 장신구는 가지고 오지 않았습니다. 공주님에게 어울리는 색을 생각하면, 큰 홍옥은 조금 모험이라 할 수 있으니까요."

드레스도 그렇지만, 장신구의 보석도 일반적으로는 머리카락이나 눈동자의 색에 가까운 것이 무난하다.

프레야 공주의 머리카락은 푸른색을 띠는 은색이고, 눈동자는 빙벽색(氷碧色)이다.

그래서 대비가 심한 붉은색 계통의 드레스나 장신구를 프레야 공주가 소화하기에는 조금 난이도가 높았다.

주인을 꾸며 주는 것을 전문으로 하는 시녀가 있다면 모를까, '황금나뭇잎호'에 탄 여성은 프레야 공주와 스카디, 둘뿐이었다.

일단 프레야 공주의 측근으로서 시녀 비슷한 일도 대략적으로 할 수 있는 스카디였지만, 당연하지만 그것을 본업으로 삼는 사람과 비교할 만한 실력은 되지 못했다.

그래서 붉은색 계통의 드레스나 홍옥이 중심인 장신구 등, 난이도가 높은 것은 가지고 오지 않았다.

"그렇다면 붉은 드레스에 맞춰서 달 만한 장신구를 선택하기가 어렵네요. 조금 더 시간이 있으면 카파 왕국의 상인에게 발주하는 것도 가능할 테지만요."

"홍옥 장신구는 붉은 드레스에 잘 어울리겠지만, 공주님의 외모와는 어울리지 않을 위험성이 있습니다. 차라리 장신구는 드레스와 공주님을 이어 주는 느낌이 되도록, 창옥을 중심으로 하되, 홍옥을 주변에 조금 배합하는 정도면 어떨까요? 그런 것이라고 한다면, 몇 개인가 가져온 것이 있습니다."

"역시 그렇게 할 수밖에 없나요? 좋아요. 그런 정도로 하죠."

뜻밖의 '붉은 드레스'에 관한 문제에 일단락을 지은 주인과 시종이 다음에 해야 할 일은 맨 처음에 예정했던 계획에 관한 것이었다.

"아우라 폐하께서 보여 주신 모습을 보면, 제가 쌍왕국에 가는 것은 문제없어 보여요. 문제는 그곳에서 얻고자 하는 '마법 도구'를 구입할 수 있는가 네요."

주인의 말을 듣고 여전사는 고개를 끄덕이며 동의했다.

"네. 쌍왕국은 마법 도구를 제조하고 있기는 하나, 그 수는 매우 적습니다. 하나를 제작하는 것만 해도 최소한 한 달 이상이 필요하고, 물건에 따라서는 1년 이상이 걸리기도 한다고 합니다. 교섭을 어떻게 하느냐에 달리기도 하겠지만, 판매를 거절할 가능성도 충분히 생각해 볼 수 있습니다."

"그러네요. 그래도 어떻게 해서든 '진수화'만이라도 돌아가는 항해에 맞춰 구할 수 있었으면 해요."

프레야 공주는 그렇게 말하며 결의를 다지듯 한 번 크게 숨을 내쉬었다.

주인의 말을 듣고 여전사는 천장을 바라보며 잠시 생각한 다음 대답했다.

"이전에 들은 이야기로는 샤로와 지르벨 쌍왕국은 사막 왕국이라고 합니다. 그래서 물을 확보하기 위한 마법 도구가 큰 역할을 한다고 들었습니다. 그렇다면 마법 도구의 재고는 반드시 있을 겁니다. 교섭을 어떻게 하느냐에 달리긴 했지만, 입수 가능성은 충분하리라 생각합니다."

스카디의 대답을 듣고 이번에는 프레야 공주가 골똘히 생각했다.

"그러네요. 단, 사막에서 물을 확보하기 위한 마법 도구라면 '진수화'가 아니라, '물 생성'일 가능성이 높아 조금 걱정돼요."

'진수화'는 바닷물이나 오수 등을 마실 수 있는 물로 바꾸는 마법이다. 한편, '물 생성'은 그 이름 그대로, 아무것도 없는 곳에서 물을 생성하는 마법이다.

물의 성질을 변화시킬 뿐인 '진수화'와 비교하면, '물 생성' 쪽이 더욱 많은 마력을 필요로 한다.

그래서 바닷물이라는 수원(水源)이 항상 옆에 있는 배 위에서는 '물 생성'보다 '진수화'가 더 유용하지만, 애초에 수원이 없는 사막에서는 아무리 효율이 나쁘더라도 '물 생성'이야말로 생명줄이다.

사실 쌍왕국은 국내에 거대 소금 호수라는 수원이 있기 때문에, '진수화'를 더 많이 만들었지만, 현재로서는 프레야 공주와 스카디 모두 그 사실을 몰랐다.

"그렇다고는 해도 '물 조작'이나 '바람 제어' 마법 도구보다는 가능성이 있다고 생각합니다."

주인의 걱정을 듣고 여전사는 냉정한 말투로 그렇게 대답했다.

'물 조작' 마법은 배 아래가 침수되었을 때, '바람 제어' 마법은 갑작스러운 돌풍이 불어 돛의 반대편을 때릴 때 등에 매우 유용한 마법이지만, 지상에서는 그다지 사용할 데가 없는 마법이었다.

사용 빈도가 적은 마법을 마법 도구화하여 저장해 뒀을 가능성은 매우 낮았다.

"그러네요. 운 좋게 의뢰를 받아 준다고 해도 완성되려면 빨라야 몇 개월. 돌아가는 항해에 맞추기는 힘들어요. '물 조작'이나 '바람 제어' 마법 도구는 그 후의 항해용이 될 듯하네요."

"그 후의 항해, 말입니까."

잔뜩 상기되어 말하는 프레야 공주의 기쁜 목소리를 듣고, 스카디는 의미심장하게 같은 말을 되뇌었다.

프레야 공주는 당장에라도 의자 위에서 벌떡 일어설 기세로.

"네. 그 후의 항해예요. 젠지로 폐하는 그 후의 항해용 마법 도구 구입을 '좋은 생각'이라고 말씀해 주셨어요. 스카디, 각오해 두세요. 저의, 우리의 모험은 앞으로도 계속될 테니까요!"

그렇게 말하며, 환하디 환한 미소를 지었다.

"알겠습니다, 공주님. 어디를 가시든 끝까지 함께 하겠습니다."

그런 주인의 얼굴 가득한 미소를 보고 여전사는 흐뭇한 미소를 지으며 깊숙이 고개를 숙였다.

◆

며칠 후.

젠지로와 아우라는 후궁의 거실에서 마주보고 있었다.

이제부터 '순간이동'으로 쌍왕국으로 갈 예정인 젠지로는 반듯하게 제3 정장을 걸치고, 등 뒤에는 무거워 보이는 백팩을 멨다.

젠지로가 두 번째 '이세계 소환'으로 이쪽 세계에 왔을 때 멨던 그 백팩이었다.

가방끈이 어깨를 꾸욱 파고들 정도의 백팩은 거의 대부분 커다란 은화로 차 있었다.

'순간이동'을 이용한 이동은 매우 편리하지만, 한 번에 한 명만 이동할 수 있기 때문에 이동한 곳에서 커다란 무언가를 구입하려고 하면, 이렇듯 왕족 자신이 직접 거금을 등에 짊어지고 이동해야 했다.

별로 모양새가 좋지는 않지만 어쩔 수 없었다.

어깨를 파고드는 가방끈을 고쳐 메는 젠지로를 보고 정면에 서 있던 아우라가 말했다.

"이게 나의 서간이야. 이쪽은 샤로와 왕가의 브루노 왕에게 주고, 이쪽은 지르벨 법왕 가문의 베네딕트 법왕에게 건네줘."

"알았어."

간단하게 대답한 젠지로는 그 두 통의 서간을 받아 들었다.

서간은 아우라의 독자적인 외교인 듯했다. 젠지로도 그 내용에 대해서는 언질을 받은 것이 없었다.

영업직도 겸임했던 회사원이었기 때문에 어느 정도는 포커페이스를 유지할 수 있었던 젠지로였지만, 산전수전 다 겪은 왕족을 속일 수 있을 정도는 아니었다.

모르는 척을 해야만 하는 정보라면, 아예 정말로 모르는 편이 나았다.

아내가 자신의 머리 위로 다른 사람과 의견을 주고받는다고 하니 씁쓸한 감정도 당연히 피어올랐지만, 아우라가 자신에게 해가 되는 이야기를 할 리 없다는 신뢰감도 있었다.

"다음은 이것일까. 오늘 아침에 완성된 참이야. 그중에서도 특히 완성도가 좋은 것으로 골랐어. 그쪽에 가서 프란체스코 전하에게 건네줬으면 해."

그렇게 말하며 아우라가 시녀의 손에서 들어 올린 것은 작은 나무 상자에 담긴 '유리구슬' 네 개였다.

"벌써 다 됐어?!"
젠지로가 놀라워하며 빼앗듯이 그 나무 상자를 손에 들었다.
그것은 아우라가 '기술사의 정원'에서 기술자들에게 만들게 했던 카파 왕국산 유리구슬 제 1호였다.
색은 라무네 병보다 조금 투명한 정도일까? 안에는 한눈에 봐도 알 수 있을 만큼 많은 기포가 들어가 있었고, 네 개 중 두 개에는 상자 위에서 보기만 했을 뿐인데도 알 수 있을 만큼 형태가 일그러져 있었다.
부여마법의 매개체로서 가장 적합한 것은 무색투명한 구체. 이 투명하긴 하지만 짙은 녹색을 띤 기포투성이의 일그러진 유리구슬 비슷한 것이 부여마법의 매개체로서 합격일지 어떨지, 문외한인 젠지로나 아우라는 알 수 없었다.
그래서 전문가인 프란체스코 왕자의 판단을 받으려고 한다는 것은 이해할 수 있지만, 왜 굳이 지금 쌍왕국에 있는 프란체스코 왕자에게 전해 주라고 하는지는 이해할 수 없었다.
"괜찮아? 저편으로 가져가면 프란체스코 왕자 외의 사람에게도 전해질 텐데. 이거 말이야."

말할 것도 없이 저편에는 샤로와 왕가의 사람들이 가득하다.

아무리 주의를 준다고 해도, 카파 왕국이 만든 유리구슬이 프란체스코 왕자 이외의 사람들의 눈에 띄는 것은 막을 수 없다.

어차피 프란체스코 왕자와 보나 왕녀는 젠지로가 귀국하기 전에 젠지로의 '순간이동'을 이용해 이쪽으로 돌아오기로 결정되어 있다.

굳이 쌍왕국에 있을 때 건네줄 필요는 없지 않을까?

그런 의문을 내던지는 젠지로를 보고 여왕 아우라는 단호하게 고개를 옆으로 저었다.

"아니, 누가 뭐라고 하든 프란체스코 왕자도 보나 왕녀도 틀림없는 샤로와 왕가 사람들이야. 두 사람의 협력을 받다보면 샤로와 왕가의 중추에 들키는 것도 시간문제인 거지. 무엇보다 이 보석을 양산하려고 하는 이유는 '부여마법'의 매개체로서 가치가 있기 때문이야. 부여마법을 사용할 수 있는 샤로와 왕가와는 언젠가 무언가 밀약을 맺을 필요가 있어."

미래에는 젠지로의 아이 중에 부여마법을 사용할 줄 아는 아이가 태어나는 것도 기대하고 있는 아우라지만, 만약 그런 계획이 순조롭게 진행되더라도 이번에는 부여마법의 주문이라는 문제가 발생한다.

마법어에 능통한 궁정 수석 마법사인 에스피리디온이나 그 아내이자 뛰어난 마법사인 파스쿠알라 등의 협력을 얻으면 초보적인 부여마법 정도는 카파 왕국 단독으로도 개발할 수 있겠지만, 그래서는 길을 돌아가는 만큼 헛수고이다.

부여마법을 수백 년이 넘게 사용한 역사를 자랑하는 샤로와 왕가의 협력을 얻으면, 일일이 마법어에서 주문을 찾아내며 쓸데없는 시간을 낭비하지 않아도 된다.

"그러니까, 지금 괜히 뭔가가 있는 척 뜸을 들여 봐야 아무런 이득도 없다는 말이야?"

"노골적으로 말하자면 그거지. 그런 일련의 이야기에 대해서도 내 몸이 가벼워지면 책임자끼리 같이 이야기해 보고 싶다고 브루노 왕에게 보내는 서간에 적어 뒀어. 아무튼 간에 보석의 양산 체제가 갖춰지면 샤로와 왕가와의 연계는 필수적이야."

아우라는 여왕다운 표정으로 그렇게 확실하게 단언했다.

카파 왕가가 쥐고 있는 패는 미래에 갖추게 될 유리구슬 양산 체제와 젠지로라는 잠재적으로 부여마법의 피를 이은 자가 있다는 것. 그에 더해 카를로스 젠키치라는 시공마법·부여마법의 2중 혈통 마법 보유자인 아기가 존재하는 것.

한편 샤로와 왕가가 지닌 패는 다수의 성장한 부여마법 사용자들과 몇백 년 동안이나 축적해 온 부여마법 그 자체.

냉정하게 생각해 보면, 누가 봐도 양 왕가가 힘을 합치는 것이 가장 효율적이다.

물론 현실적으로 왕족끼리의 협력 체제가 그렇게 깔끔하게 끝날 리가 없다. 조금이라도 자국에게 유리하게 만들기 위해서 겉으로는 교섭을 하고 뒤로는 서로 방해하고, 뒤의 뒤에서는 서로의 비밀을 캐는 것이 보통이다.

그럴 경우, 카파 왕국이 무엇보다 주의해야 할 것은 유리구슬 제조 기술의 유출이다.

그 기술만 빼낼 수 있다면, 샤로와 왕가로서는 카파 왕가와 전혀 협력하지 않고도 마법 도구의 양산 체제를 정비할 수 있다.

현재, 유리구슬의 시제품을 만들고 있는 '기술자의 정원'의 유리 기술자들도 당연히 지켜야 하지만, 그 이상으로 신경을 써야 하는 사람이 사실은 젠지로였다.

원래는 유리구슬의 제작 기술도 젠지로의 지식이었다.

물론 젠지로의 지식은 어느 텔레비전 프로그램이 바탕이라 매우 막연할 뿐이다. 최근 약 1년 남짓한 기간 동안 유리구슬 시제품을 만드는 데 성공한 공적의 90퍼센트는 누가 뭐래도 초빙된 기술자들이라고 할 수 있었다.

하지만 초빙된 기술자들은 대장장이를 하던 사람들로, 솔직히 말해 그렇게까지 특별한 인재라고는 할 수 없었다. 쌍왕국에도 그들과 비슷한 수준의 기술과 지식을 가진 기술자는 있다.

즉, 젠지로라는 인재만 얻을 수 있다면, 쌍왕국에서도 아우라가 준비한 것과 비슷한 시간과 노력을 들여 같은 수준의 성과를 얻을 수 있을 가능성이 매우 높다는 말이었다.

그래서 여왕은 자신의 남편에게 계속해서 못을 박아 두는 것이었다.

"젠지로. 보석의 제조 방법에 대해서는 누가 뭘 물어봐도 꼭 모르는 척을 해야 해. 그 일로 인해서 대화에 모순이 생겨도 좋아. 아무리 의심을 받아도 좋아. 어쩌면 상대가 '무성의하다'라고 하면서 격노할지도 모르지만, 그래도 그냥 못 들은 척해. 아무튼 그 일에 관해서는 당신의 입에서 정보가 하나라도 더 적게 새어 나가게 하는 것이 지상 명제라는 점을 명심해 줘."

"알았어."

아우라의 진지한 명령을 듣고 젠지로는 그에 지지 않을 만큼 진지한 목소리로 그렇게 대답했다.

사실 젠지로는 거짓말, 시치미 떼기 같은 무성의한 대처를 잘 못하는 사람이다.

하지만 불행 중 다행이라고 해야 할까. 젠지로는 지난 브루노 왕과 주세페 왕태자의 모습을 보고 웬일로 정말 식지 않는 분노를 품었다.

지금이라면 샤로와 왕가를 충분히 무성의하고 공격적으로 대할 수 있을 것이란 확신이 들었다.

"그럼 이제 갈게."

그렇게 말한 젠지로는 두 통의 서간과 작은 나무 상자를 등에서 내린 백팩의 주머니에 집어넣었다.

그리고 다시 백팩을 등에 꽉 메고, 디지털카메라를 손에 들었다.

물론 어제 중에 실수 없이 100퍼센트까지 충전을 해 두었다.

익숙한 손놀림으로 디지털카메라를 조작한 젠지로는 그 뒷면의 디스플레이에 목적지의 사진을 띄웠다.

띄운 곳은 당연히 이제 날아가게 될 목적지.

샤로와 지르벨 쌍왕국.

모든 준비가 완료되자, 여왕과 그 남편은 잠시 작별 인사를 나눴다.

"조심해. 몇 번이고 반복해서 말하지만, 무엇보다도 중요한 것은 젠지로, 당신의 몸이야. 치유술사 파견 약속도 샤로와 왕가와의 약정도, 저편에 있는 당신 이외의 사람들도, 당신의 몸과 비교하면 먼지에 불과해. 어떤 위험을 느꼈을 때에는 다른 모든 것을 포기하고 혼자서 돌아와. 알겠지?"

지난번 이동 때와 거의 같은 내용의 충고를 젠지로는 진지하게 받아들였다.

"응, 알았어."

다른 사람들을 버리고 도망치라는 이야기에는 심리적으로 거부감이 생겼지만, 그렇게 하지 않으면 안 되는 입장이라는 것 정도는 젠지로도 머릿속으로 이해하고 있었다.

솔직히 고개를 끄덕이는 남편을 보고 여왕은 조금 안심이 된다는 듯 표정을 누그러뜨리더니.

"그래. 그럼 조심해서 다녀와. 갈 때는 내가 날려 줘도 되는데, 정말로 직접 날아갈 생각이야?"

그렇게 확인을 했다.

"응, 괜찮아. 아무리 생각해 봐도, 앞으로 내가 '순간이동'을 써야 할 기회가 폭발적으로 늘어날 테니까. 이런 기회에 사용해서 익숙해져야지."

홀몸이 아닌 현재의 상황을 제외하더라도, 옥좌의 주인인 아우라와 왕족이긴 해도 왕은 아닌 젠지로 중에 누가 더 발이 가벼울지는 굳이 말할 필요도 없었다.

불완전하나마 '순간이동'을 습득한 젠지로가 국내외에 파견되는 것은 필연적인 흐름이었다.

아내로서야 어쨌든 왕인 아우라로서는 젠지로의 그런 각오는 바람직한 것이었다.

"알았어. 그럼 당신에게 맡길게. 맨 처음에는 한 번에 성공할 확률이 오히려 더 낮아. 다행히 이곳에는 나와 당신밖에 없으니, 마음 편하게 성공할 때까지 시도해 봐."

"응, 고마워. 그럼, 갈게."

젠지로는 디지털카메라의 액정 디스플레이에 비치는 사진에 모든 의식을 집중시켰다.

선명하게 그 사진을 뇌리에 그릴 수 있게 됐을 때 젠지로는 눈을 감고 온몸에서 떠오르는 마력량을 늘려 주문을 외웠다.

〈내가 뇌리에 그린 공간에, 내가 의도한 것을 보내라. 그 대가로서 나는…….〉

같은 주문을 외우길 네 번째.

아우라의 눈앞에서 소리도 없이 젠지로가 사라졌다.

남편을 떠나보낸 여왕은 후궁의 거실에서 안도와 상실감이 뒤섞인 한숨을 내쉬었다.

"……후우. 무사히 간 건가. 알고는 있었지만 눈앞에서 사람이 사라지는 모습을 보니 별로 기분이 좋지는 못하구나."

그렇게 중얼거린 여왕은 무의식적으로 오른손으로 자신의 풍만한 왼쪽 가슴을 눌렀다. 정확하게 말하면 누른 곳은 유방이 아니라 그 안——심장이었다.

의미도 없이 맥동하는 심장을 진정시키려는 듯이 여왕은 눈을 감은 채 천장을 바라보며 몇 번인가 심호흡을 반복했다.

지난 대전(大戰) 중, 지금의 젠지로처럼 '순간이동'으로 눈앞에서 사라진 뒤, 돌아오지 못했던 친족이 아우라에게는 매우 많았다.

아버지, 오빠, 남동생, 이복 여동생, 사촌 형제들. 너무나 많은 친족을 아우라는 떠나보냈다. 그리고 옆을 지켜 주지도 못 했다.

지금은 전쟁 중이 아니고, 젠지로가 가는 곳은 다른 나라라고는 하지만 엄연한 우호국이었다.

젠지로를 과거의 친족들과 겹쳐 보는 것은 의미가 없는 일이라는 것은 잘 알지만, 의지와는 다르게 겹쳐 보며 흔들리는 감정을 완전히 제어하기란 불가능했다.

그렇지만 언제까지고 감상에 빠져 있을 만큼 여왕이라는 지위는 가볍지 않았다.

"좋아, 가자. 몸 상태가 안정되어 있을 때, 원수(元帥)와 재상(宰相)의 취임식까지의 절차를 확인해 놓을 필요가 있으니까."

기합을 다시 넣은 여왕 아우라는 패기 넘치는 발걸음으로 후궁을 뒤로 했다.

✦

한편 '순간이동'을 사용한 젠지로는 순간적인 부유감과 어지러움을 느낀 후, 눈을 떴다. 눈을 떠 보니 그곳은 먼 남대륙 중중부의 대국, 샤로와 지르벨 쌍왕국의 왕궁, '자란궁'의 한 방이었다.

젠지로가 '순간이동'으로 이동하겠다는 시간을 정확하게 알려 주지 않았는데도 불구하고, 그 어둑어둑한 방 안에는 낯이 익은 사람들이 여럿 있었다.

"기다리고 있었습니다, 젠지로 님."

그중에서도 유난히 눈길을 끄는 늘씬하고 키가 큰 남자가 정중한 태도로 그렇게 인사했다.

"맞이해 주어 고맙네. 엘라디오."

젠지로는 기억을 떠올리며 그 젊은 기사대 대장의 이름을 불렀다.

"네. 과분한 말씀이십니다."

용궁기사단 제3대 대대장 엘라디오는 자신감이 넘치는 시원스런 미소를 지으며 왕의 배우자인 젠지로를 향해 기사의 예를 다했다.

"젠지로 님, 짐은 제가 들겠습니다."

"그래, 부탁하네."

대량의 은화가 가득 찬 백팩을 낯익은 병사에게 건네준 젠지로는 천천히 그 자리에서 걷기 시작했다.

그런 젠지로를 지키려는 듯 기사 나탈리오가 옆에 섰고, 시녀 이네스가 그 뒤를 따랐다.

밖에서는 이미 낯이 익을 대로 익은 두 사람의 존재를 보고 조금 표정을 누그러뜨린 젠지로는 그대로 발걸음을 유지하며 어둑어둑한 방에서 복도로 나갔다.

구체적인 일시는 약속하지 않았지만, 젠지로가 가까운 시일 내에 돌아올 것이란 사실은 쌍왕국과 사전에 약속을 했었다.

그래서 젠지로의 재방문은 매우 매끄럽게 진행되었다.

지난번 방문 때에 사용한 '자란궁'의 별채는 젠지로가 없다는 점을 제외하고는 모두 그때의 상태가 고스란히 유지되었다.

익숙한 객실 의자에 걸터앉은 젠지로는 단정하게 입었던 제3 정장을 조금 흩뜨리면서 뻐근함을 풀듯이 목을 돌렸다.

"이쪽에는 뭔가 달라진 거라도 있어?"

그런 젠지로의 짧은 물음에 이제는 완벽히 여행지의 필두 시녀 겸 비서로서의 역할이 몸에 익은 시녀 이네스가 담담하게 대답했다.

"네. 하나 들어 주셨으면 하는 것이 있습니다. 엘레멘타카트 공작 가문의 타라예 님과 아니미얌 공작 가문의 피크리야 님이 잇달아 젠지로 님과 면담을 하고 싶다고 희망했습니다."

"엘레멘타카트 공작 가문의 타라예와 아니미얌 공작 가문의 피크리야? 양쪽 다 정착을 선택한 공작 가문이네. 무슨 일이지?"

젠지로는 기억 속에서 그 두 이름을 떠올렸다.

다행히 부드러운 금발과 풍만한 몸을 자랑하는 타라예도 윤기가 도는 흑발을 남대륙의 여성으로서는 매우 드물게도 단발로 자른 피크리야도, 기억에 남기 쉬운 외모인 덕에 그렇게 오래지 않아 모두 기억해 낼 수 있었다.

"듣기로는 두 분 모두 젠지로 님에게 부탁하고자 하는 것이 있다고 합니다. 자세한 내용은 직접 만나 뵙고 이야기하겠다고 했습니다."

"부탁이라 이거지."

젠지로는 수상하다는 듯이 얼굴을 찡그렸다.

어린 소녀라고는 해도, 직위는 모두 대국인 샤로와 지르벨 쌍왕국이 자랑하는 네 공작의 대리다. 두 사람의 '부탁'이라면 귀여운 부탁 같은 것일 리가 없었다.

명백하게 귀찮은 일일 가능성이 높았지만, 그렇다고 해서 피할 수 있는 것도 아니었다.

"알았어. 적당한 때에 면담 일정을 넣어 줘. 아, 그런데 가능하면 지르벨 법왕 가문의 베네딕트 법왕과 면담을 한 뒤가 좋겠어. 어떤 '부탁'인지는 모르겠지만, 그쪽 관련 일정이 확정되지 않으면 대답을 하기 힘들지도 모르니까."

"알겠습니다."

젠지로가 시녀 아네스와 그런 이야기를 나누고 있는데, 문 저편에서 병사의 익숙한 목소리가 울렸다.

"실례합니다, 젠지로 님. 루크레치아 님이 오셨습니다. 안으로 모셔도 되겠습니까?"

"그래. 잠시 기다리라고 해라. 준비가 끝나면 이쪽에서 다시 부르마."

"넷! 그럼 그렇게 전달하겠습니다."

병사의 발소리가 멀어지는 것을 들으면서 젠지로는 그 자리에서 일어섰다.

"이네스. 잘 부탁해."

"네, 맡겨 주십시오."

젠지로는 방문객과 얼굴을 마주하기 위해 흩뜨려 놓았던 제3 정장을 시녀들의 도움을 받아 다시 반듯하게 고쳤다.

"오랜만입니다, 젠지로 폐하. 또 이렇게 뵐 수 있어 매우 기쁘기 그지없습니다."

들어온 소녀는 시원시원한 말투로 그렇게 말한 뒤, 개성이 강한 금색 사이드 테일을 흔들 듯이 꾸벅 고개를 숙였다.

말투나 동작은 멋진 숙녀 그 자체지만, 나이에 비해 작은 몸집과 외모, 그리고 미묘하게 몸에 맞지 않는 드레스의 조합 탓에 귀엽다는 표현이 딱 어울리는 소녀의 이름은 루크레치아 브로이.

브로이 후작 가문의 양녀이자, 샤로와 왕가가 젠지로에게 붙여 준 시중을 드는 역할을 하는 소녀였다.

자못 천진난만하면서도 애교가 가득한 웃음이라는 모순되는 표정을 지은 소녀——루크레치아는 젠지로의 권유에 따라 맞은편 소파에 걸터앉았다.

"그래, 루크레치아 양도 변함이 없는 모양이군. 또 신세를 지게 됐어."

"네, 뭐든 분부만 내려 주십시오."

깜빡 하고 커다란 푸른 눈동자를 한 번 깜빡인 루크레치아는 거의 말을 자르듯이 곧장 그렇게 대답했다.

이쪽을 노리겠다는 의지를 숨기지 못하는 소녀의 모습을 보고 젠지로는 절로 나오려는 쓴웃음을 이를 물며 참았다.

"그렇게 말해 주니 마음이 든든하구나. 그럼 미안하지만 바로 두 가지 부탁할 것이 있다. 먼저 하나는 서간을 브루노 폐하에게 전달해 주었으면 한다. 이네스."

"네."

젠지로의 말을 듣고 뒤에 대기하고 있던 시녀 이네스가 서간 한 통을 루크레치아에게 건네주었다. 직접 받은 사람은 루크레치아가 아니라 그 뒤에 대기하고 있던 시녀, 플로라였다.

플로라의 손에서 그 서간을 받아 든 루크레치아는 봉랍 표시와 그 아래의 서명을 보고 조금 놀란 눈빛을 지었다.

루크레치아의 시선을 확인한 젠지로가 말했다.

"본 대로, 카파 왕국의 국왕 아우라 1세가 샤로와 지르벨 쌍왕국의 국왕 브루노 3세에게 보내는 서간이다. 부디 정확히 잘 전달해 주었으면 한다."

"네. 분부대로 하겠습니다."

루크레치아가 그렇게 대답하자, 젠지로는 힘껏 아무렇지도 않은 말투로 준비해 두었던 말을 계속했다.

"실은 아우라 폐하의 서간이 하나 더 있는데, 이쪽은 받으실 분인 베네딕트 1세 폐하와 면담 예정이 있으니, 그때 직접 전해드릴 생각이야."

그렇게 말하며 짐짓 일부러 서간 한 통을 꺼낸 젠지로를 보고, 루크레치아는 표정을 정돈할 여유도 잃고 마른침을 삼켰다.

그러다가도 간신히 자신의 입장을 떠올렸는지, 떨리는 목소리로 제대로 다잡지 못한 미소를 지으며 제안했다.

"저어, 젠지로 폐하? 그렇다면 브루노 폐하께도 직접 전해 드리는 것이 어떨까요? 젠지로 폐하께서 면담을 요청하신다면, 브루노 폐하께서도 결코 거절하지 않으시리라 생각합니다."

초조해 하는 루크레치아를 보고 젠지로는 내심 죄책감을 살짝 느끼면서도 어떻게든 미소를 지으며 단호하게 고개를 저었다.

"아니, 그럴 필요는 없다. 다행히 서간을 건네주는 것에 관해서는 아우라 폐하께서 '나에게 일임' 하셨으니 말이다. 왕위 계승 문제로 매우 바쁘실 브루노 폐하께 귀중한 시간을 할애해 주십사 부탁하기도 죄송스러우니, 그 서간은 루크레치아가 브루노 폐하께 전해 주었으면 한다. 괜찮겠지?"

그렇게까지 확실한 말을 들어서는 루크레치아의 입장에서는 싫다고 대답할 수 없었다.

"네, 알겠습니다……."

루크레치아는 핏기가 가신 얼굴로 그렇게 대답하며 물러섰다.

브루노 왕과 베네딕트 법왕은 동격이다.

그런데 베네딕트 법왕에게는 서간을 직접 건네주고, 브루노 왕에게는 서간을 루크레치아를 통해 건네준다는 것은 브루노 왕에게 거리감을 느끼고 있다고 공언하는 것이나 마찬가지였다.

루크레치아는 물론, 그 뒤에서 대기하고 있던 루크레치아의 시녀나 호위 기사들도 놀라고 긴장하고 있다는 사실을 감지한 젠지로는 내심 움찔거리면서도 얼굴에 들러붙은 듯한 미소를 계속 유지했다.

'아우라의 충고대로 행동하고 하고 있는데, 정말 이래도 괜찮은 거겠지?'

원래 공격성이 낮은 젠지로는 '불쾌하다'라고 티를 내는 것에 거부감이 느껴졌지만, 이제 와서 노선을 변경할 수는 없었다.

실제로 이 자리에 있는 루크레치아에게는 딱히 거리감이 느껴지지는 않았지만, 서간을 받을 사람인 브루노 왕에게는 생각만 해도 아직 배 속에 뜨거운 열이 모이는 듯한 강렬한 불쾌함을 느끼는 것이 사실이었다.

사랑하는 아들인 카를로스 젠키치를 무자비하게 정쟁의 도구로 만든 브루노 왕과 그 아들, 주세페 왕태자는 젠지로로서는 쉽게 변경하기 힘들 만큼 명확하게 '적'이라는 카테고리로 분류되었다.

젠지로는 머릿속으로 사전에 아우라에게 들은 말을 떠올렸다.

"지난번의 일로 당신은 카를로스를 이용하면 양보를 받아 낼 수 있는 '정이 깊은 사람'이라는 일면을 드러내고 말았어. 그건 수세에 몰린 정이야. 그렇다면 다음엔 공세적인 정도 있다는 사실을 보여 줄 필요가 있어. 그렇게 하면 쉽게 그 정에 호소할 수 없는 사람이라는 인상을 줄 수 있겠지."

아우라의 말을 간단하게 정리하면, 좋은 쪽으로든 나쁜 쪽으로든 젠지로를 '감정적으로 판단하는 인간'으로 어필하라, 라는 것이었다.

카를로스를 방패로 사용하면 양보를 얻어 낼 수 있다. 그 사실은 이제 와서 어떻게 해도 변하지 않는 사실이다.

그렇다면 아예 그 카를로스를 수단으로 사용한 브루노 왕 일행에게 이익을 도외시할 정도로 명백한 불쾌함을 표현함으로써, 이후에 카를로스를 이용하려고 할 경우, 예상외의 보복을 당할 수도 있다는 사실을 인지시켜 주면 된다.

　중요한 존재를 인질로 잡으면 쉽게 양보하기만 하는 사람이라면 좋을 대로 이용만 당할 뿐이지만, 동시에 소중한 존재에게 손을 대면 이익도 돌아보지 않고 물어뜯는다고 하면, 쉽게 손을 댈 수 없게 된다.

　'연기를 할 필요는 없어. 브루노 왕과 주세페 왕태자에게 품고 있는 불쾌함을 왕궁의 예법에 따라 오히려 적극적으로 표현해 나갈 거야.'

　자신을 그렇게 다독이면서 젠지로가 말했다.

　"조금 전에 들었는데, 엘레멘타카트 공작 가문의 타라예와 아니미얌 공작 가문의 피크리야 양이 잇달아 나에게 면담을 신청했다고 하더군. 장소와 시간을 조정해 주길 바라네."

　신청을 하는 것과 신청을 받은 것이라는 차이점은 있지만, 브루노 왕과는 만나지 않겠다고 선언한 직후에 네 공작의 대리인 소녀 두 사람과 면담을 하겠다고 선언.

　정말로 농담이나 단순한 착각이 아니라는 사실을 깨달은 루크레치아는 반대로 이제는 놀랍지도 않은지 침착함을 되찾은 목소리로 대답했다.

　"네, 알겠습니다. 바로 일정을 잡겠습니다. 그 외의 용건은 없으신가요?"

　"흐음, 하나 더. 실은 현재 카파 왕국에 체재하는 손님이 이쪽에 오고 싶다고 해서 말이야. 목적은 마법 도구의 구입이니, 입국 허가를 받아 주고, 가능하다면 구입을 위한 편의를 봐 주었으면 한다.”

갑작스럽다고도 할 수 있는 젠지로의 요청이었지만, 시중을 드는 역할인 루크레치아의 입장에서 보면 그것이야말로 실력을 보여 줄 수 있는 대목이었다.

조금 생각을 한 뒤, 루크레치아가 시원스럽게 대답했다.

“젠지로 폐하가 그 인물의 보증인이 되어 주신다고 한다면, 입국 허가는 문제없이 받을 수 있으리라 생각합니다. 단지, 마법 도구 구입은 좀 어려운 문제이네요. 젠지로 폐하의 소개이니 편의를 봐 드리고 싶은 마음은 굴뚝같지만, 제 힘으로는 샤로와 왕가 분들에게 이야기를 전달하는 게 겨우입니다. 솔직하게 말씀드리면, 기대를 완벽하게 채워 드릴 수 있다고 약속하기는 힘듭니다.”

샤로와 지르벨 쌍왕국의 수도는 ‘마법 도구’와 ‘치유술사’를 찾아 다른 나라의 빈객이 빈번하게 찾는 국제도시이다.

그래서 다른 나라 사람의 입국을 받아들이는 태세는 항상 갖춰져 있지만, 동시에 그것은 마법 도구를 찾아온 손님이 오래도록 순번을 기다려야 한다는 말과 다름없었다.

그런 사정은 이미 알고 있었기 때문에, 젠지로는 특별히 놀라는 일 없이 교섭을 계속했다.

“입국 허가와 교섭의 실마리를 잡을 수 있다면 충분하다. 배려를 해 주어 고맙구나. 또 그에 관련한 이야기인데, 나도 얼마간 마법 도구를 구입하고 싶다. 그쪽 절차도 부탁할 수 있을까?”

“그렇다면 그 젠지로 폐하께서 초대하신 손님이 마법 도구를 구입할 때, 젠지로 폐하께서도 동석하고 싶다는 그 말씀이신가요?”

되묻는 루크레치아를 보고 젠지로가 고개를 저었다.

"아니. 그것과는 별개다. 내가 개인적으로 교섭하고 싶어서 그런 것이다. 교섭 장소야 같아도 괜찮지만, 교섭 그 자체는 별개인 거지. 부탁할 수 없을까?"

'그에 관련한 이야기'라고 말을 했으면서 '그것과는 별개'라고 했다.

교섭 장소는 같아도 되지만 교섭 자체는 별개라고도.

젠지로의 말을 듣고 의문을 품은 루크레치아는 문득 가장 중요한 이야기를 아직 묻지 않았다는 사실을 깨달았다.

"알겠습니다. 젠지로 폐하께서 직접 나서신다면 틀림없이 매매 교섭이 가능할 것이라 생각합니다. 그런데 그 젠지로 폐하께서 초대하신다는 손님의 성함을 여쭈어 봐도 될까요?"

"아, 그렇지. 손님의 성함은 프레야 웁살라. 북대륙 웁살라 왕국의 공주님이시다."

"?!"

젠지로가 초대한 다른 나라의 공주님.

여자의 감이라고 해야 할까. 그것만으로도 프레야 공주가 자신의 '적'이라는 사실을 깨달은 루크레치아는 살짝 마른침을 삼켰다.

"그러시군요. 그렇다면 그에 걸맞은 방을 준비하겠습니다."

"그래, 잘 부탁한다. '순간이동'으로 이동할 것이니, 인원은 프레야 전하와 호위를 하는 여전사, 이렇게 둘뿐이야. 방은 그에 맞춰 정리해 줬으면 한다."

"네, 알겠습니다. 맡겨 주세요."

예법에 맞춰 대답을 하면서도 루크레치아의 푸른 눈동자는 아직 보지 못한 북대륙의 공주님을 '라이벌'로 바라보며 투지에 불탔다.

퇴실하는 루크레치아를 바라본 뒤, 젠지로는 한 번 기지개를 켜고 빙글빙글 목을 돌렸다.

젠지로의 이동 수단은 '순간이동'이기 때문에 이동으로 인한 피로는 없었지만, 오랜만에 제3 정장을 입고 공식적인 대면을 해서 그런지 아직 정신적으로 익숙하지 않았다.

젠지로의 자란궁 입성에 관한 소식은 이미 왕궁 내에 퍼졌을 테지만, 첫날에 젠지로를 찾아온 사람은 시중 역할인 루크레치아뿐이었다.

그 외의 사람이 첫날에 면담을 신청하는 것은 상당히 비상식적인 행위이기 때문이다.

"젠지로 님. 프란체스코 전하께서 오셨습니다. 젠지로 님을 만나 뵙고 싶다고 하시는데, 어떻게 할까요?"

즉, 프란체스코 왕자는 상당히 비상식적인 사람이라는 말이지만, 그건 이제 와서 언급할 필요도 없는 이야기였다.

시녀 이네스가 전해 준 그 비상식적인 면담 신청을, 사실 젠지로는 예상하고 있었을 뿐만 아니라 오히려 기대하고 있었다.

"드시라 해라. 작은 선물 상자를 잊지 않도록."

"네, 알겠습니다."

젠지로는 미리 단단히 각오하고, 평범한 귀족과는 완전히 다른 의미에서 대하기 힘든 상대를 맞이했다.

"와우, 젠지로 폐하. 오랜만입니다. 무사 귀환, 은 아니려나? 재방문을 해 주셔서 감사합니다."

"오랜만입니다, 라고 말씀드릴 정도는 아니라고 생각하지만, 저도 이렇게 다시 쌍왕국에 올 수 있어 매우 기쁩니다, 프란체스코 전하."

인사를 나누는 프란체스코 왕자는 여전히 긴장감을 전혀 찾아보기 힘든 미소와 편안한 자세로 맞은편 소파에 앉아 있었다.

프란체스코 왕자는 앞에 놓인 차를 마셔 목을 축인 뒤 입을 열었다.

"꼭 오랫동안 머물러 주십시오. 그렇게 말을 하고 싶지만, 저로서는 어서 저를 카파 왕국으로 보내 주셨으면 합니다."

"카파 왕국에서 하고 싶은 일이라도 있으신가요?"

고개를 갸웃하며 묻는 젠지로에게 프란체스코 왕자는 전혀 주눅 드는 모습 없이 웃으며 대답했다.

"그러니까 이건~. 카파 왕국에 돌아가고 싶다기보다는 여기서 도망가고 싶다고 할까요? 이곳에는 저를 나무라는 사람이 너무 많아서 이리저리 도망 다니다 보면 하루가 다 끝나 버리거든요. 편안하게 자리에 앉아 마법 도구 연구도 할 수 없고요."

하아, 하고 한숨을 쉬는 모습은 연기가 섞여 호들갑을 피우는 것처럼도 보였지만, 프란체스코 왕자라면 본심일 수도 있겠다는 생각이 들었다.

어느 쪽이든 간에, 젠지로의 대답은 똑같았다.

"프란체스코 전하라면 문은 활짝 열려 있습니다. 단, 그것은 어디까지나 우리 카파 왕국 쪽의 문일 때의 이야기입니다. 샤로와 지르벨 쌍왕국 측의 문은 제가 어떻게 할 수 없으니, 전하가 직접 허가를 받아 주십시오."

"그렇죠? 하아…… 마음이 무거워. 아버지도 할아버지도 설교가 길어서 말입니다."

감정 표현은 노골적이었지만, 그것이 오래 이어지지 않는 것도 이 금발 왕자의 특징이었다.

껍질을 벗기듯이 아주 짧은 시간에 우울한 표정에서 원래의 밝은 미소로 돌아온 프란체스코 왕자는 이야기의 소재마저도 조금 전과는 전혀 달랐다.

"그런데 젠지로 폐하. 조금 전부터 계속 신경 쓰였는데, 그 상자는 대체 뭐죠?"

프란체스코 왕자가 말하는 상자란 물론 젠지로가 아우라에게 건네받은 그 상자였다.

마침 좋은 기회라고 생각한 젠지로는 뒤에 대기하고 있던 시녀 이네스에게 눈으로 신호를 보냈다.

신호를 받은 시녀 이네스가 그 상자를 프란체스코 왕자 앞으로 가져왔을 때, 젠지로는 미소를 지으며 말했다.

"아우라 폐하께 받아온 물건입니다. 꼭 프란체스코 전하에게 보여 드리고 싶다는 아우라 폐하의 전언도 있었습니다."

"오오, 저한테요? 선물인가요?"

기쁘게 상자에 손을 뻗으려는 프란체스코 왕자의 뒤에서 시종인 남자가 조금 눈을 찔끔거리는 모습을 젠지로가 눈치챘다.

보통 왕족은 이런 물건을 직접 받아서 열지 않는다.

언제든 위험에 처할 수 있는 왕족은 그런 습관이 분명히 몸에 배어 있을 텐데, 아무래도 프란체스코 왕자는 예외인 모양이었다.

기쁘게 상자의 뚜껑을 여는 프란체스코 왕자에게 젠지로가 웃으면서 말했다.

"선물, 하고는 조금 성질이 다르군요. 물론 현물은 프란체스코 전하에게 드리는 것이지만, 그것을 보고 솔직한 감상, 아니, 평가를 들려 주셨으면 합니다."

"평가, 말인가요?"

젠지로의 말을 듣고 고개를 갸웃하면서 상자의 안을 본 프란체스코 왕자는 순식간에 표정이 변했다.

상자에 담겨 있던 네 개의 유리구슬 비슷한 것을 본 프란체스코 왕자의 얼굴에는 경악과 환희가 반반씩 섞인 표정이 떠올랐다.

"이건 '아우라 폐하'의 것이죠? '젠지로 폐하'의 것이 아니라."

새삼 확인하듯이 묻는 프란체스코 왕자에게 젠지로는 의도적으로 느릿하게 고개를 끄덕였다.

"네. 그건 저의 것이 아닙니다. 아우라 폐하의 것입니다."

"그런가요?"

지금까지도 프란체스코 왕자는 몇 개인가 유리구슬을 받아 마법 도구의 매개체로 사용했지만, 그건 모두 젠지로 개인의 물건이었다.

젠지로가 다른 세계에서 가져온 것인 이상, 그것은 아무리 완성도가 높아도 수량에 한계가 있을 수밖에 없었다.

하지만 이번 유사 유리구슬은 여왕 아우라의 것이라고 말했다.

즉, 그 말은 카파 왕국의 유리구슬 자체생산이 성공적으로 진행되고 있다는 것을 의미했다.

놀라운 감정은 이제 사라져 버렸는지, 프란체스코 왕자는 환희에 찬 표정으로 유사 유리구슬을 하나씩 손에 들고 관찰했다.

"어떠신가요, 프란체스코 전하?"

젠지로의 질문을 듣고 네 개의 유사 유리구슬에서 눈을 뗀 프란체스코 왕자는 작게 숨을 내쉬며 고개를 저었다.

"아쉽지만, 모두 안 되겠군요. 사용할 수 없습니다. 마법 도구의 매개체로 사용할 때에는 투명하면 할수록 좋습니다. 하지만 반대로 어느 정도 불투명한 것은 넘어갈 수 있어도, 형태는 그냥 넘어가기 힘듭니다. 사용할 수 있을 만한 구형인가, 사용할 수 없는 것인가, 둘 중 하나죠. 이 유리구슬 네 개는 모두 형태에 문제가 있습니다. 이것 한 개는 정말 아깝지만요."

그렇게 말하며 프란체스코 왕자는 네 개 중에서 가장 완성도가 높은 한 개를 손바닥 위에 올리고 이리저리 굴렸다.

마법 도구의 매개체로서 가장 좋은 것은 무색투명한 구체이다.

색은 무색투명하면 100점, 조금 탁하면 90점, 더욱 탁하면 80점인 반면, 형태는 사용할 수 있는 구체는 모두 100점, 일정 이상의 상처가 나 있거나 일그러져 있으면 모두 0점이라는 모양이었다.

일그러진 구체, 상처 난 구체보다는 차라리 다면체로 커팅된 것이 더 낫다고 한다.

"그렇군요. 형태가 더 중요하다는 말씀인가요? 그럼 아우라 폐하께는 그렇게 전해 두겠습니다."

"네. 물론 색도 무색투명에 가까우면 가까울수록 효율이 올라가지만, 가장 중요한 것은 형태입니다. 그런데 젠지로 폐하. 이걸 조금 사용해도 괜찮을까요?"

그렇게 말하며 프란체스코 왕자가 품에서 꺼낸 것은 지난번에도 사용했던 커다란 바람 소리를 일으키는 마법 도구였다.

의도를 눈치챈 젠지로는 고개를 끄덕였다.

"네, 상관없습니다. 이네스, 나탈리오. 프란체스코 전하의 희망대로 조금 물러나 있게."

"알겠습니다."

"네!"

젠지로와 프란체스코 왕자의 측근들이 모두 두 사람이 앉아 있는 소파에서 충분히 멀리 떨어지자, 프란체스코 왕자가 바람 마법 도구를 기동시켰다.

이제 바람 소리의 방해를 받아 서로의 목소리는 서로에게만 들리는 상황이 되었다.

맨 처음에 말을 꺼낸 사람은 이런 상태가 되길 원했던 프란체스코 왕자였다.

"젠지로 폐하. 일단 확인해 두고 싶은데, 이게 완성되면 구입할 수 있다고 생각해도 되겠지요?"

프란체스코 왕자는 유사 유리구슬을 오른손의 엄지와 중지로 잡고 몸을 앞으로 내밀었다.

그 기세에 조금 압도되었지만, 젠지로는 쓴웃음을 지으면서 확실하게 대답해 주었다.

"모든 것은 아우라 폐하의 뜻에 따른 것이니 단언은 할 수 없지만, 샤로와 왕가와의 거래는 하실 거라 생각합니다. 단, 프란체스코 전하도 아시는 대로, 매우 중대한 '양산품'이니, 단순히 금액에 따라 결정되는 거래는 아니리라 생각합니다만."

하지만 그것은 프란체스코 왕자가 원하는 대답이 아니었다.

프란체스코 왕자는 아무렇지도 않은 듯 고개를 것더니.

"아니요. 카파 왕가와 샤로와 왕가의 거래 이야기가 아니라, 제가 개인적으로 구입하고 싶어서 그럽니다."

왕족이라는 자각을 눈곱만큼도 하고 있지 않다는 듯이 위신 없는 말을 아무렇지도 않게 해 버렸다.

"그렇게 마음대로 행동하면, 브루노 폐하에게 혼나시지 않나요?"

"괜찮습니다. 혼날 각오는 이미 했거든요."

꽉 주먹을 쥐는 프란체스코 왕자를 보고 젠지로는 호들갑스럽게 한숨을 내쉬었다.

"그래선 괜찮다고 할 수 없다고 생각합니다만."

"그럼 들키지 않게 몰래 팔아 주십시오. 저는 나중에 카파 왕국으로 갈 거니까요. 그곳에서 팔아 주시면 안 들킬 겁니다."

아무리 생각해도 들킬 게 뻔했지만, 그렇게 단언하는 프란체스코 왕자를 보면 더 이상 말을 해 봐야 소용없는 일일 듯했다.

"확실히 나중에 카파 왕국에 체재하실 예정인 프란체스코 전하의 입장을 생각해 보면, 멀리 있는 쌍왕국의 브루노 폐하를 경유하는 것은 시간의 손실이 너무 크긴 합니다. 그렇다면, 장부상으로만 결산을 맞추고, 프란체스코 전하가 사용할 분량은 직접 받아가시는 형태는 어떨까요?"

젠지로로서는 양쪽 모두를 만족시킬 만한 묘안이라고 생각했지만, 프란체스코 왕자는 그 긴 금발이 흐트러질 정도로 크게 고개를 저었다.

"그건 안 됩니다. 저는 카파 왕국에 가 있는 사이에 아버지나 할아버지가 금지하신 마법 도구를 제작하고 싶거든요."

"그만두세요. 국제 문제로 비화합니다."

곧장 그렇게 딴지를 건 젠지로는 매우 상식적인 판단력을 지니고 있다고 할 수 있었다.

프란체스코 왕자의 말이 사실이라면 절대 유리구슬을 양도할 수 없다. 최악의 경우, 정말로 카파 왕국과 샤로와 지르벨 쌍왕국 사이에 커다란 균열이 생길 수도 있었기 때문이다.

하지만 그런 젠지로의 거절의 뜻을 듣고도 프란체스코 왕자는 전혀 물러서려고 하지 않았다.

"아니, 이제 정말 얼마 안 남았습니다. 이론적으로는 가능해요. 하지만 일반적으로 만들면 완성까지 10년은 걸리죠. 그래서 이 보석이 필요한 겁니다. 이해해 주십시오, 젠지로 폐하."

"이해는 하지만, 대답은 변하지 않습니다. 프란체스코 전하가 어떤 마법 도구를 만드시려고 하시는지는 모르겠지만, 현재의 왕과 차기 왕이 금지하는 마법 도구를 제작하는 데 저와 아우라 폐하가 힘을 보탤 수는 없습니다."

젠지로로서는 꽤 강한 말로 거절한 것이었는데, 프란체스코 왕자의 반응은 젠지로의 예상과는 완전히 달랐다.

"네? 모르신다고요? 정말로? 제가 만들려고 하는 마법 도구가 뭔지 젠지로 폐하는 들어 본 적이 없다는 말씀인가요?"

젠지로는 왜 프란체스코 왕자가 신기하게 생각하는지 전혀 이해할 수가 없었다.

"네, 맹세코 들어 본 적이 없습니다. 왜 제가 알고 있을 거라고 생각하시는지요?"

젠지로의 질문을 듣고 금발의 왕자는 작게 양쪽 어깨를 늘어뜨리며 말했다.

"그거야 꽤 오래 전에 이 일에 관해서 아우라 폐하에게 말씀을

드렸거든요. 아, 물론 아무에게 말하지 말아 달라고 다짐은 받아 두었지만요."

"그렇다면 제가 알고 있을 리가 없지 않습니까."

"우와. 아우라 폐하는 정말로 젠지로 폐하에게까지 비밀로 해 주셨군요. 정말 놀랐습니다."

밝게 웃으며 실례되는 말을 하는 프란체스코 왕자를 보고 젠지로는 조금 얼굴을 찡그렸다.

하지만 프란체스코 왕자의 말이 일반적인 반응인 것은 사실이었다.

공식 계약서를 나누었다면 몰라도, 그냥 구두 약속인 '비밀'이 정말로 효력을 발휘하는 경우는 좀처럼 찾기 힘들다.

아무에게나 다 퍼뜨리는 것은 물론 안 되지만, 아우라와 젠지로처럼 신뢰할 수 있는 친족에게는 오히려 이야기가 전해졌다고 보는 것이 일반적이다.

물론 일반적인 것은 이야기가 전해졌을 거라는 것 정도이고, 그것을 상대의 당당하게 공언하는 것은 누가 봐도 비상식적이지만.

프란체스코 왕자는 전혀 개의치 않는 다는 듯한 모습으로, 호들갑스럽게 더욱 목소리를 낮추며 말했다.

"그렇다면 설명을 해 드리겠습니다. 제가 만들려고 하는 것은 '부여마법' 마법 도구입니다. 아우라 폐하도 아주 크게 흥미를 보이셨으니, 외람되지만 협력해 주시지 않을까 하고 생각 중입니다만."

"?!"

'부여마법' 마법 도구. 예상을 뛰어넘는 엄청난 발언을 듣고 젠지로는 놀라움을 숨기지 않았다.

마법 도구 제작 마법인 '부여마법'을 마법 도구화한다. 그 의미를 전체적으로 한 번 머릿속으로 생각해 본 젠지로는 브루노 왕과 주세페 왕태자가 금지한 것도 당연하다는 생각이 들었다.

젠지로는 충고를 하기 위해 의도적으로 험악한 표정을 지으며 프란체스코 왕자에게 경고했다.

"프란체스코 전하는 샤로와 왕가를 세계의 패자(覇者)로 만들 생각이십니까?"

그 말을 들은 금발 왕자는 젠지로가 전혀 예상하지 못한 반응을 보였다.

"응?"

"네?"

"……."

"……."

프란체스코 왕자는 젠지로가 말한 '쌍왕국을 세계의 패자로 만든다'라는 말의 의미를 이해하지 못했고, 젠지로는 프란체스코 왕자가 그 의미를 이해하지 못한다는 사실을 이해하지 못했다.

서로 고개를 갸웃거리며 아무 말도 없는 가운데, 그러한 침묵을 깬 사람은 젠지로였다.

"혹시 제가 착각을 했을지도 모르겠습니다. 프란체스코 전하. 저는 전하가 만드려고 하는 '부여마법' 마법 도구가 마법 도구를 제작하는 마법 도구라고 알고 있는데, 아닌가요?"

젠지로의 확인을 위한 질문에 프란체스코 왕자가 고개를 끄덕였다.

"맞습니다. '마법 도구를 제작하는 마법 도구'입니다. 그런 말을 했더니 아버지와 할아버지는 안색을 바꾸며 '네놈은 샤로와 왕가를 멸망시킬 생각이냐!'라고 말씀하셨는데요."

샤로와 왕가를 멸망시킨다는 말은 호들갑스럽긴 하지만, 아버지와 할아버지가 하고 싶은 말이 무엇인지는 프란체스코 왕자도 잘 알았다.

혈통마법은 왕가의 기득권 그 자체. 그것을 한정적이라고는 하지만 왕가 이외의 사람들도 사용할 수 있도록 하겠다는 것이니, 상대적으로 샤로와 왕가의 가치가 떨어지는 것은 사실이었다.

그렇기에 프란체스코 왕자는 그것과는 정반대에 해당하는 젠지로의 주장을 이해하지 못했다.

그런 프란체스코 왕자의 대답을 듣고, 젠지로는 문득 생각이 난 듯이 말했다.

"앗, 혹시 프란체스코 전하가 만드려고 하는 마법 도구는 그것을 사용하면 누구나 모든 부여마법을 사용할 수 있게 되는 그런 것인가요?"

그렇다면 자신이 생각하는 전제는 근본부터 무너진다. 그렇게 생각해 그런 질문을 한 것인데, 프란체스코 왕자는 고개를 가로저었다.

"아니요. 아무리 그래도 그렇게 하는 것은 어렵습니다. 제가 만들려고 하는 것은, 하나당 특정한 마법 도구를 한 종류만 만들 수 있는 마법 도구입니다. 처음에 만들려고 하는 것은 '물 생성'입니다. 우리 나라의 물 부족은 심각하니까요."

프란체스코 왕자의 그 말을 듣고, 젠지로는 역시 자신의 생각은 틀리지 않았다고 확신했다.

"그렇게 기능을 한정한 '마법 도구를 제작하는 마법 도구'가 세상에 퍼지면, 마법 도구는 이 세계에 폭발적으로 퍼질 겁니다. 마법 도구는 편리하니까요."

"네. 지금도 마법 도구를 구입하려고 하는 사람은 자란궁 앞에 길게 줄을 서 있습니다. 그러니 아버지나 할아버지의 걱정도 이해하는 바입니다. '마법 도구를 제작하는 마법 도구'가 세상에 퍼지면, 그 긴 줄은 확실히 짧아질 테니까요——즉, 샤로와 왕가의 재정 상황이 악화되는 겁니다. 하지만 그 문제는 '마법 도구를 제작하는 마법 도구'를 국외에 판매하지 못하게 금지 또는 예외 조치로 한정하면 대처할 수 있다고 생각합니다."

현재 쌍왕국 국내만 하더라도, 필요한 마법 도구가 제대로 공급되지 못하는 상태다, 라고 프란체스코 왕자는 역설했다.

"아아, 그런 것이군요……."

젠지로는 겨우 발상 단계에서 서로 큰 인식 차이가 있었다는 사실을 깨달았다.

이 세계의 왕족들은 혈통마법을 몰래 감추어 이득을 얻어야 한다는 생각이 너무 강했다.

물론 그것은 어느 정도 사실이지만 '마법 도구를 제작하는 마법 도구'에는 그런 기존의 가치관을 확 변하게 만들 수 있는 잠재력이 있다고 젠지로는 생각했다.

'이건 어쩌면 또 실언이었을까?'

젠지로는 그렇게 자신의 발언을 반성했지만, 실언이었다고 하더라도 현 시점에서 프란체스코 왕자에게는 올바른 의미가 전해지지 않은 상태였다.

"그러니, 젠지로 폐하. 폐하는 왜 완전히 정반대의 감상, '샤로와 왕가가 세계의 패자가 된다'라고 생각하셨는지, 부디 알려 주셨으면 합니다만?"

프란체스코 왕자의 경우, 순수한 호기심으로 물어본 것일지도 모르지만, 그렇다고 해서 그렇게 위험한 지혜를 굳이 알려 줄 이유는 없었다.

"아니요. 그냥 생각이 깊지 못해 착각을 했습니다. '마법 도구를 제작하는 마법 도구'를 사용하면 그만큼 제작할 수 있는 마법 도구가 늘어날 것이라고, 단순히 그렇게만 생각했습니다. 역시라고 해야 할지, 브루노 폐하와 주세페 왕태자 전하는 생각이 깊으십니다. 감탄했습니다."

그런 대답으로 얼버무리면서, 젠지로는 카파 왕국으로 귀국하자마자 이 일에 대해 대화를 나눠 보자고 마음속으로 굳게 결심했다.

[제2장] 성백궁에서의 계약

젠지로가 쌍왕국에 온 지 3일 후.

젠지로는 샤로와 지르벨 쌍왕국이 자랑하는 또 하나의 왕궁——성백궁(聖白宮)에 처음으로 들어갔다.

성백궁이란 이름이 나타내는 대로 이쪽은 자란궁과는 달리 흰색을 중심으로 한 건물이었다.

또, 자란궁이 둥근 지붕으로 대표되는 남대륙 느낌의 건축물인 것과는 달리, 성백궁은 완벽한 북대륙풍의 건축물이었다.

색의 조합에 따른 문제도 있겠지만, 자란궁에 비해 분위기가 차분한 성백궁의 긴 복도를 나아가, 젠지로는 안내를 받아 알현실 안으로 들어갔다.

이름이 크게 울려 퍼지는 가운데, 젠지로는 여러 장군과 제후들이 쭉 늘어서 있는 실내의 가운데를 걸어가 왕좌 앞에서 멈춰 서 왕이 말을 하길 기다렸다.

이 흐름은 지난번의 자란궁 때와 마찬가지였다.

젠지로는 단상의 옥좌에 앉아 있는 노인을 바라보았다.

'지르벨 법왕 가문의 베네딕트 1세인가. 분명히 나이는 아직 아슬아슬하게 60대일 텐데, 이쪽은 브루노 왕과는 달리 나이 그대로의 느낌이네. 브루노 왕보다 나이가 많아 보여.'

그런 젠지로의 감상대로, 베네딕트 법왕은 희고 긴 턱수염을 기른 노인이었다.

혈색은 좋아 보였지만, 메마른 듯 마른 몸이었기 때문에 딱 봐도 노인이라는 분위기가 느껴졌다.

하지만 입에서 나온 목소리는 아직 탄력을 잃지 않아 노인이라는 생각을 달아나게 했다.

"샤로와 지르벨 쌍왕국의 법왕 베네딕트요. 쌍왕국을 대표한 환영 인사는 지난번에 브루노가 이미 했을 터이니, 짐은 지르벨 법왕 가문을 대표해 환영의 인사를 하겠소. 성백궁에 어서 오시오, 젠지로 폐하."

"카파 왕국의 여왕 아우라 1세의 반려, 젠지로라고 합니다. 베네딕트 예하의 존안을 뵐 기회를 얻어 기쁘기 그지 없습니다."

부드러운 베네딕트 법왕의 목소리에 조금 긴장이 풀린 젠지로는 몇 번이나 연습한 대로 인사를 건넸다.

형식적이고 무난한 인사를 나누면서 젠지로의 뇌리를 스쳐 간 것은 지난번의 자란궁에서 있었던 그 일이었다.

형식적으로 인사가 끝날 것이라고 생각했는데, 브루노 왕의 기습을 받아 브루노 왕 퇴위 발표를 하는 구실로 이용당한 사실은 아직도 기억에 생생히 남아 있었다.

그 탓에 긴장하는 젠지로의 모습을 간파한 것인지.

"그렇게 말씀해 주시니 정말 고맙구려. 아, 너무 긴장하지 마시오. 짐은 브루노와는 달리, 이 자리에서 갑작스러운 발언을 꺼내 손님을 곤란하게 하는 성격이 아니외다."

베네딕트 법왕은 그렇게 말하며 농담을 한 것이라는 듯 호탕하게 웃었다.

"네……."

하지만 이번 농담은 다른 한 명의 왕을 비아냥거리는 내용이었기 때문에, 같이 웃어도 좋은지 판단지 잘 서지 않아 젠지로는 애매한 표정을 지으며 애매하게 대답할 수밖에 없었다.

일단 잘 모르는 것을 굳이 언급하지 않으려 노력하면서, 젠지로는 용건을 먼저 꺼냈다.

"우리나라의 여왕 아우라에게서 베네딕트 예하께 보낼 서간을 전달받아 가지고 왔습니다."

그렇게 말하고 젠지로가 꺼낸 서간은 측근의 손을 거쳐 베네딕트 법왕의 손으로 전달되었다.

서간을 손에 든 베네딕트 법왕은 왕좌에 앉은 채 봉랍을 뜯어 안을 훑어보았다.

그리고 순간 긴 눈썹을 위로 번쩍 들어 올렸던 베네딕트 법왕이었지만, 곧장 원래의 온화한 미소를 지으며 젠지로에게 말했다.

"잘 알겠소. 아우라 폐하께는 모두 다 이해했다고 전해 주시오. 정식 답변은 서면으로 후일에 전달할 생각인데, 그래도 되겠소?"

"네. 감사합니다."

서간의 내용을 보지 못한 젠지로는 그렇게 대답할 수밖에 없었다.

"흐음, 아우라 폐하와는 모르는 사이도 아니라 말이오. 서로 옥좌에 앉아 있는 몸이니, 한번 만나러 오라고도, 만나러 가겠다고도 말할 수 없으나, 짐도 걱정을 많이 하고 있다고 전해 주시오."

"네, 반드시 전해 드리겠습니다."

베네딕트 법왕과 여왕 아우라가 서로 안면이 있는 사이라는 말을 듣고 젠지로가 조금 놀라기는 했지만, 생각해 보면 아우라가 '순간이동'으로 쌍왕국에 사람을 보낼 수 있는 이상, 그것은 아주 당연한 이야기였다.

'순간이동'은 이동하는 곳을 명확하게 뇌리에 떠올릴 필요가 있다. 젠지로처럼 디지털카메라로 이동할 장소를 촬영하는 것처럼 반칙이라도 하지 않는 이상, 목적지로 지정할 수 있는 곳은 어느 정도 장기 체재한 적이 있는 장소뿐이다.

아우라도 그런 말을 한 적이 있던 것 같았다.

그렇다면 아우라와 베네딕트 법왕이 아는 사이라는 것은 지극히 당연하다고 할 수 있었다.

그렇게 별 의미도 없는 잡담을 조금 한 뒤, 베네딕트 법왕이 본론을 꺼냈다.

"젠지로 폐하의 목적은 들어서 잘 아오. 홀몸이 아닌 아우라 폐하를 위해 우리 지르벨 법왕 가문의 치유술사를 카파 왕국으로 파견해 주었으면 한다, 그런 것이라 들었소만?"

새삼 그 사실을 확인하는 베네딕트 법왕에게 젠지로가 고개를 끄덕이며 대답했다.

"네, 그 말씀대로입니다. 아무쪼록 잘 부탁드립니다."

젠지로에게 있어서는 긴장되는 순간이었다.

샤로와 왕가가 만반의 준비를 하고 기다리고 있다는 사실을 알면서도 굳이 샤로와 지르벨 쌍왕국까지 찾아온 목적은 단 하나, 치유술사의 파견 때문이었다.

브루노 왕과 사전 교섭을 하여 최소한 한 달 동안 파견해 주겠다는 보증은 받아 두었지만, 결과가 나올 때까지는 방심할 수 없었다.

또 무언가 무리한 부탁을 해 올지도 모른다.

하지만 그런 젠지로의 긴장을 아는지 모르는지, 베네딕트 법왕은 시원스럽게 말했다.

"흐음, 브루노에게 이야기는 들었소. 브루노가 상당히 민폐를 끼친 듯하오만. 좋소. 희망하는 대로 카파 왕국에 치유술사를 한 명 파견하도록 하겠소이다."

"?! 감사합니다!"

너무 쉽게 희망을 들어주어서, 놀라움을 금치 못하는 젠지로를 보고 베네딕트 법왕은 호탕한 할아버지 같은 미소를 지으며 말을 계속했다.

"파견 시기는 폐하의 희망을 그대로 받아들일 생각이오. 단, 그 기간에 걸맞은 보수(報酬)는 규정대로 받을 것이외다. 또 치유술사와 그 호위, 시종의 이동에 드는 비용도 부담해 주셔야 하오."

"네, 맡겨 주십시오."

베네딕트 법왕의 조건을 젠지로는 즉각 받아들였다.

실제로 지금 베네딕트 법왕이 내건 조건은 지극히 상식적인 것으로, 교섭할 필요도 없는 것이었다.

보수에 대해서는 세부 사항에 대해 다시 논의할 필요는 있지만 '규정대로'라고 말한 이상, 그것이 금전이라는 사실은 확실했다. 그 외에는 금액 문제뿐이다.

브루노 왕처럼 정신을 차려 보니 이쪽이 곤란하게 되었다. 같은 일은 없을 듯했다.

"하나, 파견하는 치유술사는 이쪽이 정하도록 하겠소. 아, 물론 여성이오. 그 점은 안심하시오."

"네, 배려해 주셔서 감사합니다."

임산부인 아우라를 돌봐주기 위한 치유술사를 부르는 것인데 남자여서는 아무래도 불편한 점이 많다.

치유술사는 사실상 의사나 마찬가지이기 때문에, 직무 중에는 남자라도 후궁에 들어가거나 여성 환자의 속살을 보거나 하는 것이 금기는 아니었지만, 여성 치유술사를 파견해 주면 그보다 더 좋은 것은 없었다.

"다름 아닌 카파 왕국의 여왕을 위해서이니, 그 정도의 배려는 당연한 것 아닐까 하오. 아자벨라, 앞으로 나오너라."

"네, 예하."

지명을 받고 좌우에 늘어서 있는 사람들 가운데 여성 한 명이 앞으로 나왔다.

나이는 마흔을 지난 정도일까. 딱 그 나이에 맞는 체격으로, 키는 크지도 작지도 않았다. 지르벨 법왕 가문의 상징색인 흰색을 바탕으로 한 드레스를 두른 모습이었다.

간단히 말해, 조금 통통하지만 품위 있어 보이는 아주머니였다.

"이자벨라. 이야기는 들었을 거라 생각한다. 자네는 카파 왕국으로 가서 아우라 폐하의 건강 유지에 힘쓰거라. 그 외의 행동은 규정대로다."

"네, 알겠습니다."

여성──이자벨라 왕녀는 예의바르게 고개를 숙였다.

"오랜만입니다. 젠지로 폐하. 들으신 대로 제가 카파 왕국에 파견되게 되었습니다. 이번에는 오래 머물게 될 테니, 아무쪼록 잘 부탁드립니다."

이자벨라 지르벨.

일찍이 젠지로가 '숲의 축복'에 걸려 드러누웠을 때, 병문안을 와 준 인물이었다.

병상에 누워 있을 때 만난 기억이라 조금 애매하긴 했지만 '오랜만입니다'라는 말을 듣고 당황하지 않을 정도는 그 모습을 기억하고 있었다.

"이쪽이야말로 잘 부탁드립니다. 치유술사로 이름이 높으신 이자벨라 전하께서 와 주시다니, 영광스럽기 그지 없습니다."

젠지로의 말에 거짓은 없었다.

이자벨라 왕녀는 지르벨 법왕 가문 안에서도 다섯 손가락에 꼽히는 치유술사였다.

그 이자벨라 왕녀가 와 준다면 그보다 더 마음 든든한 일은 없었다. 그런 이자벨라 왕녀와 장기 계약을 맺는 것이니, 지갑 사정은 상당히 타격을 받겠지만, 비용 대비 효과라는 관점에서 생각하면 그런 타격을 충분히 감수할 만한 지출이었다.

"베네딕트 예하, 감사합니다. 이자벨라 전하, 부디 잘 부탁드립니다."

그렇게 말하며 고개를 숙이는 젠지로의 말에는 진심이 묻어나 있었다.

젠지로가 무사히 성백궁에서 베네딕트 법왕과의 알현을 마친 그 날 밤.

옆에 있는 자란궁의 한 방에서는 브루노 왕과 주세페 왕태자 부자가 조금 심각한 얼굴로 이야기를 나누었다.

'부여'의 샤로와 왕가의 개인실인 만큼, 방의 불빛은 '부동화구(不動火球)'가 아니라 '광구(光球)'였다.

'부동화구'보다 훨씬 밝은 백색광은 열을 전혀 띠지 않아 LED나 형광등의 불빛을 방불케 했다.

주된 이야기의 주제는 여왕 아우라가 브루노 왕에게 보낸 서간이었다.

받는 사람은 브루노 왕이지만, 곧 정식으로 왕관은 양도받기로 결정된 주세페 왕태자가 봐서는 안 된다는 법은 없었다.

오히려 이런 정보를 확실히 전달해 두지 않으면, 후에 큰 문제가 일어날 수 있었다.

그리고 두 사람이 읽은 아우라의 서간에 적힌 내용은 간단히 말해 세 가지였다.

　· 여왕 아우라 자신은 앞으로도 옥좌를 지킬 필요성과 출산으로 인해 다른 나라를 방문하지 못한다. 그러니 국외 방문은 여왕 아우라가 옥좌에 앉아 있는 동안은 젠지로에게 맡길 것이다.
　· 그때, 젠지로가 국외에서 한 말과 행동은 기본적으로 여왕 아우라가 승인한 것이라 봐도 무방하다.
　· 여왕 아우라와 직접 교섭을 하고자 한다면 카파 왕국에 체재하는 외교관에게 더욱 강한 권한을 부여하거나, 그러한 권한을 지닌 자로 교체하길 바란다.

　다 읽은 현재의 왕과 미래의 왕은 모두 한숨을 내쉬었다.
　"성가시게 됐군."
　"네. 역시 아우라 폐하. 젊지만 지난 대전을 승리한 역전의 왕다운 수완입니다."
　이 서건이 도착한 경위에 대해서는 루크레치아에게 서간을 건네받을 때 자세히 물었다.
　동격으로 취급되어야 하는데도 브루노 왕과 베네딕트 법왕에게 건네진 서간 중, 베네딕트 법왕에게 전달하는 서간만 왕의 배우자인 젠지로가 직접 전해 주고, 브루노 왕에게 전달하는 서간은 시중 역할인 루크레치아에게 내맡겼다.
　이것은 젠지로가 명확히 '브루노 왕에게 불쾌한 감정이 있다'고메시지를 보낸 것이었다.

그리고 이 서간을 보는 한, 그 젠지로의 행동은 여왕 아우라가 공인한 것이었다.

"젠지로 폐하는 아무래도 자녀를 끔찍이 사랑할 뿐만 아니라, 그 점을 건드리면 과잉 반응을 보이는 성격이신 듯하군."

"네. 약점인 것은 확실하지만, 자칫 잘못 건드리면 이쪽이 피해를 볼 수도 있을 것 같습니다."

"이번처럼 말이지."

"……."

부왕의 말을 듣고 주세페 왕태자는 침묵했다.

그렇지만 그들도 현재의 국왕과 차기 국왕이다. 그냥 당한 채로 가만히 있을 수는 없었다.

일단 상황을 정리하고, 취할 수 있는 선택지를 모색해 보았다.

"앞으로도 카파 왕국과 계속 관계를 이어나가고자 한다면, 우리 나라까지 걸음을 옮겨 줄 창구는 젠지로 폐하뿐이다. '순간이동'을 사용할 수 있는 사람은 아우라 폐하와 젠지로 폐하 둘뿐이니 말이다. 그런 젠지로 폐하가 나와 너에게 거리를 느낀다는 의사를 표시했다."

"한편으로, 라르고에게는 나쁜 감정을 갖고 계시지 않은 모양입니다. 적어도 우리보다는 양호합니다."

"그래. 그렇다면 교섭을 위한 이쪽의 창구는 라르고가 되겠군. 그래선 아무래도 불리하다."

브루노 왕은 그렇게 말하며 떨떠름한 표정으로 고개를 끄덕였다.

표면적으로 주세페 왕태자와 라르고 왕자는 형제이면서 정적인 관계다.

실제로는 나라가 치명적인 타격을 받지 않도록, 뒤에서 서로 이야기를 하는 자리를 마련할 정도로 사이가 좋지만, 정치적으로 상반되는 의견을 가지고 있다는 것만큼은 흔들림 없는 사실이었다.

카파 왕국과의 교섭은 라르고 왕자를 통하지 않고 자신들이 직접 교섭하고 싶다는 것이, 브루노 왕과 주세페 왕태자의 바람이었다.

"젠지로 폐하를 경유한 교섭은 어려울 듯하군. 그렇다면 본국에 있는 아우라 폐하에게 직접 이야기를 해야 하는데……."

주세페 왕태자는 작게 어깨를 으쓱 들어 올리며 부왕의 뒤를 이어 말했다.

"이 서간의 내용이 문제이군요. '카파 왕국에 체재하는 외교관에게 더욱 강한 권한을 부여하거나, 그러한 권한을 지닌 자로 교체하라'는 것이 아우라 폐하의 희망입니다."

이것은 '좋다. 그럼 그렇지 하자'라고 할 수 있는 문제가 아니었다.

샤로와 지르벨 쌍왕국은 그 이름대로 두 개의 왕가가 양립하고 있는 특수한 국가였다. 그리고 일반적으로 사람들은 '내정은 샤로와', '외교는 지르벨'이라고 불렀다.

그 명칭이 나타내듯이 외교에 관한 권한은 지르벨 법왕 가문이 쥐고 있다.

당연히 외교관들의 대부분은 지르벨 법왕 가문과 가까운 귀족이고, 샤로와 왕가 측의 외교관은 그 수가 매우 적었다.

현재 카파 왕국에 주재하고 있는 모레노 밀리텔로 기사는 샤로와 왕가에게 매우 귀중한 장기 말이었다.

아쉽지만 모레노 밀리텔로 기사보다 더 상위의 외교관에게는 샤로와 왕가의 입김이 닿은 자가 한 명도 없었다.

그리고 샤로와 왕가 측이 지르벨 법왕가의 허가 없이 모레노 밀리텔로 기사의 외교관 권한을 더 높이는 것은 불가능한 일이었다.

즉, 서간에 있는 대로 여왕 아우라와 직접 교섭하는 자리를 마련하고자 한다면, 어쩔 수 없이 지르벨 법왕 가문에게 한 자리를 내주어야만 한다.

말할 것도 없이 샤로와 왕가와 지르벨 법왕 가문은 같은 나라를 이끌어 가는 동맹인 동시에 한 나라의 권력을 두고 경쟁하는 영원한 정적이었다.

"젠지로 폐하의 무례라고도 할 수 있는 대처. 여왕 아우라가 제시한 불리한 조건. 보통이라면 정식으로 항의를 하고 침착하게 대응하거나, 상대가 초조해질 때까지 무시하면 되지만……."

"이런 것을 보냈으니, 그럴 수도 없겠군요."

그렇게 말하며 한숨을 쉰 주세페 왕자는 책상 위의 상자에서 '유사 유리구슬'을 꺼내 손바닥 위에 올리고 이리저리 굴렸다.

숨기고 싶다면 프란체스코 왕자가 카파 왕국에 돌아간 뒤에 보여주면 됐을 텐데, 굳이 이 타이밍에 쌍왕국으로 가지고 왔다는 것은 아무리 생각해도 비공식 루트를 통해 '유사 유리구슬'을 브루노 왕을 비롯한 사람들에게 보여 주고 싶었다고 생각할 수밖에 없었다.

"이것은 아직 전혀 가치가 없지만, 아주 아까운 정도까지 완성되어 있군. 이런 속도라면 다음에는 실제로 사용 가능한 물건이 만들어질지도 몰라."

그렇게 말하며 브루노 왕은 눈을 가느다랗게 떴다.

마법 도구의 매개체로서 가장 적당한 것은 '무색투명한 구체'다.

그런 물체를 젠지로가 이세계에서 대량으로 가져왔을 때도 나름 놀랐지만, 이번의 충격에는 비할 바가 아니었다.

아무리 수가 많아도 이세계에서 가져온 물건은 수량이 한정되어 있다. 하지만 그것을 이쪽 세계에서 양산하게 되면 상황이 완전히 바뀐다.

"가능하다면 그 양산 기술을 어떻게든 입수하고 싶습니다. 물론 하루아침에 되는 일은 아니겠지요. 그랬다간 카파 왕국과의 균열이 걷잡을 수 없어지고 맙니다. 일단은 카파 왕국과 우호적으로 무역을 빈번히 하며, 양산된 보석을 정기적으로 구입할 수 있는 체재를 갖추었으면 합니다."

"그래, 그랬으면 하는군. 하나, 그러기 위한 교섭을 하려고 해도 이쪽에 온 젠지로 폐하는 명맥하게 나와 너에게 거리를 두고 있고, 아우라 폐하와 직접 교섭을 하려고 해도 권한이 강한 외교관——지르벨 법왕 가문 측의 귀족을 파견해 주길 요구하고 있으니……"

브루노 왕은 그렇게 말하며 깊은 한숨을 내쉬었다.

"즉, 아우라 폐하는 우리에게 장래에 양산되는 보석을 입수하는 두 가지 루트를 제시한 것입니다. 젠지로 폐하를 창구로 교섭을 하든가, 아우라 폐하와 직접 교섭을 하라는 것이지요. 전자의 경우,

이쪽의 창구는 라르고가 될 것이고, 후자의 경우 이쪽의 창구는 지르벨 법왕 가문의 외교관이 됩니다."

브루노 왕과 주세페 왕태가의 입장에서는 전자는 샤로와 왕가 내의 정적이고, 후자는 쌍왕국 내의 정적이었다.

양쪽 모두 가능하면 이 교섭에서 배제하고 싶은 것이 당연한 일이었다.

"……실익을 생각한다면 역시 제3의 수단이 가장 좋겠지."

"네, 그렇겠지요."

부왕의 말에 주세페 왕태자도 동의했다.

제3의 수단이란 두말할 것도 없었다.

"젠지로 폐하의 마음을 풀어 드려, 라르고를 경유하지 않고 우리가 직접 젠지로 폐하와 거래를 하는 것이 최선이다."

"그렇습니다."

브루노 왕의 말을 듣고 주세페 왕태자는 어깨를 으쓱 들어 올리며 동의했다.

그리고 그게 여왕 아우라가 그린 그림이라는 것도, 이미 두 사람은 확신하고 있었다.

카파 왕국 측에서도 유리구슬을 양산해 봐야 그것만으로는 아무런 의미도 없었다.

'부여마법'의 사용자 이외의 사람들에게 유리구슬이란 기껏해야 '조금 보기 드문 보석' 정도의 가치밖에 없었기 때문이다.

즉, 유리구슬에 높은 가치를 부여하는 사람들은 '부여마법'의 사용자인 샤로와 왕가 사람들뿐이었다.

그런 점에서 보면, 여왕 아우라도 유리구슬의 양산이 성공하기 직전인 지금, 샤로와 왕가와 교섭의 장을 마련하고 싶어 할 것은 자명했다.

그 교섭 자리에 지르벨 법왕 가문이나 샤로와 왕가 쪽 사람이기는 하지만 주류가 아닌 라르고 왕자를 동석시키는 것은 여왕 아우라에게 있어서도 최선이라고는 하기 힘들었다.

게다가 지금까지 수집한 정보에 따르면 여왕 아우라와 그 배우자인 젠지로의 사이는 친밀하다고 단언할 수 있을 만큼 양호하다고 한다.

그런 점들을 고려하면, 여왕 아우라의 노림수가 젠지로를 도와주는 것, 또는 우월한 입장에 설 수 있도록 지원하는 것이라는 사실은 쉽게 예상할 수 있었다.

"카파 왕국에서 보석의 양산이 시작되면, 앞으로 카파 왕국과의 관계를 더욱 긴밀하게 유지할 수밖에 없습니다. 하지만 카파 왕국은 멉니다. 교섭을 긴밀하게 해야 하는데 '순간이동'으로 오갈 수 있는 젠지로 폐하의 존재를 빼놓고 이야기를 진행하는 것은 매우 비효율적입니다."

유리구슬 정도라면 100개 단위로 거래해도 젠지로는 그것을 들고 '순간이동'을 할 수 있다.

반면에 '순간이동'을 사용하지 않고 카파 왕국에서 쌍왕국까지 옮기려고 하면, 편도로만 한 달 코스, 그것도 우기와 혹서기는 사실상 통행이 불가능할 정도의 가혹한 길이다.

아무리 생각해도 젠지로를 빼놓아서는 대책이 서지 않는다.

브루노 왕은 턱에 손을 대고 생각했다.

"흐음. 이렇게 많은 실리가 걸려 있는 이야기라면, 이쪽이 한 발 양보하는 것 정도는 문제가 없다. 충분히 허용 범위라 할 수 있지. 비공식적인 자리라면 고개를 한두 번 숙이는 것 정도야 아무것도 아니야. 문제는 젠지로 폐하가 무엇 때문에 화가 났는가 하는 점이지. 그것을 정확하게 파악하지 않으면, 오히려 사태를 더욱 꼬이게 만들 우려가 있다."

십중팔구 카를로스 왕자의 일 때문이긴 하지만, 그것이라고 단정 짓는 것은 위험하다. 그것이 브루노 왕의 의견이었다.

부왕의 말을 듣고 주세페 왕태자는 동의하면서도 한 가지를 더 덧붙였다.

"그건 그 말씀대로입니다만, 그 전 단계로서 젠지로 폐하가 '정말로 화가 난 것인가'도 확인해 보아야 할 듯합니다."

"확실히 그렇군."

아들의 충고를 듣고 늙은 왕은 고개를 끄덕였다.

외교를 할 때에 교섭을 유리하게 이끌기 위해 일부러 '화난 척'을 하는 것은 상투 수단이었다.

정말로 화가 난 상대와 일부러 '화가 난 척하는' 상대를 명확하게 구분하지 않으면 자칫 잘못 대처할 수가 있다.

전자의 경우는 확실히 감정의 문제이기 때문에 성실하게 사죄하는 것이 중요하지만, 후자의 경우에는 거래, 밀고 당기기의 일환이기 때문에 말로만 사죄해서는 실익이 없어 아무런 효과도 없다.

주세페 왕태자는 그에 더해 생각을 하면서 말을 계속 이었다.

"그리고 잊어서는 안 되는 것이 젠지로 폐하의 뒤에는 여왕 아우라가 있다는 사실입니다. 현 시점의 저의 사견이긴 하지만, 젠지로 폐하는 거래 때문이 아니라 순수하게 감정이 상해 있을 가능성이 높습니다. 하지만 설사 젠지로 폐하가 감정 탓에 상황을 꼬이게 만들었다고 하더라도, 그 감정을 겉으로 드러내도록 허가한 사람은 아우라 폐하라는 사실을 잊으면 위험합니다."

"그렇군. 젠지로 폐하를 화나게 했다고 한다면, 그것은 지난번의 방문 때의 일일 터. 하나, 일시 귀국을 할 때까지 젠지로 폐하의 말과 행동에서는 이쪽에 대한 독과 가시가 포함되어 있지 않았지. 즉, 그때까지는 품고 있던 악감정을 겉으로 드러내지 않기로 선택했다는 말이야."

"네, 그런데 일시 귀국을 했다가 다시 방문한 이번에는 품고 있던 악감정을 의도적으로 행동을 통해 나타냈습니다. 즉, 아우라 폐하의 지시가 있었든가, 적어도 허가가 떨어졌다고 보는 것이 확실하겠지요."

"그래, 아우라 폐하가 얽혀 있다면, 판단 기준의 밑바탕에는 감정뿐만이 아니라 이익이 있다고 단언할 수 있겠지. 다행히 우리와 카파 왕가의 보석 거래는 카파 왕가에 이익이 된다. 젠지로 폐하의 감정만 풀어 줄 수 있다면, 나쁘지 않은 거래가 되도록 이끌 수 있을 게다."

"네, 일단은 조사를 해야겠군요. 프란체스코, 보나, 라르고, 그리고 루크레치아. 젠지로 폐하와 밀접히 접하는 자들에게 탐문 조사를 해 보도록 하겠습니다."

"부탁하마. 말할 것도 없지만, 라르고와 연락을 할 때에는 조심하거라. 너와 라르고는 표면적으로 불구대천의 정적이니 말이다."

"알겠습니다, 아버지."

주세페 왕태자는 예의 바르게 고개를 숙인 뒤, 자리에서 일어났다.

◆

그리고 며칠 후.

자란궁의 별채에서 젠지로는 조금 초조한 시간을 보내고 있었다.

그 방 안에 있는 사람은 젠지로 이외에 시녀 이네스와 호위 기사인 나탈리오. 그리고 쌍왕국 측에서 붙여 준 시중드는 역할인 루크레치아.

프레야 공주의 입국 허가가 문제없이 떨어져, 이틀 전, 그 취지와 얻은 정보 등을 기록한 편지를 신뢰할 수 있는 병사 한 명에게 건네주고 '순간이동'을 이용해 카파 왕국으로 보냈는데, 곧장 그 병사가 여왕 아우라와 프레야 공주에게 받은 편지 두 통을 들고 '순간이동'으로 다시 날아왔다.

그리고 문제가 없으면 프레야 공주와 측근인 여전사 스카디가 오늘 '순간이동'으로 이쪽으로 오기로 했다.

"슬슬 이동하는 편이 좋지 않을까?"

시간을 신경 쓰며 젠지로가 말하자, 루크레치아는 창문으로 비치는 햇살이 만든 그림자를 보며 고개를 한 번 끄덕였다.

"그러네요. 안내하겠습니다."

꾸벅 고개를 숙이자, 루크레치아의 금색 사이드 테일이 하늘거리며 흔들렸다.

지금 이 자리에 있는 사람 중에 가장 긴장한 사람은 틀림없이 루크레치아다.

젠지로를 안내하며 앞서 걷는 루크레치아의 표정은 어딘가 굳어 있었고, 시선은 똑바로 앞을 보고 있는데 초점이 맞지 않았다.

아마 이제 오게 될 프레야 공주――젠지로의 손님을 생각하고 있으리라.

맨 처음에 젠지로에게 프레야 공주의 이름을 들었을 때는 직감과 편견으로 자기 혼자 프레야 공주를 라이벌로 인정한 루크레치아였지만, 그 후의 정보 수집을 통해 자신의 직감이 확실하다는 사실이 뒷받침되었다.

젠지로가 결혼식에 출석할 때, 여왕 아우라 대신에 파트너를 맡는다는 것을 보면 사실상 확실히 결정된 젠지로의 측실 후보.

같은 젠지로의 측실을 목표로 하는 몸으로서, 물론 라이벌이라고 생각하는 마음도 있었지만, 그 이상으로 호기심이 크게 발동했다.

만난 지 1년도 되지 않아 젠지로의 측실이 되어도 좋다는 확약을 받아 낸 수완.

가능하다면 친하게 지내며 그 방법을 전수받고 싶었다.

왕족인 남자에게 배우자가 세 사람 정도 있는 것은 아무런 문제도 되지 않았다.

배우자라는 출발 지점에 선 뒤에는 같은 남자의 총애를 겨루는 경쟁 상대이지만, 그 출발 지점에 서기까지는 꼭 사이좋게 지내고 싶다는 것이 루크레치아의 본심이었다.

덧붙이자면 루크레치아의 마음을 단적으로 표현하면, '내가 측실로 들어갈 수 있게 협력해 줘. 하지만 측실이 된 뒤에는 당신을 밀어내겠어'이니, 무시무시할 정도로 염치가 없었다.

긴 자란궁의 복도를 걸어 젠지로 일행은 낯이 익은 한 방에 도착했다.

'순간이동'의 기점으로 사용하도록 허용된 한 방.

'순간이동'으로 올 때도, '순간이동'으로 갈 때도, '순간이동'으로 자신 이외의 사람을 보낼 때도, 기점이 되는 곳은 바로 이 방이었다.

샤로와 지르벨 쌍왕국에서 유일하게 '순간이동' 사용을 허가받은 방.

그 덕에 익숙한 장소에서 젠지로는 남몰래 손목에 감아 둔 손목시계를 확인했다.

"……예정대로라면 이제 5분만 기다리면 되는구나."

젠지로가 아무에게도 들리지 않게 입속으로 그렇게 중얼거리고 잠시 뒤. 변화는 갑자기 나타났다.

아무런 전조도 없이, 조금 전까지 아무도 없었던 방의 중심부에 키가 큰 금발 여전사가 그 모습을 드러냈다.

낯익은 가죽 갑옷을 몸에 두르고, 오른손에는 노란색을 띤 유백

색의 단창을 들고 있었다. 또한 등에는 등산용 가방을 방불케 하는 백팩을 맨 모습이었다.

프레야 공주의 호위 겸 측근인 여전사 스카디다.

'순간이동'으로 날아온 스카디는 반사적으로 전투 자세를 잡았지만, 주위를 둘러보고는 상황을 파악하고는 금방 경계를 풀었다.

"앗, 실례했습니다. 젠지로 폐하."

예의 바르게 고개를 숙이는 몸집이 큰 여전사에게 젠지로는 한 손을 들고 담담하게 대답했다.

"아니, 신경 쓰지 말게. 호위로서 당연한 행동이니까. 그것보다도 이제 그만 비켜 주는 게 어떤가. 곧 프레야 전하께서 오실 예정일 텐데."

"네. 신경 써 주셔서 감사합니다."

젠지로의 말을 듣고 여잔서 스카디는 미끄러지듯이 그 자리에서 조금 떨어졌다.

'순간이동'을 하루에 두 번밖에 사용하지 못하는 젠지로는 만약을 대비해 한 번을 남겨 두려고 하루에 사용하는 '순간이동'을 원칙적으로 한 번으로 제한하고 있지만, 최대 세 번까지 사용할 수 있는 여왕 아우라는 하루에 두 번까지 '순간이동'을 사용할 수 있었다.

잠시 뒤, 조금 전의 스카디와 마찬가지로 완전히 갑작스럽게 또 한 사람이 모습을 드러냈다.

푸른색을 띤 은색 단발.

빙벽색의 두 눈동자.

투명한 흰 살결.

그런 타고난 색과 대비되는 진홍색 드레스로 몸을 두른 소녀에게 젠지로는 미소를 지으며 손을 내밀었다.

"어서 오십시오. 손을 잡으시지요, 프레야 전하."

에스코트하는 젠지로의 손을 잡고 프레야 공주는 꽃이 피듯이 미소를 지었다.

"감사합니다, 젠지로 폐하."

카파 왕국의 상징색인 붉은 드레스로 몸을 두르고, 카파 왕국의 왕족인 젠지로에게 에스코트를 받는 은발의 공주를 보고 루크레치아는 멍한 표정을 지었다.

하지만 곧장 정신을 차리고, 자신의 역할을 떠올린 루크레치아는 미소를 지으며 앞으로 나아갔다.

"먼 북대륙 웁살라 왕국의 프레야 공주님이시죠? 잘 오셨습니다. 저는 브로이 후작 가문의 루크레치아라고 합니다. 샤로와 지르벨 쌍왕국을 대표하여 전하의 방문을 환영합니다."

"친절하게 맞이해 주셔서 감사합니다, 루크레치아 님. 웁살라 왕국의 제1 왕녀 프레야라고 합니다. 이쪽은 저의 심복인 빅토리아 크론크비스트입니다. 보통은 스카디라고 부르지요."

프레야 공주가 소개하자, 뒤에 대기하고 있던 여전사——스카디가 작게 고개를 숙였다.

"잘 부탁드립니다, 프레야 전하, 스카디 님. 매우 실례지만, 전하의 시중을 들 담당자가 아직 이곳에 도착하지 않았습니다. 불편하시겠지만 잠시 여기서 기다려 주십시오."

다른 나라의 빈객을 맞이하는데 시중을 들어줄 담당자가 늦는다는 것은 다소 실례되는 일이지만, 자신들의 방문이 갑작스러웠다는 것은 프레야 공주 일행도 잘 알고 있는 일이었다.

"알겠습니다. 그 점은 맡기겠습니다."

그래서 프레야 공주는 그렇게 말하며, 작게 어깨를 으쓱이는 데에 그쳤다.

실제로 기계식 시계가 존재하지 않아 시간을 대략적으로 세는 이쪽 세계에서는 약속 시간에 늦는 일이 그렇게 드문 일이 아니었다.

상대가 늦게 왔는지, 이쪽이 너무 일찍 왔는지 몰라 결국에는 서로 책임을 떠넘기는 형태로 결론이 나는 게 고작이다.

젠지로 자신은 눈치채지 못했지만, 초 단위로 움직이는 정확한 시계를 여러 개 보유하고, 일정을 맞출 수 있다는 것은 사용하기에 따라 엄청난 무기가 될 수 있었다.

이번 일을 예로 들자면, 전에 '순간이동'으로 온 병사가 가져온 편지에 아우라는 '내일 ○○시 ○○분경에 스카디와 프레야 공주를 그쪽으로 보낼게'라고 적어 놓았다.

그것을 본 젠지로는 현대 일본에 있었을 때와 마찬가지로 '5분 전에 행동'을 하여, 시간을 낭비하지 않고 프레야 공주와 스카디가 오기 전에 이 방에 와 있을 수가 있었다.

그렇게 해서 생긴 빈 시간을 이용해, 루크레치아는 숨길 수 없는 동요와 강한 흥미가 담긴 목소리로 프레야 공주에게 질문을 던졌다.

"그런데 프레야 전하. 무례한 질문이라는 점은 충분히 잘 알면서도 드리는 질문인데, 그 옷은 아우라 폐하의 허락을 받고 입으신 건가요?"

'순간이동'을 프레야 공주에게 걸어 줄 수 있는 사람은 아우라밖에 없으니 대답이 뻔한 질문이었지만, 그래도 새삼 확인을 하고 싶을 만큼 루크레치아는 프레야 공주의 '붉은 드레스'가 충격적이었다.

루크레치아의 질문을 듣고 프레야 공주는 몸에 두른 붉은 드레스를 과시하듯이 가슴을 펴고 대답했다.

"네, 물론입니다. 애초에 이 드레스는 아우라 폐하께서 주신 옷이니까요. 이쪽에서는 제가 젠지로 폐하의 파트너가 될 테니, 그에 걸맞은 드레스가 필요할 거라고 하시면서 주신 것입니다."

여왕 아우라가 직접 국가의 상징색인 붉은 드레스를 선물로 주고, 다른 나라에서 남편인 젠지로의 파트너가 되어도 좋다고 공인해 주었다.

이건 확실히 외부 사람들에게 사실상의 측실로서 대해 달라고 말을 하는 것이나 다름없었다.

"참…… 멋지네요."

"감사합니다, 루크레치아 님."

"프레야 전하, 가능하다면 저를 루시라고 불러 주시면 안 될까요? 전하와는 오래도록 친밀하게 지내고 싶습니다.”

그런 말과 함께 의미심장하게 젠지로를 바라보는 루크레치아를 보고 프레야 공주는 그 의도가 무엇인지 곧장 눈치챘다.

“그건 제가 혼자서 결정할 수 있는 문제가 아닙니다.”

그렇게 말하며 프레야 공주도 의미심장하게 젠지로 쪽을 바라보았다.

이렇게까지 노골적으로 티를 내면 그다지 날카롭지 않은 젠지로도 충분히 눈치챌 수 있다.

루크레치아가 정말로 친밀하게 지내고 싶은 사람은 프레야 공주가 아니라 젠지로였다.

그리고 젠지로의 측실로 사실상 결정된 프레야 공주와 ‘오래도록’ 친밀하고 지내고 싶다는 말은 자신도 젠지로의 측실이 되고 싶다는 의미였다.

루크레치아의 태도는 처음부터 명백했기 때문에, 이제 와서 놀랄 일은 아니었지만 그래도 성가시다는 생각이 드는 것은 어쩔 수 없는 일이었다.

하지만 그냥 내버려 두면 더욱 성가셔질 것만 같았다.

어떻게 말해 대화를 끊을까 하고 젠지로가 생각하고 있는데, 누군가가 입구의 문을 노크했다.

“방금 무슨 소리지?”

마침 잘됐다는 듯이 그렇게 말하며 대화를 강제로 끊는 젠지로를 보고 아주 잠깐 상처 받았다는 듯한 표정을 지었지만, 루크레치아는 곧장 미소를 지으며 뒤에 대기하고 있던 시녀의 이름을 불렀다.

"네, 젠지로 폐하. 잠시 시다려 주십시오. 플로라."

"네, 루시 님."

루크레치아의 시녀가 방의 문으로 다가가 무언가를 확인하고 돌아왔다.

"아무래도 프레야 전하의 시중을 들어줄 사람이 도착한 모양입니다. 들여보내도 될까요?"

젠지로로서도, 프레야 공주로서도 안 될 이유가 없었다.

프레야 공주와 눈을 보며 고개를 끄덕인 것을 확인한 젠지로는 조금 큰 목소리로 말했다.

"문제없다. 들여보내라."

그 말에 따라 안으로 들어온 사람은 자색 드레스를 몸에 두른 여성이었다.

수수한 금발은 정성스럽게 묶어 올렸는데도 숨길 수 없을 만큼 생기를 잃어 퍼석거렸고, 왼쪽 눈은 말끔한 푸른색인데 오른쪽 눈은 흰색이 가미된 듯한 느낌이었다.

나이는 스무 살 정도일까? 젠지로도 일단 본 적이 있는 상대였다.

"아니, 마르가리타 전하. 설마 전하께서?"

놀라서 젠지로가 그렇게 말하자, 그 여성은 생긋 미소를 지으며 고개를 끄덕였다.

"네. 브루노 폐하께서 직접 명령하셨습니다. 프레야 전하의 목적을 생각하면, 제가 적임이라고요. 처음 뵙겠습니다, 프레야 전하. 마르가리타 샤로와라고 합니다. 저희 아버지 브루노 왕의 명령으로, 전하를 모시게 되었습니다. 잘 부탁드립니다."

마르가리타 샤로와.

현재의 젊은 사람들 중에서는 프란체스코 왕자와 더불어 최고 수준의 '부여마법' 사용자라고 알려져 있다.

젠지로와 아우라의 결혼 반지를 마법 도구화한 사람도 이 사람이다.

지난번 방문 때에 젠지로가 반지에 대해 고맙다고 인사를 하러 찾아간 적은 있었지만, 마르가리타와 그 이상의 교류는 없었다.

프란체스코 왕자와 어울리다 보면 그만 감각이 둔해지지만, 일반적으로 이름이 알려진 부여마법 사용자는 원래 쉽게 만날 수 있는 상대가 아니었다.

하물며 아무리 왕족이 상대라지만, 일개인의 시중을 드는 역할을 하다니, 이례 중의 이례라고 해도 과언이 아니었다.

"설마 샤로와 왕가의 왕녀 전하가 직접 와 주시다니, 정말 영광입니다. 잘 부탁드립니다, 마르가리타 전하."

"마르가리타 전하라고 하면, 프란체스코 전하와 견줄 수 있을 만큼 엄청난 실력의 마법 도구 제작자예요. 그렇죠, 루크레치아 님?"

그렇게 동의를 요청하는 소리를 듣고서야 비로소 젠지로는 자신을 시중드는 담당인 금발 소녀가 계속 굳은 표정으로 멍하니 서 있었다는 사실을 깨달았다.

"루시 님."

뒤에 서 있던 시녀가 강하게 드레스를 당기자, 루크레치아는 놀라움과 충격을 전혀 숨기지 못한 채, 망가진 인형처럼 몇 번이고 고개를 저은 다음 입을 움직였다.

"네, 네에, 맞아요. 말씀하신 대로입니다. 마르가리타 언니는 제가 동경하는 사람이에요."

"……어? 언니?"

"앗?! 아, 아니요, 마르가리타 전하입니다. 마르가리타 전하는 현재, 샤로와 왕가 일원 중에서도 고명한 부여마법 사용자 중 한 명이니까요."

갑작스러운 등장에 할 말을 잃을 정도로 놀란 것도 모자라 그 후에 '마르가리타 언니'라고 실언까지 했다.

"아, 역시 쌍왕국 사람들 입장에서는 뛰어난 부여마법 사용자는 존경의 대상인가 보군요. 그렇다면 뛰어난 치유마법 사용자도 마찬가지인가요?"

루크레치아가 마르가리타 왕녀를 '언니'라고 부른 것에 관해서는 나중에 조사해 보자고 마음속으로 다짐하면서도, 젠지로는 이 자리에서는 굳이 그 문제를 언급하지 않고 이야기를 돌렸다.

아무래도 그것은 이 자리에 있는 샤로와 왕가 사람에게도 최고의 지원 사격이었던 모양이었다.

"그건 말씀대로이네요. 분하지만, 뛰어난 치유술사의 가치는 뛰어난 마법 도구 제작자보다 더 클지도 모릅니다. '사지 재생', '장기

회복, '오감 복원'. 그런 것들을 습득한 치유술사에게는 솔직히 저도 절로 고개를 숙일 수밖에 없답니다."

쑥스러운 듯이 웃는 마르가리타 왕녀에게 다시 원래 상태를 회복한 루크레치아가 한숨을 내쉬며 딴지를 걸었다.

"전하는 조금 자중해 주세요. 프란체스코 전하도 마르가리타 전하만큼은 지르벨 법왕 가문의 신세를 지고 있지 않을 정도예요."

"하하하, 걱정하게 해서 미안해. 앞으로는 주의할게."

그 변명은 처음으로 만나는 것이나 마찬가지인 젠지로가 봐도 전혀 신빙성이 있다고 생각하기 힘들었다.

듣자 하니, 마르가리타 왕녀의 특기는 무기, 방어구 같은 대장간 분야의 마법 도구인 모양이었다.

며칠이나 가마의 불을 눈으로 계속 바라봐서 시력을 서서히 잃고, 연기와 재로 오염된 공기를 들이쉬어 장기가 상하고, 뜨겁게 달아오른 철을 자칫 잘못 다루어 손가락과 발가락을 잃기도 하는 그런 일을 반복하는 것이다.

그런 부상을 매년 몇 번씩 지르벨 법왕 가문의 치유술사를 찾아가 고치기 때문에, 마법 도구를 팔아 얻은 수입이 치유술사에게 지불하는 지출보다도 적어졌을 정도라고 한다.

마르가리타 왕녀의 말로는 손가락과 발가락을 잃는 실수는 유소년기 때의 일이고, 요즘에는 거의 대부분이 '장기 회복'과 '오감 복원'이라고 하지만, 솔직히 큰 의미는 없는 변명이었다.

'음, 이 사람은 본질적으로 프란체스코 왕자나 보나 왕녀와 같은 부류야. 왕족의 의무를 다하고 있기는 하지만 본질은 기술자인 거지. 브루노 왕과 주세페 왕태자는 그 반대로, 본질은 왕족이자 위정자. 마법 도구 제작은 취미에 지나지 않아. 가장 균형이 잡혀 있는 사람은 라르고 왕자라고 할 수 있을까?'

어쩌면 지르벨 법왕 가문도 중점을 치유술사에 놓고 있는 타입과 위정자에 놓고 있는 타입으로 갈라져 있을지도 모른다.

젠지로가 그런 생각을 하고 있는 사이에, 이야기의 흐름이 원래대로 돌아갔다.

"아, 무심코 이야기에 빠지고 말았네요. 프레야 전하, 방까지 안내해 드리겠습니다. 죄송스럽지만, 이쪽의 조사 부족으로 프레야 전하의 방은 젠지로 폐하의 방과는 다른 건물로 정해졌는데, 괜찮으신가요?"

프레야 공주의 '붉은 드레스'를 보고 그렇게 말하는 마르가리타 왕녀에게 젠지로는 쓴웃음을 지으며 고개를 끄덕였다.

"네. 상관없습니다. 프레야 전하도 괜찮으시죠?"

"네. 젠지로 폐하의 말씀대로 하겠습니다."

프레야 공주는 야무지게 미소 지으며 그렇게 대답했다.

일단 프레야 공주를 방까지 바래다준 뒤, 자신의 방으로 되돌아온 젠지로는 이네스를 비롯한 후궁 시녀들 이외에는 방 밖으로 내보내고 편하게 긴장을 풀었다.

허용만 된다면 당장이라도 답답한 제3 정장을 벗어던지고 소파

위에서 뒹굴거리고 싶었지만, 지금은 조금 더 우선해야만 하는 일이 있었다.

"이네스. 루크레치아와 마르가리타 왕녀에 대해 조사해 줘. '언니'라는 말이야 어쨌든 마르가리타 왕녀를 봤을 때의 루크레치아의 태도, 평범하지 않았거든."

"알겠습니다."

여전히 흐트러짐 없이 인사를 하는 시녀 이네스에게 젠지로는 잘 부탁해 하고 말을 하면서, 바로 다음 문제를 생각하기 시작했다.

"무엇보다 마르가리타 전하가 프레야 전하의 시중드는 역할을 할 거라고는 전혀 예상하지 못했어. 일단 확인을 해 보는데, 일반적인 것은 아니지?"

소파에 앉은 채, 시선만 움직여서 묻는 젠지로에게 옆에 서 있던 시녀 이네스가 고개를 끄덕이며 말했다.

"그러네요. 보통이라면 루크레치아 님 같은 고위급 귀족의 아가씨가 맡아야 할 역할입니다. 하지만 마르가리타 전하의 입장이라면, 이례적이기는 해도 전혀 전례가 없는 일은 아니지 않을까 생각합니다."

"응? 무슨 말이야?"

고개를 갸웃하는 젠지로에게 시녀 이네스가 설명했다.

"마법 도구 제작자로서 명성이 높기 때문에, 젠지로 님은 오해를 하고 계신 듯하지만, 마르가리타 전하는 프란체스코 전하와는 달리 왕족이긴 하지만 주류라고는 하기 힘든 신분입니다. 게다가 여성이고 기혼자인 데다, 결혼 상대도 방계 왕족이라 왕위 계승권도 매우 낮습니다. 왕족이라고는 해도, 의외로 홀가분한 입장인 것이지요."

"아, 그런가. 쌍왕국은 양쪽 왕가 모두 인원이 굉장히 많다고 했었지?"

시녀 이네스의 설명을 듣고 젠지로는 자신이 근본적으로 오해를 했다는 사실을 깨달았다.

젠지로는 아무래도 자신이 속한 카파 왕가의 가치관을 기준으로 생각을 하게 되는데, 성인이 된 왕족이 두 사람밖에 없는 현재의 카파 왕가는 예외 중의 예외였다.

쌍왕국처럼 대국이면, 왕족은 노인과 아이를 제외하고도 보통은 열 명 이상이다.

그렇게 인원이 많으면, 듣기엔 좀 그렇지만, 정치적으로 이름만 왕족인 사람도 있을 것이고, 그런 왕족이라면 '명예로운 잡무'에 종사하고 있어도 그렇게 이상할 것이 없었다.

"물론 마르가리타 전하는 현재 제2 왕자이신 필리베르토 전하의 따님이시니, 원래는 상당히 중심에 가까운 혈통이었지만 말이지요. 말단 왕족과 결혼을 하여 정치적으로는 완벽하게 중심에서 벗어난 존재가 되고 말았습니다."

이네스의 설명을 정리하면, 프레야 공주의 시중드는 역할로 마르가리타 왕녀가 선발된 것은 이례적이긴 해도, 확실한 이유가 있다면 이상할 것은 없다는 이야기였다.

젠지로는 생각했다.

"프레야 전하를 특별하게 대접하는 이유라. 프레야 전하가 좀처럼 오기 힘든 북대륙 출신의 손님이라서일까? 북대륙의 정보를 얻었으면 한다든가. 그게 아니라면 사실상 카파 왕국의 일원이라고 생각하기 때문에? 나와는 대응이 달라진 이유는 아우라의 서간이나 유사 유리구슬이 극적으로 작용해서? 으~음. 이례적인 대접이라고는 해도, 나쁜 쪽의 이례적인 것은 아니니, 그렇게까지 경계할 필요는 없는, 건가?"

시간과 체력과 마찬가지로 정신력도 유한하다.

해야 할 일도 많고, 생각할 것도 산더미 같은 지금의 젠지로는 신경 쓰이는 것이라고 해서 모든 것을 세세하게 관심을 기울일 여유가 없었다.

"일단 귀국 일정을 결정하기 위해서도 '순간이동'으로 카파 왕국으로 보낼 사람을 모두 빠짐없이 생각해 둬야 해."

'순간이동'을 사용할 수 있는 사람은 젠지로 한 명뿐이라, '순간이동'으로 이동할 때에는 젠지로의 차례가 가장 마지막으로 돌아온다.

프란체스코 왕자와 보나 왕녀. 프레야 공주와 여전사 스카디. 시녀 이네스와 젊은 후궁시녀 세 사람. 가능하다면 기사 나탈리오. 그리고 이자벨라 왕녀와 그 측근들.

이자벨라 왕녀의 측근을 최소한 세 사람으로 잡는다고 해도, 총 인원은 열 명을 넘는다.

그 모든 사람을 카파 왕국으로 '순간이동'으로 보낸 후에야 젠지로도 귀국할 수 있게 된다.

"……도중에 한 번 귀국을 하면 안 되려나?"

옴짝달싹 못 하는 날짜를 생각하니 절로 힘이 빠져 젠지로가 그렇게 중얼거리자, 시녀 이네스가 조금 생각을 한 후, 자신의 의견을 말해 주었다.

"문제없지 않을까요? 일단 모두 처음부터 예정된 이동 대상자뿐이지만, 소홀히 대하기 힘든 고귀한 신분인 분들이 다수 포함되어 있습니다. 카파 왕궁 측의 준비 상황을 확인하는 의미에서도 젠지로 님이 일단 귀국을 하는 것은 필요한 일이라고 할 수 있을 겁니다. 만약 이후에 예정 외의 이동 희망자가 늘어난다고 한다면, 젠지로 님의 일시 귀국은 오히려 꼭 하셔야 할, 하지 않으면 안 될 그런 일이 되리라 생각합니다."

"아니, 아무리 그래도 더 이상은 늘지 않겠지."

시녀 이네스의 말을 듣고 젠지로는 쓴웃음을 지으며 그 말을 부정했다.

❖

다음 날. 젠지로는 엘레멘타카트 공작 가문의 타라예, 아니미얌 공작 가문의 피크리야, 이렇게 두 사람과 면담을 했다.

"젠지로 폐하. 오늘 저희를 위해 시간을 내주셔서 진심으로 감사드립니다."

"진심으로 감사드립니다."

맞은편에 앉은 타라예와 피크리야는 그렇게 말하며 동시에 고개를 숙였다.

젠지로는 의젓한 태도로 오른손을 들며.

"아니다. 네 공작의 대리인인 그대들을 위해서라면 당연히 해야 할 배려다. 그렇지만 이 땅에서는 그다지 시간이 없는 몸인 것도 사실. 미안하지만 용건을 바로 말해 줄 수 있겠는가?"

라고 말을 꺼냈다.

실제로 젠지로는 쌍왕국에 머무는 동안 매우 바빴다.

이자벨라 왕녀의 파견 약속은 무사히 잡는 데 성공했지만, 구체적인 금액이나 같이 가는 일행의 인원 조정이 남아 있고, 아우라의 시간과 유사 유리구슬 일로 샤로와 왕가 측도 계속해서 접촉을 시도하고 있었다.

게다가 마법 도구 구입을 위해 온 프레야 공주도 젠지로가 책임을 지고 보살피지 않으면 안 되는 입장이었다.

그런 젠지로의 입장을 고려해 준 것인지, 타라예와 피크리야는 서로 눈을 마주보며 고개를 끄덕이더니, 요청대로 곧장 용건을 말해 주었다.

"그럼 말씀하신 대로 본론을 말씀드리겠습니다. 젠지로 폐하. 폐하께서 귀국하시기 전에 저와 타라예를 젠지로 폐하의 힘으로 카파 왕국으로 보내 주실 수 없을까요?"

흑발에 검은 눈동자를 자랑하는 피크리야는 그 표정 그대로, 감정이 담겨 있지 않은 목소리로 그렇게 젠지로를 향해 호소했다.

"물론 대금은 지불하겠습니다."

이어서 타라예가 그렇게 덧붙였는데, 이쪽은 예쁘고 친근한 미소를 짓고 있었다.

'순간이동'으로 이동하고자 하는 희망자가 또 두 명 추가. 상황에 따라서는 그 호위와 시중드는 자들이 더 늘어날지도 모른다.

가벼운 두통을 느끼면서, 젠지로는 입안에서 나오려는 한숨을 이를 물고 참았다.

"……이유를 물어봐도 될까? 나 혼자서는 입국 허가를 내릴 수 없고, 본국의 아우라 폐하께 그 이야기를 전달한다고 하더라도, 이유를 몰라서는 설득할 수 없으니 말이다."

젠지로의 말을 듣고 먼저 입을 연 사람은 타라예였다.

"저의 목적은 단순히 '상업상의 거래'를 위해서 입니다. 기억나지 않으시는지요? '공간 차단 결계' 마법 도구를 가지고 싶다고 말씀드렸는데요."

"그래, 엘레멘타카트 공작령의 금광산에서 사용하고 싶다고 했었지?"

기억을 떠올리면서 젠지로가 그렇게 대답했다.

엘레멘타카트 공작 가문의 재력을 뒷받침하고 있는 금광산. 모래 사막을 깊이 파 내려가야 하는 금광산은 붕괴로 인한 사망자가 계속해서 발생했다.

그런 광산의 노동자의 목숨을 지키기 위해 타라예는 '공간 차단 결계' 마법 도구를 원했다.

하지만 '공간 차단 결계'는 카파 왕가의 혈통마법인 시공간 마법에 속하는 마법이었다.

따라서 '공간 차단 결계'를 마법 도구화하기 위해서는 시공마법의 사용자인 카파 왕가의 사람과 부여마법의 사용자인 샤로와 왕가의 사람의 협력이 필수불가결하다.

여왕 아우라가 홑몸이 아닌 현재, 타라예의 부탁은 젠지로에게 '저편에서도 잘 부탁드립니다'라고 말하는 것이나 마찬가지였다.

젠지로는 참고 있던 한숨을 보란 듯이 쉬면서 확인해 보았다.

"내가 상대를 하게 되겠지만, 혈통마법의 마법 도구화 판매는 폐하의 허가가 없이 통과되긴 힘들다만? 그런 점은 면담의 준비부터 실제 교섭까지 그대가 스스로의 힘으로 해야 할 일이야. 나는 일절 힘을 빌려 줄 수가 없어."

"물론입니다. 보람이 있겠는걸요."

"마법 도구화를 하려면 프란체스코 전하나 보나 전하의 협력이 반드시 필요한데, 그쪽은 이야기를 해 둔 건가?"

"아직입니다. 저편에 도착하면 부탁할 생각이지만, 특별히 문제는 없을 것이라 생각합니다."

"음, 그거야 그렇겠지."

젠지로로서도 그런 생각에 이의는 없었다.

'공간 차단 결계'의 마법 도구화라는 재미있는 일을 프란체스코 왕자와 보나 왕녀가 거절할 거라고는 생각하기 힘들었다.

이자벨라 왕녀의 파견으로 거금을 사용하게 될 카파 왕가 측에게 있어서도, 나쁘지 않은 거래다.

아무래도 타라예의 부탁은 받아들일 수밖에 없을 듯했다.

그렇게 이해한 젠지로는 마음을 다잡고 시선을 금발의 글래머러스한 여성에게서 흑발의 몸집이 작은 여성으로 옮겼다.

"타라예의 사정은 잘 알겠다. 그럼 다음은 피크리아군. 그대는 어떤 일로 카파 왕국에 가길 희망하는 거지?"

젠지로의 질문을 듣고 피크리야는 딱딱해 보이던 무표정한 얼굴에 조금 미소를 지으면서 대답했다.

"그 전에 먼저, 저에 대해 조금 설명을 드려야 이야기가 진행될 듯합니다. 사실 저는 마법 연구를 하고 있습니다."

"그래, 들은 적이 있다. 아니미얀 공작 가문의 피크리야라고 하면 쌍왕국에서도 손꼽히는 마법사라고?"

젠지로는 이전에 루크레치아에게 들은 이야기를 떠올리면서 그렇게 대답했다.

"과분한 칭찬을 해 주셔서 감사합니다. 그 마법 연구에 관해 조금 더 자세히 설명을 드리면 '마법어 연구'인데, 부끄럽지만 요즘 들어 연구가 순조롭게 진행되지 않고 있습니다. 그래서 남대륙에서도 고명하신 현자, 에스피리디온 님의 지혜를 빌리고 싶다고 항상 생각을 하던 참이었습니다."

"그렇군."

피크리야의 대답을 듣고 젠지로는 일단 고개를 끄덕였다.

젠지로 자신은 이세계 발상의 마법에 관해서는 초보자에 솜털이 난 정도였기 때문에, 별로 실감이 나지는 않았지만 카파 왕국의 궁정 수석 마법사인 에스피리디온이 매우 뛰어난 마법사이고 고명한 현자라는 이야기는 들어서 알고 있었다.

그렇기에 피크리야의 부탁을 듣고 고개를 끄덕일 수밖에 없었다.

"의욕은 이해하지만, 그 바람이 이루어질지 어떨지는 알 수 없다. 에스피리디온도 바쁜 몸이라서 말이지."

궁정 수석 마법사라는 요직에 있는 자가 다른 나라 사람의 마법 논의에 같이 참여해 줄지 어떨지는 보증을 할 수 없는 일이었다.

그런 젠지로의 경고는 피크리야도 처음부터 다 알고 있는 내용인 듯했다.

피크리야는 표정 하나 바꾸지 않고 고개를 끄덕인 뒤,

"물론 잘 알고 있습니다. 만나뵙지 못할 경우에는 이것을 에스피리디온 님에게 건네주시면 안 될까요?"

그렇게 말하며 준비해 온 두꺼운 봉투 같은 것을 테이블 위에 올려 두었다. 봉랍도 확실히 되어 있는 것인데, 일단 네 공작의 문장(紋章)을 기억하고 있는 젠지로가 보기에 이것은 아니미얌 공작 가문의 문장과는 달랐다.

아마 피크리야 개인의 문장인 듯했다.

"이건 뭐지?"

"제가 오늘까지 기록해 둔 마법 연구의 성과의 일부입니다. 제가 만들어 낸 독자 주문도 몇 개인가 기록되어 있습니다. 마법어를 정확하게 문자로 표기하는 것은 불가능하지만, 에스피리디온 님이라면 그것만으로도 재현 가능하시리라 생각합니다. 이것을 에스피리디온 님에게 전달해 주십시오."

"……괜찮겠는가?"

독자 주문이라는 말을 듣고 젠지로는 뻗었던 손을 움찔하고 멈추며 새삼 확인을 해 보았다.

그 말을 듣고 피크리야가 작게 어깨를 으쓱한 뒤.

"상관없습니다. 마법어 연구를 진행하는 과정에서 만들어지는 부산물이기도 하고, 실용적인 가치는 전혀 없는 마법뿐이니까요. 단, 이것을 보시면 제가 일방적으로 에스피리디온 님의 지혜를 배우겠다는 것이 아님을 이해해 주시리라 생각합니다."

그렇게 시원스럽게 단언했다.

남대륙에 이름을 떨치고 있는 늙은 현자를 상대로 겨우 스무 살 정도에 불과한 젊은이가 '나와 교류하면 당신도 이득을 본다'라고 말하고 있는 것이다.

아무래도 이 피크리야라는 여성은 차갑게 보이는 첫인상과는 달리 가슴에는 뜨거운 열정을 품고 있는 듯했다.

젠지로는 일단 고개를 끄덕인 뒤, 그 두꺼운 봉투를 시녀 이네스에게 받아 두도록 했다.

"좋아. 이건 꼭 에스피리디온에게 건네주지. 하지만 그렇다고 하더라도 에스피리디온이 그대의 기대대로 대답을 해 줄 것이라고는 할 수는 없어. 그때에는 그대가 값비싼 돈을 지불하고도 카파 왕국까지 헛걸음을 하게 되는데, 그래도 괜찮은가?"

"상관없습니다."

젠지로가 새삼 확인을 하자, 피크리야가 그렇게 곧장 대답했다.

"어차피 연구가 막힌 상태입니다. 태어나서 처음으로 외국에서 기분 전환을 하는 것만으로도 무언가 진전이 있을지도 모르니까요."

'순간이동'의 왕복 요금은 왕후나 귀족의 기준으로 봐도 꽤 고액인데, 아니미얌 공작 가문의 피크리야의 입장에서는 그렇게 큰 부담이 되지 않는 듯했다.

"좋다. 그럼 그렇게 준비하도록 하지. 두 사람 모두 '순간이동'을 희망하는 인원은 몇 명이지? 너무 많으면 아무래도 받아들이기가 어려운데."

고위 귀족은 기본적으로 혼자서 이동하지 않는다고 보면 된다. 호위와 시중드는 사람들 등, 여러 사람을 데리고 걷는 것이 일반적이다. 그에 더해 여성이라면 더 인원이 많아진다.

하지만 그런 젠지로의 예상을 타라예와 피크리야는 멋지게 뒤집어 주었다.

"저는 저 외에 짐을 들 수 있는 사람 한 명을 더 부탁드립니다."

하고 말한 타라예에 이어서.

"저는 저 혼자입니다."

피크리야도 그렇게 망설임 없이 대답했다.

"괜찮겠는가?"

고개를 갸웃하는 젠지로에게 두 사람이 고개를 끄덕이며 대답했다.

"네. 확인해 보니, 현재 카파 왕국에 머물고 계시는 보나 전하의 시녀와 호위에 조금 여유가 있는 모양입니다."

"그 사람들 중 몇 명 정도를 저희 쪽으로 돌려주십사 부탁드릴 예정입니다. 또 육로를 통해 카파 왕국으로 가는 교대 인원 중에도 엘레멘타카트, 아니미얌 양 공작 가문의 사람을 합류시킬 생각입니다. 이쪽은 혹서기가 끝나고 활동기에 접어들었을 때의 이야기이지

만요."

"아, 그러고 보니 그랬었던가."

자신은 '순간이동'으로 이리저리 이동하고 있어 깜빡하기 쉽지만, 일반 병사들은 카파 왕국에서 쌍왕국까지 한 달간 걸어서 이동한다.

장기간 체재한다면 모든 인원의 이동을 '순간이동'으로 할 필요는 없었다.

"이야기는 잘 알겠다. 타라예와 그 밑의 사람 한 명, 피크리야. 총 세 사람을 '순간이동'으로 카파 왕국으로 보내 주면 되는 것이지? 최종적인 허가는 아우라 폐하께서 내주시는 것이지만, 아마 '순간이동'으로 이동하는 것 자체는 문제가 없을 것이라 생각한다. 단, 반복해서 경고해 두고자 하는데. 타라예의 '상업상의 거래' 이야기. 피크리야의 '면담'. 그 성공에 관해서는 확실히 대답해 줄 수 없어. 최악의 경우 헛걸음을 할 가능성도 있지. 그런 경우에도 '순간이동'의 대금은 정규 요금을 지불해야 하는데, 그래도 괜찮은가?"

"물론입니다, 젠지로 폐하. 원래 '상업상의 거래'란 그런 것입니다."

"문제없습니다. 계기만 잡을 수 있다면 나머지는 이쪽의 문제이니까요."

다짐을 받아 두는 젠지로에게 타라예는 싱긋 웃는 얼굴로, 피크리야는 겨우 눈으로 확인할 수 있을 정도의 작은 미소를 지으며 고개를 끄덕였다.

타라예와 피크리야가 떠난 방에서 젠지로는 의자에 걸터앉은 채, 크게 한 번 심호흡을 했다.

"완전히 예정이 어그러졌군. 아무리 생각해도 이건 병사에게 서간을 전달하라고 해서 끝날 문제가 아니야. 내가 일단 귀국해서 아우라 폐하에게 이야기를 할 필요가 있겠어."

같은 실내에 호위 기사가 있어 후궁만 있을 때처럼 편한 말투를 사용할 수 없다는 것이 답답했지만, 젠지로는 자신의 생각을 확인하는 의미에서 그렇게 말을 해 보았다.

그 말을 듣고 대답한 사람은 시녀 이네스였다.

"네. 그게 좋을 듯합니다. 타라예 님과 피크리야 님은 카파 왕궁에서는 생각지도 못한 손님입니다. 여유를 가지고 알려 두지 않으면 맞아들일 준비를 하기가 어렵습니다. 그 이외의 분들에 관해서는 어떻게 하실 생각이신지요?"

시녀 이네스의 말을 듣고 조금 생각을 한 젠지로는 자신 나름대로 결론을 내리고 말했다.

"이자벨라 전하 일행은 가능한 한 먼저 카파 왕국으로 보내 드리는 것이 이쪽으로서는 이상적이야. 다음은 프란체스코 전하와 보나 전하겠군. 그다음은 내가 일단 귀국해서 이후의 일정에 대해 논의를 해야 해. 아우라 폐하의 허가를 받아 다시 쌍왕국으로 돌아온 뒤에는 타라예와 피크리야를 보내면 될까. 마법 도구 구입 관련 절차가 끝나면 프레야 전하와 스카디 차례겠군. 시녀 세 사람과 기사 나탈리오도 그 즈음에 보내면 되겠어. 카파 왕궁의 준비 태세에 따라서는 그 시기가 앞뒤로 조금 유동적일지도 모르지만 말이야. 어떻게 되든 간에 마지막은 이네스와 나다."

카파 왕궁에 있을 때는 '순간이동' 마력을 다 써도 크게 문제가 없기 때문에, 젠지로 자신이 귀국하는 날에는 젠지로 이외에 한 명 더 같이 카파 왕국으로 보낼 수가 있다.

그런 점을 생각해 본다면 마지막 날에 이동하는 사람은 시녀 이네스가 된다. 마지막까지 곁에 두고 싶은 인재이기 때문이다.

그런 젠지로의 말을 듣고 시녀 이네스는 평소와 다름없는 침착한 목소리로 대답했다.

"네. 그럼 그렇게 일정을 짜겠습니다. 솔직히 말씀드리면 한도 끝도 없어질 가능성이 높으니, 이제부터는 예정 외의 부탁은 거절할 생각인데, 괜찮으실까요?"

"그렇군. 그렇게 확실히 밝혀 주는 편이 좋을 것 같아."

시녀 이네스의 충언을 듣고 젠지로도 그에 동의했다.

생각해 보면 당연한 이야기지만, '순간이동'이라는 무시무시할 정도로 편리한 마법의 사용자가 자국에 있으면 '나에게도 걸어 주오' 하고 말하는 사람이 끝없이 나타나는 것은 필연이라고 할 수 있었다.

육로를 이용하면 목숨을 걸고 한 달에 걸쳐 이동해야 하는 거리를 순식간에 이동할 수 있으니, 설사 고액의 요금이 청구되더라도 희망자는 끊이질 않는다.

이 사람 저 사람 다 받아 주면, 젠지로는 영원히 쌍왕국에서 옴

짝달싹 못하는 신세가 된다.

젠지로에게는 젠지로 나름의 일정이 있다.

웬만큼 이쪽이 무시할 수 없는 사람의 부탁이 아닌 한에야, 앞으로는 자신의 일정을 우선해야 한다.

젠지로는 마음속으로 그렇게 결심했다.

"이제부터는 이쪽의 일정을 상대가 받아들이도록 해야겠군. 치유술사 파견은 무사히 합의를 했으니 됐고, 이제는 온도를 낮추는 마법 도구의 구입과 프레야 전하의 마법 도구 구입 교섭인가. 둘 다 마법 도구 구입 이야기이니, 아예 같이 행동하는 것이 좋지 않을까 하는데."

"그러네요. 젠지로 님만 좋으시다면, 그편이 더 상대에게 이야기가 잘 통할 겁니다."

"그럼 그렇게 준비해 주게. 가능한 한 이야기가 순조롭게 진행될 수 있도록, 상대에게 이쪽의 용건을 사전에 전달해 주길 바라네."

"알겠습니다."

젠지로의 말을 듣고 시녀 이네스는 작게 고개를 숙였다.

[막간] 루크레치아의 결의

엘레멘타카트 공작 가문의 타라예와 아니미얌 공작 가문의 피크리야가 카파 왕국으로 가게 되었다.

그 정보를 듣고 가장 안절부절못한 사람은 다름 아닌 루크레치아였다.

"아~. 뭐야~. 늦었어. 완벽하게 늦었다고! 안 돼, 젠지로 폐하, 그런 금발 거유녀랑 흑발 빈유녀에게 속아 넘어가지 마세요!"

자신의 방으로 돌아온 루크레치아는 그 작은 다리를 버둥거리며 속마음을 쏟아냈다.

뒤에 대기하고 있던 루크레치아의 시녀 플로라는 침착한 목소리로 작은 주인을 타일렀다.

"진정하세요, 루시 님. 그렇게 사람을 나눈다면, 루시 님은 다름 아닌, 젠지로 폐하를 속이려고 하는 금발 빈유녀니까요."

"이상한 소리 좀 하지 마!"

철이 들었을 때부터 루크레치아와 함께 했던 시녀는 속마음을 잘 아는 만큼 사적인 장소에서는 가차가 없었다.

"나는 속일 생각 없어! 나는 젠지로 폐하의 측실로 선발되면, 성실하게, 성심성의껏 폐하의 측실로서 역할을 다할 각오야! 이 세상 모두에 가격표를 붙여 바라보는 타라예나 마법 이론 이외에는 가치를 발견하지 못하는 피크리야와는 달라."

"애초에 타라예 님의 목적은 상품 거래의 교섭이고, 피크리야 님의 목적은 현자 에스피리디온 님과의 상담이에요. 젠지로 폐하를 둘러싼 라이벌이라고 생각하는 것은 루시 님의 엉터리 의심이 아닐지요?"

시녀 플로라는 척척 주인의 드레스를 벗기고 젖은 타월로 주인의 얼굴과 목덜미를 닦으면서 그렇게 딴지를 걸었다.

하지만 루크레치아는 그런 시녀에게 몸을 맡기면서도 단호하게 반론했다.

"물러, 너무 물러, 플로라. 젠지로 폐하는 대국인 카파 왕국 여왕의 배우자. 당연히 돈 놓고 돈을 버는 권리도 아주 많고, '시공마법'이라는 다른 사람은 모르는 마법을 습득한 사람이야. 돈을 아주 좋아하는 타라예랑 마법 연구 지상 주의자인 피크리야가 흥미가 없을 리가 없잖아. 설사 백 번 양보해서 본인들이 그럴 생각이 없다고 해도, 뒤에 있는 엘레멘타카트 공작과 아니미얌 공작은 틀림없이 흥미 있어! 적어도 이런 호기를 놓칠 사람들이 아니야."

"그거야 그 말씀대로겠지만요."

그 의견에 관해서는 시녀 플로라도 동의를 할 수밖에 없었다.

혈통마법의 유지가 가장 우선순위인 남대륙에서는 국경을 초월

한 혼인을 기본적으로 추천하지 않지만, 젠지로만은 예외였다.

샤로와 왕가의 피를 잇고 있는 젠지로를 끌어들이고자 하는 쌍왕국 수뇌부의 허가가 은밀히 나 있는 상황이라, 엘레멘타카트 공작, 아니미얌 공작으로서도 젠지로 근처에 자신의 친족을 보낼 수 있다면 망설일 이유가 없었다.

시녀 플로라의 도움으로 막힘없이 속옷 차림이 되어 화장을 지우고 머리까지 풀게 된 루크레치아는 '고마워' 하고 짧게 인사를 한 뒤, 깡충깡충 그 자리에서 가볍게 뛰어 뻣뻣해진 몸을 풀었다.

"게다가 시간이 없어. 젠지로 폐하는 벌써 앞으로의 일정을 발표해 버리셨으니까. 일시 귀국을 하시고 다시 방문. 그리고 최종 귀국을 하시는 날짜까지 결정되어 버렸어. 최종 귀국이 20일 후. 그렇게 시간이 없어서는 아무리 나라도 젠지로 폐하의 마음을 사로잡는 것은 아무래도 어려워."

"……그러네요."

충실한 시녀가 안타깝다는 듯이 반쯤 웃으며 동의한 것이 조금 마음에 들지 않은 루크레치아였지만, 일단은 그냥 흘려듣고 이야기를 계속했다.

"그렇다면 연장전을 노려야 해. 나도 카파 왕국에 가겠어!"

사이드 테일까지 풀린 루크레치아는 긴 금발을 흔들면서 작은 주먹을 들어 올렸다.

"그건 어렵지 않을까요? 젠지로 폐하의 일정은 최종 귀국 날까지 꽉 차 있으니까요. 루시 님과 저에게 '순간이동'을 사용해 주실 여유가 없으세요."

공식적으로 발표된 왕족의 일정을 변경하려면 그에 걸맞은 이유가 있어야 한다.

지금 루크레치아에게는 그런 이유를 짜낼 지혜도 권력도 없었다.

그런 슬픈 현실을 알려 주었는데도, 루크레치아는 폭주하듯이 멈추지 않았다.

"문제없어. 이동 수단은 '순간이동'만 있는 게 아니잖아? 얼마 후면 혹서기가 끝나고 활동기로 접어들어. 그러면 교대 병사나 시녀, 그리고 짜증나지만 엘레멘타카트 공작 가문이랑 아니미얌 공작 가문의 부하들이 육로를 이용해 카파 왕국으로 갈 거야. 나랑 너도 그 사람들이랑 같이 가면 돼."

육로로 한 달 동안 걸어서 카파 왕국에 가겠다고 말했다.

현 시점에서 젠지로를 향한 애정은 눈곱만큼도 없었지만, 젠지로의 측실로 들어가고자 하는 의지만큼은 틀림없는 진짜였다.

가혹한 여행에 강제적으로 따라가게 생긴 시녀 플로라는 한숨을 숨기지 않은 채, 조금 복수를 해 줄 셈인지 평소보다 강하게 루크레치아의 금발을 당겨 사이드 테일을 만들었다.

"그렇다고 하더라도 역시 어느 정도의 이유는 필요해요. 현재로서는 루시 님이 카파 왕국에 가야 할 이유가 전혀 없잖아요?"

"아야. 플로라. 머리카락 너무 세게 당기는 거 아냐?! 그 이유를 만들기 위해서 프레야 전하에게 접근할 거야. 프레야 전하와 친구가 되면, 친구를 만나러 간다는 명목으로 카파 왕국에 가는 것도 가능하잖아?"

"프레야 전하의 친구가 되어 노리는 것이 프레야 전하가 측실

로 들어가기로 결정되어 있는 젠지로 폐하의 측실이 되는 것인가
요? 루시 님은 카파 왕국의 후궁을 피로 붉게 물들일 생각이신가
보죠?"

"그, 그럴 생각은 없어. 내가 젠지로 폐하의 측실로 들어가는 걸
도와주시면, 그 후에는 사이좋게 지낼 용의가 있거든."

"프레야 전하의 입장에서 생각하면, 애초에 루시 님이 측실로 들
어갈 수 있도록 도와주실 이유가 전혀 존재하지 않는다고 생각하는
데요."

"으, 으으으........."

너무나도 올바른 의견의 칼날을 맞은 루크레치아는 할 말을 잃고
추욱 늘어서 아래를 바라보았다.

그 사이에 일상용 드레스를 입히면서 시녀 플로라는 위로하듯이
덧붙였다.

"마법 도구 구입 말인데, 프레야 전하와 젠지로 전하가 각각 구
입하고자 하는 마법 도구가 있다고 하셨죠? 모처럼이니 교섭 자리
에 함께 참가하신다고 하더군요. 그곳에서라면 젠지로 폐하를 보조
하는 역할인 루시 님도 프레야 전하와 거리를 좁힐 수 있을 거예요.
정말로 프레야 전하와 친밀해지고 싶다면, 그 자리를 이용해 보시
는 건 어떠세요?"

시녀 플로라의 조언을 듣고 루크레치아는 기운을 되찾았다.

"그렇지?! 좋아, 의욕이 생겼어. 어떻게 해서든 프레야 전하의 요

구를 잘 들어줘서 친구가 될 거야!"

이용 가치를 인정한 상대의 요청을 들어주어 거리를 좁힌다.

거래라면 당연한 방식이지만, 그래서는 역시 '친구'를 대하는 것과는 거리가 멀었다.

"단, 프레야 전하의 시중을 드는 사람은 마르가리타 전하예요. 그 자리에는 마르가리타 전하도 계실 가능성이 높으니, 그건 각오해 두세요."

"앗……."

마르가리타 왕녀.

그 이름을 듣고 루크레치아의 표정이 얼어붙었다.

마르가리타 샤로와.

아버지는 현재의 제2 왕자인 필리베르토.

어머니는 그 정실인 요란다.

루크레치아의 입장에서는 같은 부모님에게서 태어난 혈연상의 언니였다.

하지만 부모님은 같은데, 언니는 왕가에서도 손꼽히는 부여마법 사용자가 되었고, 여동생은 그 소질을 드러내지 못했다.

사적인 자리에서는 자신을 친여동생으로서 대해 주는 마르가리타 왕녀를 루크레치아는 내심 언니로서 좋아했지만, 동시에 자신이 인생을 걸고 가지고자 하는 지위를 타고난 소질만으로 당연하게 보유한 인물이라 복잡한 감정을 품고 있는 것이 사실이었다.

"괜찮아……. 나는 잘 할 거야. 잘 할 테니 걱정 마."

루크레치아는 그렇게 자신을 다독이면서 강하게 입술을 깨물었다.

[제3장] 복잡한 교섭

그리고 며칠 후.

젠지로는 조금 예상외로, 지난 며칠간은 비교적 여유롭게 보냈다.

이자벨라 왕녀의 시녀나 호위 기사들을 매일 한 명씩 '순간이동'으로 카파 왕국으로 보내고는 있지만, 그것은 순식간에 끝난다.

'순간이동'은 원칙적으로 하루에 한 명씩이었기 때문에, '순간이동'을 희망하는 사람 수만큼 쌍왕국에 머물러야만 했던 젠지로였지만, 그를 위해 할애해야 하는 시간은 하루 중 잠깐에 불과했다.

그 이외의 시간은 젠지로가 자유롭게 사용해도 괜찮았다.

아무래도 프레야 공주의 환영 파티에는 프레야 공주의 파트너로서 참가해야만 했지만, 그 이외에는 기본적으로 젠지로가 반드시 해야 할 일이 없었다.

그런 나날을 보내길 며칠.

오늘 젠지로는 프레야 공주와 함께 또 하나의 주된 목적인 '마법 도구' 구입을 위한 교섭에 나섰다.

젠지로와 프레야 공주가 나란히 앉고, 젠지로의 옆에는 루크레치아, 프레야 공주의 옆에는 마르가리타 왕녀가 두 사람을 보조하기 위해 앉았다.

테이블을 가운데에 두고 맞은편 소파에 앉은 사람은 주세페 왕태자.

젠지로로서는 그렇게 거리감을 표시했는데도 주세페 왕태자가 나와서 조금 놀랐다.

비교적 젠지로와 양호한 관계를 구축한 라르고 왕자나 얽매일 것이 전혀 없는 필리베르토 제2 왕자 등에게 맡기지 않고, 주세페 왕태자가 직접 대응하기 위해 나섰다는 것은, 관계를 개선하고자 하는 의지가 있다는 것일까?

교섭에 하나 더 성가신 요소가 더해졌다는 사실을 젠지로는 머릿속 한 구석에 새겨 두면서도, 이 자리에서는 아무렇지도 않다는 듯이 말을 꺼냈다.

"주세페 왕태자 전하. 그 누구보다도 바쁘실 전하께서 직접, 이렇게 나와 주셔서 감사합니다."

"감사합니다, 주세페 전하."

젠지로에 이어 옆에 앉아 있던 프레야 공주도 그렇게 말하며 앉은 채 고개를 숙였다.

"아닙니다. 다름 아닌 젠지로 폐하와 폐하의 '소중한 분'이신 여성의 부탁 아닙니까. 저에게는 그 무엇보다도 우선순위가 높은 일입니다."

"감사합니다."

주세페 왕태자의 예를 갖춘 말을 듣고, 젠지로와 프레야 공주가 같이 한 번 더 고개를 숙였다.

"그럼 바로 이야기를 시작하겠습니다. 두 분 모두 마법 도구의 구입을 희망하신다고 들었습니다만, 실수가 없도록 이 자리에서 두 분이 직접 다시 희망사항을 말씀해 주실 수 있겠습니까?"

"네. 그럼 저부터 말씀드리겠습니다."

미소를 짓는 주세페 왕태자에게 젠지로가 그렇게 말하며 천천히 입을 열었다.

젠지로와 프레야 공주의 입으로 정확한 요구 사항을 들은 주세페 왕태자는 턱에 손을 대면서 방금 들은 의견을 정리하듯이 말했다.

"그렇군요. 젠지로 폐하께서 원하시는 것은 혹서기에 온도를 낮추기 위한 마법 도구이고, 프레야 전하께서 원하시는 것은 대륙 간 항행에 도움이 되는 마법 도구로군요."

"이상(理想)을 말하자면, 카파 후궁의 한 방을 이 자란궁과 마찬가지로 냉각할 수 있는 마법 도구를 희망합니다."

"네, 주세페 전하. 웁살라 왕국이 자랑하는 '황금나뭇잎호'를 이용해도 대륙 간 항행은 매우 어려운 일입니다. 마법 도구의 보조가 있으면 그 어려움을 조금이라도 누그러뜨릴 수 있을 것이라 생각합니다."

"흐음……."

조금 생각한 후, 주세페 왕태자는 천천히 입을 열었다.

"일단, 젠지로 폐하께서 원하시는 물건은 아무런 문제가 없습니다. 온도를 낮추는 마법 도구는 재고가 있으니 그 일부를 드리는 것은 가능합니다. 단, 양해해 주셔야 하는 것이 있는데, 이곳 쌍왕국과 카파 왕국의 기후가 다르다는 점입니다. 온도를 낮추는 마법 도구는 주로 물과 바람 마법을 동시에 이용합니다. 따라서 공기가 메마른 쌍왕국에서는 극적인 효과를 발휘하지만, 기온은 비슷해도 습한 카파 왕국에서는 여기서 사용하는 만큼의 체감 효과를 기대할 수 없다는 점을 고려해 주시기를 바랍니다."

"알겠습니다. 자세한 설명을 해 주셔서 감사합니다."

습도가 높은 카파 왕국에서는 효과가 떨어진다는 점이 조금 아쉽지만, 그래도 큰 도움이 될 게 분명하다.

"또한 값은 그 유리구슬로 지불해 주신다면 저희에게는 최선이라 할 수 있습니다."

유리구슬과 교환하면 양도하여 재고가 줄어든 마법 도구를 다시 만들어 채우는 시간이 매우 크게 단축된다.

"생각해 보겠습니다."

"부탁드립니다."

생각의 여지를 남겨 둔 젠지로의 대답에 일단은 만족한 것인지, 주세페 왕태자는 미소를 지으며 고개를 끄덕였다.

자신의 목적을 달성한 젠지로가 시선을 옆에 앉아 있는 프레야 공주에게로 돌렸다.

그 움직임을 보고 주세페 왕태자도 역시 시선을 젠지로에게서 프레야 공주에게로 돌렸다.

"반면에 프레야 전하의 요청은 꽤 어려운 문제입니다. '물 생성', '진수화', '바람 제어', '물 조작'. 전하가 원하시는 마법 도구는 모두 건네 드리기가 어렵습니다. 먼저 '물 생성'은 확실히 말해 논의 자체가 힘듭니다. 현재로도 필요한 수량을 확보하지 못하는 상황이기 때문입니다."

샤로와 지르벨 쌍왕국은 국토의 대부분이 사막이라 수자원이 풍족하지 못한 나라다.

거대한 소금 호수가 영지 내에 있는 아니미얌 공작령을 비롯해 식용에 적합하지 못한 수원이 있는 지역이라면, '진수화' 마법 도구가 효율적이겠지만, 대부분의 지역에서 필요한 것은 아무것도 없는 곳에서 물을 생성하는 '물 생성' 마법 도구였다.

마법 도구를 제작하는 데는 시간이 오래 걸린다. 마법 도구를 제작할 수 있는 사람은 샤로와 왕가의 사람뿐. 게다가 마법 도구는 영구적으로 사용할 수 있는 것이 아니라, 계속 사용하다 보면 언젠가는 망가지는 물건이다.

결과, 쌍왕국이 소유하는 '물 생성' 마법 도구의 총 수량이 근년에는 보합 상태에 있었다. 설사 한 개라도 다른 나라의 사람에게 판매하는 것은 국민 감정상 어려운 일이었다.

그런 사정이 있다고 설명을 하니, 프레야 공주로서도 그 점은 이해해 줄 수밖에 없었다. 그러면서도 프레야 공주는 포기하지 않았다.

"알겠습니다. 그러면 '진수화' 마법 도구는 어떤가요?"

장기 항행을 할 때 가장 가치가 높은 것이 이 '진수화' 마법 도구였다.

프레야 공주에게 있어서는 가장 원했던 마법 도구였기 때문인지 교섭할 때의 말에 힘이 들어갔다.

몸을 앞으로 기울인 은발 공주를 보고 주세페 왕태자는 더욱 친근한 웃음을 지었지만, 어디까지나 이성적인 판단을 내렸다.

"글쎄요. 가장 가능성이 있다. 아니, 유일하게 가능성이 있는 마법 도구가 '진수화'입니다. 이쪽도 항상 일정한 수량을 제작하고 있지만, 국내의 수요가 '물 생성' 정도로 많지는 않습니다. 단, 소금 호수가 있는 아니미얌 공작령만 예외로, 현재로서는 만들자마자 아니미얌 공작 가문에 매점을 하고 있는 상태입니다."

"그럼 아니미얌 공작과 교섭을 하는 편이 좋을까요?"

제작자인 샤로와 왕가에게 직접 구입하는 것이 아니라, 독점 구입자인 아니미얌 공작 가문을 경유해 입수하는 것이 어떻겠냐고 프레야 공주가 제안했지만, 주세페 왕자는 별로 좋은 표정을 짓지 않았다.

"그건 과연 어떨까요. 솔직히 말씀드리면 아무리 좋은 조건을 제시해도 아니미얌 공작 가문이 '진수화' 마법 도구를 판매할 가능성은 매우 낮습니다."

내해라고 불러도 좋을 거대한 소금 호수를 지닌 아니미얌 공작 가문의 재정은 소금 호수에서 얻을 수 있는 물과 소금에 의지하고 있었다.

그래서 '진수화' 마법 도구는 많으면 많을수록 영지를 윤택하게 만들어 주었다. 주세페 왕태자는 일단 손에 넣은 것을 다시 방출할 것이라고는 생각하기 어렵다고 말했다.

"하지만 유일한 가능성이 있는 마법 도구가 '진수화'라는 것은,

'바람 제어'와 '물 조작' 마법 도구도……."

얼굴이 흐려진 프레야 공주에게 주세페 왕태자는 무정하게도 고개를 끄덕였다.

"네. 그 두 가지는 아무래도 어렵습니다. 현재 저희에게도 없는 물건이니까요. 프레야 전하께서 희망하시는 마법 도구 중, 현물이 존재하는 것은 '물 생성'과 '진수화'뿐입니다."

그리고 '물 생성'과 '진수화'도 납품할 곳이 정해져 있어, 약속을 어기면 국내의 강한 반발에 맞닥뜨려야 한다고 한다.

"사정은 이해했습니다. 하지만……."

그래도 여전히 교섭을 포기하지 않은 프레야 공주는 주세페 왕태자를 정면에서 똑바로 바라보며 교섭을 그만두려고 하지 않았다.

이쪽을 바라보며 도움조차 청하지 않는 프레야 공주의 태도를 보고 젠지로는 조금 호의를 품었다. 프레야 공주가 어디까지 구체적인 내정을 잘 알고 있는지는 파악하지 못했지만, 조금 전의 대화만으로도 젠지로의 손에 쌍왕국 사람들이 원하는 '보석'이 있다는 사실은 이해하고 있을 것이었다.

그런데도 젠지로를 의지하려고 하지 않고, 자신의 교섭력만으로 헤쳐 나가려는 모습은 젠지로의 눈에 매우 신선하게 보였다.

호의를 품으면 도와주고 싶어지는 것이 사람의 인정이라는 것이다.

"즉, 이유가 있다면 괜찮다는 것인가요? 원래의 납품 받는 쪽 사람이 '그런 이유라면 어쩔 수 없다'라고 납득할 수 있는 이유 말입니다."

어흠 하고 일부러 헛기침을 한 뒤, 젠지로가 그렇게 옆에서 끼어들었다.

젠지로의 말을 듣고 주세페 왕태자는 조금 허를 찔렸다는 듯이 눈을 뜨더니 말했다.

"그렇습니다. 단, 그런 설득력 있는 이유가 있다고 하더라도 '물 생성'은 건네드리기 어렵습니다. 그것을 원하는 사람들은 상당히 절실하기 때문에, 설득하기는 매우 어렵겠지요."

사막에서 태어난 사람들 중에는 '물 생성' 마법 도구와 '물 생성' 마법 사용자의 인원을 토대로 '낳아서 기를 수 있는 아이'의 인원을 산출해, 출산하는 아이의 수를 제한하는 곳도 있다고 한다.

그처럼 아슬아슬하게 살고 있는 자들의 감정으로 말로 어르는 것이 얼마나 어려울지는 굳이 언급할 필요도 없었다.

"그렇다면 주세페 전하가 재삼 말씀하신 대로 현실적으로는 '진수화'만 가능하다는 거군요."

젠지로의 말을 듣고 주세페 왕태자가 고개를 끄덕였다.

"네, 저는 그렇게 생각합니다. '진수화'도 귀중한 마법 도구임에는 틀림없지만, 다행히 강하게 원하는 곳은 아니미얌 공작 가문뿐입니다. 아니미얌 공작이라면 어느 정도는 이성적인 교섭도 통하겠지요. 어느 정도 납득할 만한 이유가 있다면, 교섭 자체는 이쪽에서 진행할 것이니, 프레야 전하는 너무 걱정하지 않으셔도 되겠습니다."

그렇게 말하며 주세페 왕자는 더욱 미소를 짙게 만들었다.

말투도 그렇고, 악의 없는 미소도 그렇고, 성실하게 대해 주고 있는 것으로밖에 보이지 않았다.

그렇기에, 젠지로는 솔직히 말해 주세페 왕자가 어느 정도나 진심으로 하는 말인지 판단하기가 어려웠다.

젠지로의 입장에서 말하자면, 주세페 왕태자는 의심스러운 사람일 뿐이었다.

젠키치를 위험에 빠뜨리려고 한 남자라는 필터 탓인지, 우호적인 미소도 이쪽을 배려한 행동과 말도 모두가 이쪽을 속이기 위한 함정처럼 보였다.

그런 젠지로의 마음을 아는지 모르는지, 옆에 앉은 프레야 공주는 구김 없는 미소를 지으며 주세페 왕태자를 대했다.

"배려해 주셔서 감사합니다. 그렇다면 무언가 아니미얌 공작을 이해시킬 수 있는 이유가 있으면 되는 거지요? 다만 부끄럽게도 저는 아니미얌 공작 자신에 대해서도, 아니미얌 공작 가문이나 아니미얌 공작령에 대해서도 자세히는 모릅니다."

"아니요. 프레야 님의 입장이라면 그것도 당연한 일입니다."

프레야 공주가 잡담으로 대화를 이어나가며 어떻게든 교섭의 실마리를 찾고 있는데, 지원 사격이 의외의 곳에서 날아왔다.

"그런 것이라면 제가 발 벗고 나서고자 하는데, 괜찮을까요. 주세페 왕태자 전하?"

그렇게 침묵을 깨고 입을 연 사람은 마르가리타 왕녀였다.

프레야 공주를 시중들기 위해 프레야 공주 옆에 앉은 마르가리타 왕녀는 그렇게 발언 허가를 원한다는 듯이 살짝 손을 들었다.

"호오, 마르가리타가? 갑자기 무슨 바람이 분 거지?"

아주 잠시 놀랍다는 표정을 지은 주세페 왕태자가 바로 흥미롭다는 표정을 지으며 그렇게 물었다.

모두의 시선이 자신에게로 향하는 가운데, 마르가리타 왕녀는 작게 어깨를 으쓱이며 담담하게 말했다.

"지금 저는 프레야 전하를 모셔야 하는 입장이니, 그 직무를 충실히 다하고 싶을 뿐이랍니다. 아니미얌 공작 가문에게 '진수화' 마법 도구를 납품해야 하는 기한은 반년 후. 그 사이에 제가 '진수화'를 하나 더 만들 테니, 지금 있는 '진수화' 마법 도구를 하나 프레야 전하에게 판매해 주세요. 그러면 납품 수량에 문제가 없을 테니까요."

마르가리타 왕녀의 말을 듣고 주세페 왕태자는 더욱 놀라운 표정을 지었다.

"정말 대체 무슨 바람이 분 거지, 마르가리타? 그대는 그렇게 '재미없는 일'을 싫다고 말했던 것으로 기억하는데?"

'물 생성', '진수화', '부동화구', '쌍연지' 등, 양산을 전제로 한 마법 도구의 제작은 일반적으로 샤로와 왕가의 부여술사 중에서도 기량이 뛰어나지 못한 젊은 사람들이나 마법 도구 제작에 열정을 쏟지 않는 정치 쪽 사람들이 맡았다.

부여술사로서 실력과 명성이 뛰어난 프란체스코 왕자나 마르가리타 왕녀는 더욱 고도의 마법 도구, 이른바 '유일품'의 제작을 맡는 대신, 할당량이 있는 양산품 제작은 면제를 받았다.

현실적으로 마르가리타 왕녀는 독자적인 마법 도구──그것도 무기나 방어구──의 제작에 열을 올리기만 할 뿐, 양산품의 제작은 기피해 왔다.

　그런 사정을 잘 알고 있는 주세페 왕태자의 의문은 지극히 당연한 것이었지만, 그 의문은 마르가리타 왕녀의 다음 말로 완전히 해소되었다.

　"그 대신, 프레야 전하에게는 한 가지 부탁이 있습니다. 스카디 님이 허리에 차고 있는 것을 저에게 양도해 주세요."

　그렇게 말하며 마르가리타 왕녀는 가마의 불을 볼 때의 습관대로 왼쪽 눈을 감고 희게 막이 생긴 오른쪽 눈만으로 프레야 공주의 뒤에 서 있는 여전사 스카디를 바라보았다.

　정확하게 말하자면, 마르가리타 왕녀가 보고 있는 것은 스카디가 허리에 차고 있는 검이었다.

　"스카디의 검, 말인가요?"

　마르가리타 왕녀의 말을 듣고, 프레야 공주도 뒤에 서 있는 여전사 스카디도 동시에 당황스러움을 감추지 못했다.

　바다짐승의 이빨을 깎아 만든 단창(短槍)이라면 몰라도 허리에 찬 검은 특별할 것 없는 물건이었다.

　물론 왕족을 수호하는 전사인 스카디가 들고 다니는 검이니, 값싼 물건은 절대 아니었지만, 그렇다고 특별히 공들인 물건은 아니었다.

쓰고 망가지면 버리는 것을 전제로 한 양산품에 불과해 사실 '황금나뭇잎호'의 무기고에는 같은 종류의 검이 여러 자루 마련되어 있었다.

하지만 웁살라 왕국에서는 고가의 양산품에 불과한 검도 이곳 남대륙에서는 남다른 가치를 지녔다.

"아쉽지만, 남대륙의 제철 기술은 북대륙에 비하면 한 단계 떨어지니까요. 프레야 전하의 고국인 웁살라 왕국은 북대륙에서도 손꼽히는 기술 선진국이라고 들었습니다. 꼭, 꼭, 하나를 저에게 양도해 주셨으면 합니다."

그렇게 말하며 마르가리타 왕녀는 흰 막이 생긴 오른쪽 눈을 조금 가늘게 떴다.

프레야 공주도 그런 설명을 듣고도 마르가리타 왕녀가 무슨 말을 하려는 것인지 이해하지 못할 만큼 둔하지는 않았다.

"젠지로 폐하……?"

그렇게 말하며 젠지로의 허가를 요청한 것은 자신의 입장을 이해하고 있었기 때문이다.

프레야 공주는 자신을 젠지로의 측실로 인정받기 위한 핵심적인 조건으로 웁살라 왕국의 뛰어난 제철 기술과 조선 기술을 내세웠다.

여기서 같은 남대륙의 제철 기술을 원하는 대국에 자국의 철제품을 건네준다는 것은, 그 핵심 조건의 가치를 낮추게 되고 만다.

솔직히 말해 별로 칭찬을 받을 수 있을 만한 행동은 아니었다.

단, 아주 미묘한 입장이긴 하지만, 프레야 공주는 아직 웁살라

왕국의 왕녀이지, 카파 왕국의 왕의 배우자인 젠지로의 측실이 아닌 것도 사실이었다.

하나부터 열까지 카파 왕국을 배려하여 모든 행동을 봉인하는 것도 이상한 이야기였다.

프레야 공주가 젠지로의 허가를 원하듯이 시선을 내던지자, 그 자리에 있는 사람들 모두가 젠지로를 쳐다보았다.

"흐음……."

왕족들의 시선 공격을 받아 불편함을 느끼면서 젠지로가 생각에 빠졌다.

문제는 리스크와 리턴이다.

젠지로의 사랑하는 아내인 여왕 아우라는 프레야 공주가 가지고 올 뛰어난 제철 기술과 조선 기술로 카파 왕국의 국력 상승을 꾀하려 했다.

여기서 웁살라 왕국의 제철품을 쌍왕국에 넘기면 카파 왕국의 국력 상승폭을 상대적으로 줄어들 수도 있다.

쓰고 버리라고 하면서 일반 병사에게 파는 것이라면 몰라도, 뛰어난 대장장이이자 뛰어난 부여술사로, 방계이기는 하지만 샤로와 왕가에 속한 사람인 마르가리타 왕녀에게 판다는 것은 그런 것이었다.

하지만 아무리 마르가리타 왕녀가 뛰어난 대장장이라고 하더라도 현물을 하나 입수한 것으로 어디까지 기술을 재현할 수 있는가 생각해 보면, 너무 걱정할 필요가 없는 것도 사실이었다.

프레야 공주가 말한 대로 카파 왕국에 웁살라 왕국의 대장장이를 정말로 데리고 올 수 있다면, 카파 왕국의 우위는 흔들리지 않는다.

한편 여기서 프레야 공주가 원하는 마법 도구를 구입하는 것은 '황금나뭇잎호'의 귀환 항해의 안전성을 높이는 행동이었다.

프레야 공주도 그것을 잘 알기에 이토록 열을 띠며 마법 도구를 원하는 것이다.

이세계의 대륙 간 항행을 원래 있던 세계의 대항해시대와 완전히 같다고 생각하기는 힘들겠지만, 원래 있던 세계의 대항해시대 때는 몇 십 척에 한 척 정도의 확률로 장기 항행선은 바다의 거품으로 사라졌었다고, 젠지로는 어렴풋이 기억하고 있었다.

북대륙에서도 북쪽에 있다는 웁살라 왕국에서 카파 왕국까지 항로를 주파한 것은 '황금나뭇잎호'가 처음이라는 사실을 돌아보면, 아마 위험은 그 이상이다. 어쩌면 5퍼센트 이상일지도 모른다.

5퍼센트. 스무 번에 한 번의 확률.

다른 사람의 문제라면, 또는 목숨이 걸리지 않은 문제라면, 특별히 신경 쓸 필요가 없는 리스크일지도 모른다.

하지만 이러니저러니 해도 정이 붙은 여성의 목숨이 달려 있으니, 그 리스크를 무시하기는 어려웠다.

아예 유리구슬을 뿌려서 프레야 공주가 원하는 모든 마법 도구를 갖춰 줄까?

마법 도구 제작 시간을 크게 단축할 수 있는 유리구슬을 필요한 수량만큼 양도하면, 그것도 불가능하지는 않겠지.

젠지로는 침을 삼키고 입을 열었다.

"아우라 폐하와의 약정을 어기지만 않는다면, 프레야 전하가 자유롭게 판단하셔도 되지 않을까요?"

결국 젠지로는 그렇게 말할 수밖에 없었다.

국익을 위해 프레야 공주를 완전히 못 본 채 할 수는 없다. 하지만 귀중한 유리구슬을 뿌려서까지 완전히 지원을 해 줄 수도 없었다.

젠지로로서는 죄책감을 떨쳐 내기 힘든 어중간한 절충안이었지만, 프레야 공주에게는 충분히 복음이라 할 만한 말이었던 듯했다.

"감사합니다, 젠지로 폐하. 그럼 마르가리타 전하. 그렇게 부탁드리겠습니다. 단, 스카디는 저의 소중한 호위입니다. 무기를 그냥 양도하기는 어려우니, 대신할 검을 구입한 뒤에 드리고 싶은데요."

상기된 목소리로 그렇게 말하는 프레야 공주에게 마르가리타 왕녀는 생긋 웃으면서 시원스럽게 말했다.

"알겠습니다, 프레야 전하. 그렇다면, 제가 만든 검을 하나 드리겠습니다. 품질은 보증합니다."

"마르가리타?"

살짝 말을 거는 주세페 왕태자에게 마르가리타 왕녀는 작게 어깨를 으쓱이며 해명했다.

"물론 마법 도구화한 마검이 아니라 그냥 철로 만든 검입니다."

그 대답을 듣고 주세페 왕태자는 잔뜩 굳었을 정도의 몸의 긴장을 풀었다.

마르가리타 왕녀는 프란체스코 왕자와 같은 부류의 사람이었지만, 역시 프란체스코 왕자처럼 생각이 없지는 않았다.

무난하게 이야기가 마무리되자, 주세페 왕태자는 또 전체적인 상황을 다시 내려다보며 생각했다.

카파 왕국의 국가 상징색인 붉은 드레스를 여왕 아우라에게 공식적으로 선물받은 프레야 공주.

그 프레야 공주는 지금, 이 자리에서 중요한 결단을 할 때 젠지로의 허가를 바랐고, 젠지로는 그 뜻대로 승낙해 주었다.

그리고 그렇게까지 마법 도구가 필요할 정도의 장기 항해의 위험성.

정이 많은 사람인 젠지로가 프레야 공주에게 보내는 정겨운 시선.

모든 상황을 고려한 주세페 왕태자의 결론은 '프레야 공주에게 더욱 은혜를 베풀어라'였다.

"흐음. 샤로와 왕가가 직접 지원 가능한 것은 이게 한계이지만, 간접적으로는 조금 더 힘이 될지도 모르겠군요. 각 귀족이 집과 개인 단위로 소유하고 있는 마법 도구가 있습니다. 그것을 국외로 판매하는 것을 특례로 인정하겠습니다. 프레야 전하만 좋으시다면 이 자리에서 적어 드리지요."

"앗. 잘 부탁드립니다."

주세페 왕태자의 말을 듣고 프레야 공주는 곧장 그 제안을 받아들였다.

일반적으로 샤로와 왕가가 제작하는 마법 도구를 국외에 판매할 권리는 샤로와 왕가만이 가지고 있다.

네 공작을 비롯한 다른 귀족은 샤로와 왕가에게 마법 도구를 구입할 수는 있어도 그 마법 도구를 국외의 왕족과 귀족에게 판매해 돈을 얻어서는 안 되었다.

국내 귀족이 중간 마진을 얻어 비대해지는 것을 제한하기 위한 법인데, 그 탓에 국내 귀족 중에는 더 이상 사용할 데가 없는 마법 도구를 창고 안에 그대로 넣어 두는 곳도 있는 모양이었다.

그런 마법 도구를 프레야 공주가 직접 교섭하여 구입할 수 있도록 허가해 준다는 말이었다.

주세페 왕태자는 시종이 들고 온 용피지에 익숙한 필체로 슥슥 문장을 적더니, 마지막에 자신의 사인을 넣고 왕족의 인장을 찍었다.

그런 서류를 완성시킨 주세페 왕태자는 아주 당연하다는 듯이, 젠지로 옆에 앉아 있는 루크레치아에게 말을 걸었다.

"루크레치아. 그럼 이것을 프레야 전하에게 건네줄 수 있을까?"

"네? 아, 네, 알겠습니다!"

순간 어리둥절한 표정을 지은 루크레치아였지만, 곧장 주세페 왕태자의 의도를 눈치채고 벌떡 일어서 주세페 왕태자에게 그 서간을 건네받았다.

루크레치아는 이 자리에 젠지로를 시중드는 역할로서 동석하고 있기 때문에 주세페 왕태자에게 서간을 건네받아 프레야 공주에게 전해 주는 역할에는 적합하지 않았지만, 굳이 루크레치아를 지명한 것은 물론 주세페 왕태자에게 숨은 의도가 있었기 때문이었다.

루크레치아는 그 서간을 프레야 공주에게 건네주면서 긴장한 표정으로 말했다.

"프레야 전하. 조금 전까지 사정은 모두 잘 들었습니다. 그런 거라면 저도 미력하나마 도움이 되리라 생각합니다. 브로이 후작에게 이야기를 해 둘 테니, 첫 교섭 상대로 저희 브로이 후작 가문을 선택해 주시면 안 될까요?"

루크레치아의 제안은 프레야 공주에게도 딱 좋은 것이었다.

브로이 후작 가문은 샤로와 지르벨 쌍왕국 건국 이래의 명문 귀족이다.

팔아 줄지 어떨지는 모르지만, 많은 마법 도구를 소유하고 있을 것이란 사실은 쉽게 유추할 수 있었다.

"알겠습니다. 잘 부탁드립니다, 루크레치아 님."

모두 좋은 방향으로 이야기가 흐르며 마무리되어 갔다.

그런 상황을 사람 좋은 미소를 지으며 지켜보는 주세페 왕태자를 보고, 젠지로는 내심 더욱 큰 불신감을 느꼈다.

－－－－◆－－－－

며칠 후. 프레야 공주는 쌍왕국 왕도에 있는 브로이 후작 저택을 찾았다.

자란궁을 나와 용차로 왕도를 이동하는 사이에 쌍왕국의 건조한 혹서기를 처음으로 체험한 프레야 공주가 용차 안에서 강아지처럼 혀를 내밀며 몸을 축 늘어뜨리는 해프닝도 있었지만, 역시 건국 이래의 명문 귀족.

브로이 후작 저택의 방은 마법 도구로 자란궁과 비교해도 손색이 없을 만큼 온도가 내려가 있어, 프레야 공주는 다행히 추태를 보이지 않을 수 있었다.

덧붙이자면 이 방문의 명목은 웁살라 왕국의 왕녀로서 교섭을 하는 것이었고, 교섭 자체는 이미 허가를 받았기 때문에 젠지로는 동석하지 않았다.

그래서 몸에 걸친 것도 여왕 아우라에게 받은 붉은 드레스가 아니라 익숙한 옅은 청색 드레스였다.

신뢰하는 여전사 스카디를 등 뒤에 세우고 소파에 예의 바르게 앉은 프레야 공주의 맞은편에 앉은 사람은 초로의 영역에 반 발짝 정도 발을 들인 중년 남성이었다.

회색 머리카락을 정성스럽게 빗어 올백을 넘기고 회색 눈동자를 가느다랗게 뜬 모습은 온화한 신사의 표본 같았다.

그 옆에 앉아 있는 사람은 금발 사이드 테일이 독특한 몸집이 작은 소녀. 루크레치아 브로이였다.

오늘은 젠지로의 시중드는 역할을 잠시 중단하고 프레야 공주와 양아버지인 브로이 후작의 중개역으로 이 자리에 참석했다.

그래서 필연적으로 처음에 말을 꺼내야 하는 사람은 루크레치아였다.

"소개하겠습니다, 프레야 전하. 이쪽이 브로이 후작 가문의 현 당주인 루키노입니다. 아버지. 이쪽 분이 북대륙의 웁살라 왕국의 제1 왕녀, 프레야 웁살라 전하이십니다."

루크레치아의 소개를 받고 프레야 공주와 브로이 후작은 늘 그렇듯 미소를 지으며 인사를 나누었다.

"프레야라고 합니다, 브로이 후작님. 만나 뵙게 되어 영광입니다."

"이쪽이야말로 프레야 전하를 만나 뵙게 되어 영광스럽기 그지없습니다. 브로이 후작 가문의 당주인 루키노라고 합니다."

나이, 성별, 출생지. 모든 것이 다른 두 사람이지만, 사교적인 대화에 익숙하다는 점에서만큼은 비슷했다. 프레야 공주와 브로이 후작은 매우 자연스럽게 무난한 세상 이야기로 옮겨 갔다.

"……그렇군요. 역시 북대륙은 선진적인 듯합니다. 대학이라는 개념은 아주 흥미롭습니다."

"꼭 그렇다고는 할 수 없지만, 이쪽과는 다른 역사를 걸었기 때문에 앞서 있는 문화도 확실히 있는 듯합니다. 하지만 그만큼 마법에 관해서는 완벽하게 뒤쳐져 있지만요."

"그쪽 대학에 마법이라는 학과는 존재하지 않는 것이지요? 그렇다면……."

그렇게 서로의 대화 리듬을 파악했을 때쯤, 브로이 후작이 본론을 꺼냈다.

"그래서 전하는 마법 도구를 원하시는 거라고 봐도 되겠습니까?"

지금까지의 대화 흐름을 통해 슬슬 올 것이라고 예상했던 프레야 공주는 허를 찔리는 일 없이 고개를 끄덕이며 대답했다.

"네. 저의 '황금나뭇잎호'는 웁살라 왕국뿐만 아니라, 북대륙에서도 최신예에 해당하는 배입니다. 현재로서는 기술적으로 그 이상의 배를 바라지도 않지요. 다만, 그 '황금나뭇잎호'의 힘을 이용해서도 대륙 간 항해는 목숨을 걸어야 합니다. 현재 이상의 더 큰 개선을 원한다면, 이제 마법의 힘을 이용할 수밖에 없다고 확신하고 있습니다."

술술 나오는 프레야 공주의 주장을 브로이 후작은 진지한 표정으로 일일이 고개를 끄덕이며 들었다.

"흐음. 역시 프레야 전하십니다. 스스로 대륙 간 항해를 성공시키신 분이 아니면 느낄 수 없는 설득력이 있군요. 말씀하신 바는 이해하였습니다."

"어머나, 그럼 구입할 수 있는 건가요?"

교섭의 일환으로서 일부러 한 발 앞서 결론을 내리려는 프레야 공주에게 브로이 후작은 전혀 당황하거나 호들갑을 떨지 않고 대처했다.

"현재로서는 긍정적으로 검토하고자 한다, 정도의 단계이군요. 그도 그럴 것이 저는 북대륙에 대해 거의 모릅니다. 서간에 있는 대로 주세페 전하는 마법 도구의 판매를 허가해 주셨으나, 실례되지만 그렇게 하여 국익을 해칠 수 있다고 한다면, 저의 개인적인 판단으로 거절할 가능성도 있습니다. 그러니 일단은 전하의 고국인 북대륙에 대해 몇 가지 질문을 하고자 하는데, 괜찮으실까요?"

스윽 등을 쭉 펴면서 그렇게 말하는 브로이 후작의 분위기에 조금 압도된 것인지, 무의식적으로 자세를 바로 잡은 프레야 공주가 반사적으로 대답했다.

"네. 괜찮습니다."

"그럼 가장 먼저 확인하고자 하는데, 웁살라 왕국의 배가 남대륙에 도착한 것은 전하가 처음이라고 들었습니다만, 북대륙에서 남대륙으로 배가 온 것은 처음이 아니라고 들었습니다. 그렇다면 그런 배들은 어떻게 대륙 간 항행을 성공한 것일까요?"

당연하다고 하다면 당연한 브로이 후작의 질문을 듣고 프레야 공주는 작게 어깨를 으쓱하며 대답했다.

"그런 배는 우리나라와는 그다지 교류가 없는 '교회' 세력권에 있는 것이라, 확실히 단언하기는 힘들지만, 특별한 처리를 했기 때문은 아니라고 생각합니다. 많은 수의 배를 만들어 온 나쁘게 침몰하는 배가 있을 수도 있다는 것을 전체로 대륙 간 항행을 성공시키고 있다는 것이 현실인 상황입니다. 단, 우리나라인 웁살라 왕국은 북대륙에서도 최북단의 나라 중 하나이니까요. 북대륙의 남쪽에 위치한 여러 나라는 저희보다 수월한 조건에서 항행을 하니, 그만큼 어떻게든 항해를 성공시킬 확률이 높을지도 모르겠네요."

웁살라 왕국은 북대륙 중에서는 기술 선진국에 속하는 나라였지만, 국력 그 자체는 기껏해야 중견국이었다. 총 인구도 북대륙 남쪽의 대국과 비교하면 하늘과 땅 차이였다.

목재 자원도 인적 자원도 풍부한 대국이라면, 가끔 귀환하지 않는 배가 있다는 것을 전제로 대륙 간 무역을 계속해도 흑자를 볼 수 있지만, 웁살라 왕국의 국력으로는 도중에 좌절될 가능성이 높다.

승률 70퍼센트로 한 번에 100만 엔씩 걸어야만 하는 도박이 있다고 했을 때, 전 재산이 1억 엔인 사람의 경우 긴 안목으로 보면 확실히 계속 돈을 걸 수 있다.

한편 전 재산이 500만 엔인 사람은 그 도박에 손을 대면 조금만 확률이 한쪽으로 쏠려도 파산할 우려가 있다.

윱살라 왕국에게 있어 대륙 간 무역은 '도박'이어서는 안 되었다. 확실한 무역으로 만들지 않으면 안 되는 것이다.

"그렇군요. 그럼 대륙 간 무역은 북대륙의 남쪽 나라들에게 맡기고, 귀국은 그 북대륙의 남쪽 나라들과 무역을 하여 간접적으로 대륙 간 무역에 참가하는 선택지도 있지 않을까요?"

"중간에 거치는 나라가 많아지면 많아질수록 손에 쥘 수 있는 이익이 적어지고, 성가신 일도 늘어나니까요. 왜 다들 그런 말을 하지 않나요? 기왕에 하려면 생으…… 실례했습니다."

프레야 공주가 예를 들어 이야기를 하려다가 도중에 끊었을 때, 뒤에 대기하고 있던 여전사 스카디는 얼굴 전체가 창백해졌지만, 다행히 브로이 후작에게는 무슨 말을 하려고 했는지 의미가 통하지 않은 듯했다.

정신을 가다듬고 프레야 공주가 설명을 계속했다.

"아, 아무튼 그러니까, 우리나라로서는 독자적으로 대륙 간 무역을 성공시켰으면 하고 바라고 있습니다."

"그러시군요……."

"……."

잠시 침묵이 그 자리를 지배했다.

생각하는 브로이 후작과 반응을 기다리는 프레야 공주.

현재, 대화의 공은 브로이 후작이 손에 쥐고 있었다.

진장한 얼굴로 다음 말을 기다리는 프레야 공주를 한참 기다리게 한 뒤, 브로이 후작이 말했다.

"대략적으로 상황은 이해했습니다. 그런 거라면, 좋은 도구를 소개해 드리지요."

"감사합니다, 후작님."

얼굴 가득 미소를 짓는 프레야 공주를 보고 브로이 후작은 어흠하고 기침을 한 뒤, 찬물을 끼얹듯 문제점을 밝혔다.

"단, 한 가지 문제가 있습니다. 그 마법 도구는 프레야 전하에게 매우 큰 도움이 될 것이라고 확신하지만, 저희 가문에게 있어서도 선조 대대로 전해져 오는 가보라고 해야 할 만한 물건입니다. 어중간한 대가로는 넘겨 드릴 수가 없습니다."

여기서 '돈이라면 얼마든지 내겠습니다'라고 말할 만큼 프레야 공주도 어리숙한 교섭 상대는 아니었다.

"어머나, 그렇게 귀중한 것을 주시겠다니, 정말 뭐라고 감사를 드려야 할까요. 일단은 현물을 보고 그 후에 자세한 설명을 부탁드려도 될까요?"

금액에 관한 이야기는 현물의 성능을 파악한 뒤에 해도 늦지 않다.

은근히 그렇게 말하는 프레야 공주에게 브로이 후작은 기분이 나쁘다는 듯한 낌새도 없이 고개를 끄덕였다.

"물론입니다. 여봐라. 옆방에서 그것을 가져와라."

지시를 받은 남자 고용인 다섯 명이 옆방으로 사라진 지 얼마 후.

고용인들은 다섯 명이 함께 커다란 마법 도구를 가지고 나타났다.

"이건……."

처음으로 보는 대형 마법 도구에 프레야 공주는 눈을 크게 번쩍 떴다.

"수고했다. 테이블 옆에 놓아 둬라. 조심히 다루고."

"네."

"실례지만 앞쪽에 놓겠습니다."

타악 하고 무거운 소리를 내며, 마법 도구는 프레야 공주와 브로이 후작 사이에 있는 테이블 옆에 놓였다.

겉모습은 '지구의'와 흡사했다.

둥근 대좌(臺座) 위에 희고 단단한 구체가 위와 아래가 고정된 상태였는데, 마법의 힘 때문인지 계속 천천히 회전을 했다.

물론 전체적인 실루엣이 지구의와 닮았을 뿐, 지구의 자체는 아니어서, 그 흰 구체에는 지도가 그려져 있지 않았다.

그것은 구체 부분만 따져도 직경 2미터는 될 듯한 물건이었다. 겉으로 보이는 질감 그대로 흰 석재로 만들어 있다고 한다면, 성인 남자 다섯 명이 옮기는 것도 충분히 이해할 만한 무게였다.

"브로이 후작님, 이건 어떤 마법 도구인가요?"

빙벽색 두 눈동자를 마법 도구에 고정한 채, 프레야 공주는 흥미진진하다는 듯한 목소리로 물었다.

"네. 이 마법 도구의 이름은 '잔잔한 바다'라고 합니다. 효과는 실제로 보여 드리는 편이 이해하기 쉬우시겠군요. 여봐라. 창문을 열고, 물을 가져와라."

"넷."

"바로 시행하겠습니다."

고용인들은 곧장 주인의 명령을 실행하기 시작했다.

방의 창문을 활짝 열고, 물을 담은 커다란 은색 쟁반을 마법 도구 옆에 갖다 놓았다.

혹서기의 메마른 열풍이 모래와 함께 불어 들어와, 프레야 공주는 모래 먼지를 경계하듯이 조금 눈을 가늘게 떴다.

불어 들어오는 바람이 프레야 공주의 짧은 은색 머리카락을 하늘하늘 흔드는 모습을 보고, 브로이 후작은 만족스럽다는 듯이 고개를 끄덕인 뒤 자리에서 일어섰다.

그리고 브로이 후작은 큰 마법 도구 앞에 서더니.

"지금 상태를 기억해 주십시오. 그럼 시작하겠습니다. 이렇게 이 부분에 손을 대고 '잔잔해져라'."

그렇게 '마법어'로 한마디를 중얼거렸다.

마법 도구는 순간 옅은 흰색 빛을 발했다가 가라앉았는데, 새삼 보니 그때까지 계속 돌던 흰 구체가 정지해 있었다.

그와 동시에 마법 도구의 효과가 나타나기 시작했다.

조금 전까지 방 안으로 불어 들어오던 불쾌한 열풍이 딱 멈춘 것이다.

"어?"

부자연스러운 변화에 프레야 공주가 깜짝 놀라하고, 호위인 스카디가 조금 경계를 하는 가운데, 브로이 후작은 의기양양한 미소를 지으며 오른손의 소매를 걷어붙였다.

"이건 더 알기 쉬울 겁니다. 잘 봐 주십시오."

그렇게 말한 브로이 후작은 오른손의 손바닥으로 은색 쟁반에 담겨 있는 물을 힘껏 두드렸다.

당연히 수면은 참방 하는 커다란 물소리를 내며 물보라를 일으켰는데, 다음 순간에 보니 아무 일도 없었다는 듯이 원래 상태로 돌아가 있었다.

"어, 어어?"

이번에는 프레야 공주뿐만이 아니고, 뒤에서 경계를 하던 여전사 스카디도 눈을 휘둥그렇게 떴다.

누가 봐도 부자연스러운 현상이었다.

수면을 힘껏 두드렸는데 물보라가 일어난 것은 정말 잠깐일 뿐, 다음 순간에는 수면이 물결 하나 없이 원래의 평평한 상태로 돌아가 버린 것이다. 솔직히 자신의 눈을 의심할 정도의 현상이었다.

깜짝 놀라는 손님들 앞에서 브로이 후작은 설명을 시작했다.

"'잔잔한 바다'. 그 이름 그대로의 효과를 지닌 마법 도구입니다. 이 마법 도구의 효과 범위 내에서는 바람과 물의 움직임이 최소한으로 제한됩니다. 바람은 잔잔해지고 수면은 흔들리지 않습니다. 비도 이 공간 내에서는 내리지 않습니다. 하지만 호흡과 물을 마시는 것을 방해받지는 않으니, 그런 점을 걱정하실 필요는 없습니다."

"……제가 시험 삼아 시도해 봐도 괜찮을까요?"

"그러시지요."

아직 믿지 못하겠다는 듯한 모습으로 프레야 공주가 그렇게 부탁하자, 브로이 후작은 선선히 고개를 끄덕이며 허락했다.

"공주님, 제가 하겠습니다."

"그러네요, 부탁할게요. 스카디."

"네, 그럼 실례하겠습니다."

허가를 받은 여전사 스카디는 애용하는 단창의 밑뿌리 부분으로 은쟁반의 수면을 때렸다.

결과는 조금 전과 마찬가지였다. 때린 순간에는 찰랑 하고 물보라가 튀어 올랐지만, 그 후에는 부자연스러울 정도로 순식간에 원래 상태로 돌아갔다.

이어서 스카디는 이것저것 다양한 시도를 해 보았다. 밑뿌리로 수면을 빙글빙글 휘저어도 보고, 물을 손바닥으로 떠서 수면에 떨어뜨려도 보고.

스카디가 그렇게 은쟁반의 물로 실험을 하는 사이에 프레야 공주도 조금 전에 나온 티컵을 손에 들고 직접 테스트를 해 보았다.

"차는 문제없이 마실 수 있네요. 하지만 컵을 기울이거나 흔들어도 수면이 바로 진정되는 건 같아요. 수면에 숨을 불어넣어도 파문이 생기는 건 순간일 뿐, 금방 잔잔해지고요."

게다가 손에 숨을 불어넣어 보니, 얼굴에서 조금 손을 멀리하기만 해도 손에 입김이 닿지 않았다. 아무래도 바람이 제어되고 있는 것은 사실인 듯했다.

주인과 종이 이것저것 시도해 보니, 브로이 후작의 말대로 효과가 있다는 것을 실감할 수 있었다.

프레야 공주의 눈빛이 바뀌자, 브로이 후작은 결정타를 날릴 만한 정보를 제공해 주었다.

"효과 범위도 넓습니다. 이 저택이 다 들어갑니다. 프레야 전하의 '황금나뭇잎호'의 크기가 어느 정도인지 정확하게는 모르나, 문제없이 전체가 효과 범위에 들어가리라 생각합니다. 효과 시간은 웬만한 작업을 끝낼 수 있을 만큼 계속됩니다. 한 번 사용하면 잠시 동안은 재사용할 수 없으니, 그 점은 주의해 주십시오. 구체적인 효과 시간과 재가동 시간은 실제로 사용하시면서 직접 확인할 수밖에 없습니다."

"……."

브로이 후작의 설명을 듣자, 프레야 공주의 두 눈에 경계의 빛이 떠올랐다.

배가 모두 다 들어갈 정도의 효과 범위를 지니고 있으면서, 바람과 물을 완전히 진정시키는 마법 도구.

이게 장기 항해에 얼마나 효과적일지는 굳이 말을 할 필요도 없었다.

위험한 큰 폭풍우에 말려들었을 때, 어마어마한 큰 파도가 밀려들었을 때, 이 마법 도구가 있으면 그런 상황을 '일시정지'시킬 수 있는 것이다.

큰 폭풍우와 큰 파도가 몰려와 배가 파손될지도 모를 때.

갑작스러운 큰 폭풍우로 돛을 미처 접지 못했을 때.

큰 폭풍우가 너무 오래 지속되어 선원들의 정신력과 체력이 한계를 넘었을 때.

그런 때에 이 '잔잔한 바다'라는 마법 도구는 매우 큰 힘을 발휘한다.

배가 파손되면 보통 배를 파손시킬 정도의 큰 폭풍우와 큰 파도가 치는 가운데 배를 고치는 등, 죽는 사람이 안 나오면 그게 더 이상할 어려운 상황에 도전해야만 한다.

하지만 이 '잔잔한 바다'를 발동시키면, 일시적으로 큰 폭풍우나 큰 파도를 진정시킨 상태로 배를 고칠 수 있다.

갑작스러운 큰 폭풍우가 덮쳐 돛을 미처 접지 못했다고 해도 '잔잔한 바다'만 있으면, 느긋하고 침착하게 돛을 접을 수 있다.

무엇보다 도움이 되는 것은, 오랜 시간 동안 악천후에 시달렸을 때, 임의로 '일시 휴식'을 할 수 있다는 점이었다.

경험 많은 선원들도, 언제 끝날지 알 수 없는 악천후가 계속되면 좌절하기도 한다.

하지만 '힘내라, 조금 더 힘내면 잠시 쉴 수 있다'라는 말을 들으면, 정신력과 체력은 놀라우리만치 오래 지속된다.

폭풍우는 해상을 이동하는 것이라, '잔잔한 바다'를 발동하는 사이에 폭풍우가 그냥 지나가 버릴 가능성마저도 기대할 수 있다.

최신 대형선인 '황금나뭇잎호'에 웁살라 왕국이 선발한 선원들, 그리고 '잔잔한 바다'와 '진수화'라는 마법 도구가 있으면, 대륙 간 항행의 위험은 최소한으로 줄어든다.

지금 프레야 공주의 입장에서는 그야말로 간절하다고 해도 과언이 아닐 만큼 원하는 마법 도구였다.

그렇기에 프레야 공주는 경계하지 않을 수 없었다.

"왜 이런 마법 도구를 가지고 계신 거죠?"

노리고 일부러 준비했다고 생각할 수밖에 없는, 선원이 간절히 원할 장기 항행을 돕는 마법 도구. 그것이 눈앞에 있는 현 상황을 '행운'이라고 생각할 정도로 프레야 공주는 순진한 인간이 아니었다.

그런 프레야 공주의 반응도 아마 예측을 하고 있었다는 듯.

브로이 후작은 신사 같은 태도를 계속 유지하면서 일부러 느릿한 말투로 타이르듯 말했다.

"아니, 정말로 그냥 우연일 뿐입니다. 집안 대대로 내려온 마법 도구이지만, 집안 창고에 계속 넣어 두는 것보다는 프레야 전하의 도움이 되면 좋을 듯해, 주세페 전하에게 연락을 받고 준비해 두고 있었습니다."

"집안 대대로 내려온 마법 도구, 인가요? 솔직히 말씀드리면, 저희들을 위해 일부러 만드셨다고 생각할 수밖에 없는 마법 도구인데요."

프레야 공주는 '부여마법'에 대해 잘 모르기 때문에 그렇게 말하는 것도 이상한 것은 아니었다.

우연이라는 말로는 설명하기 힘든 만큼, 프레야 공주에 딱 맞는 마법 도구.

게다가 마법 도구의 이름도 '잔잔한 바다'다. 바다가 없는 내륙 국가인 샤로와 지르벨 쌍왕국에 왜 그런 마법 도구가 존재하는가?

그런 프레야 공주의 의문을 회피하듯이, 브로이 후작은 웃으며 어깨를 으쓱 들어 올렸다.

"그만큼 프레야 전하께서는 행운의 여신의 사랑을 받는 분이시라는, 그런 의미가 아닐까요? 그렇지 않다고 하신다면, 이것은 그야말로 운명이라고 말할 수 있지 않을까 합니다."

"그게 정말이라면, 실로 기쁜 일이네요. 그 행운이 아직 계속된다고 하다면, 같은 마법 도구를 더 많이 입수할 가능성도 있을지 모르겠는걸요?"

웃으면서 더욱 교섭을 원하는 프레야 공주에게 브로이 후작은 웃음을 쓴웃음으로 바꾸며 고개를 저었다.

"역시 그런 어렵습니다. 이건 '유산'이니까요. 지금 샤로와 왕가에도 이것을 제조할 수 있는 분은 아무도 없습니다."

"'유산'이요?"

의아하다는 표정을 짓는 프레야 공주에게 브로이 후작이 고개를 끄덕였다.

"네, '유산'입니다. 프레야 전하는 우리나라가 어떻게 성립되었는지 모르시는 모양이군요. 우리의 선조는 '북대륙에서 온 이민자'입니다."

"앗?"

프레야 공주의 반응을 통해 자신이 하고자 하는 말이 전해졌다는 사실을 깨달은 브로이 후작은 만족스럽게 고개를 끄덕이고 말을 계속했다.

"프레야 전하가 이번에 성공하신 대륙 간 항행. 그것은 수백 년 전, 우리 선조가 지나왔던 길입니다. 우리가 아직 북대륙에 있었을 때 만들어진 마법 도구를 우리는 '유산'이라고 부릅니다. 대륙 간 항행과 그 후에 남대륙에서 현재의 땅에 정착하기까지의 방랑 생활로 제조 지식은 소실되어 '유산'의 대부분은 사라지고 말았습니다. 이건 그중에서도 몇 남지 않은 물건입니다."

프레야 공주의 현 상황에 딱 맞는 마법 도구가 왜 존재하는 것인가?

이상한 이유는 아니다. 그저 쌍왕국의 선조가 일찍이 지금의 프레야 공주와 같은 상황을 극복했기 때문이었다.

"그렇게 귀중한 것을 주시겠다니, 정말로 괜찮으신가요?"

일개 후작 가문의 가보는커녕, 국보급 일화에 프레야 공주는 당황스러움을 숨기지 못했다.

그 이야기가 진짜라면, 브로이 후작 저택에 있다는 것 자체가 이상하다. 자란궁의 보물 창고에 들어가 있어야 할 물건이었다.

하지만 브로이 후작은 신사 같은 미소를 계속 유지하면서 확실히 말했다.

"문제없습니다. 조금 전에도 말씀드렸다시피, 주세페 전하의 지시로 드린 말씀이니까요."

"하지만 역사상의 일화를 가미하지 않더라도, 마법 도구의 능력 자체로 그 가치에 대해서는 마법 도구에 대해 잘 모르는 저도 이해할 수 있었을 정도예요. 금액은 어느 정도 생각하고 계신가요?"

하지만 비싸겠죠?

그런 뜻을 담아 프레야 공주가 질문을 하자, 브로이 후작은 눈을 가늘게 뜨고 웃으며 말했다.

"아니요, 값은 주시지 않아도 괜찮습니다. 이건 샤로와 지르벨 쌍왕국이 웁살라 왕국에게 드리는 '우호의 증표'이니까요. 단, 어디까지나 '우호의 증표'이니, 제삼자에게 매각을 하거나 양도를 하거나 폐기하지는 말아 주시기 바랍니다."

조금 전에 자신이 '어중간한 대가로는 넘겨 드릴 수가 없습니다'라고 한 말도 잊어버렸는지, 태연하게 그런 말을 하는 신사를 보고 프레야 공주는 더욱 강하게 경계했다.

"흐음, '우호의 증표' 말인가요……."

마찬가지로 눈을 가늘게 뜬 프레야 공주는 입매에 계속 미소를 떠올린 채 생각했다.

브로이 후작은 지금 '샤로와 지르벨 쌍왕국이 웁살라 왕국에게 드리는 우호의 증표'라고 말했다.

아하, 그렇게 생각하면 왜 이 타이밍에 이야기를 빠르게 진행시키려고 했는지 이해가 된다.

젠지로가 옆에 있으면 프레야 공주는 '카파 왕국 왕의 배우자가 확정된 자'로서의 측면이 전면에 드러나고 만다.

여왕 아우라가 선물한 카파 왕국의 국가 상색이 들어간 '붉은 드레스'를 몸에 두르고 있을 때는 더욱더.

하지만 지금 프레야 공주의 옆에는 젠지로가 없고, 프레야 공주가 지금 입고 있는 옷은 붉은색이 아니라 옅은 푸른색 드레스다.

프레야 공주가 웁살라 왕국 사람일 때 교섭할 수 있는 기회는 지금을 놓치면 찾아오지 않을 가능성이 있었다.

그렇게 생각해 보면, 브로이 후작의 성급함과 호들갑스러운 행동도 이해가 되었다.

'조금 전부터 주세페 왕태자의 허가를 얻었다고 공언하고 있으니, 샤로와 왕가의 의사라고 생각해도 좋겠네요. 아니, 아무리 건국 이래의 명문 집안이라고는 하지만 이런 마법 도구를 일개 귀족 집안이 소유하고 있는 것은 부자연스러워요. 모두 샤로와 왕가가 뒤에서 조종한 일이라고 생각하는 것이 자연스러울지도 모르겠어요.'

그렇게까지 해서 쌍왕국이 웁살라 왕국과의 '우호'를 원했다.

부여와 치유라는 매우 유용한 혈통마법을 보유한 샤로와 지르벨 쌍왕국과 웁살라 왕국이 우호 관계를 맺는 것은, 웁살라 왕국의 제1 왕녀인 프레야 웁살라로서 나쁜 이야기가 아니었다.

문제는 카파 왕국의 왕의 배우자, 젠지로의 측실 입장인 프레야로서 문제가 없는가이다.

"그것은 조국의 아버지나 오라버니도 매우 기뻐하리라 생각합니다. 단지, 이렇게 커다란 마법 도구라면, 카파 왕국까지 옮기는 것도 큰일이겠네요. 젠지로 폐하께 뭐라고 설명을 하면 좋을지……."

"아, 그렇군요. 아시다시피 우리나라는 내륙 국가입니다. 바다를 건너에 있는 북대륙의 웁살라 왕국과 우호를 맺으려면 항구가 있는 남대륙 국가의 협력이 필수불가결합니다. 프레야 전하께서 카파 왕국에 이야기를 해 주신다면, 매우 마음이 든든하겠습니다."

견제의 의미를 담아 젠지로의 이름을 꺼냈지만, 브로이 후작이 웃으며 오히려 환영을 하여 프레야 공주는 그저 난처하기만 했다.

"단, 이 '잔잔한 바다'는 젠지로 폐하의 '순간이동'으로도 옮길 수 없을 만큼 큰 물건이니, 수송은 육로를 이용해야 합니다. 다행히 조금 더 지나면 혹서기도 끝나니, 교대 인원이 카파 왕국으로 출발하게 될 것입니다. '잔잔한 바다'도 그 부대를 이용해 옮기도록 하지요."

"……정말 괜찮으신가요?"

"네, 맡겨 주십시오."

시원스럽게 단언하는 브로이 후작의 말을 듣고 프레야 공주는 이번 일이 샤로와 왕가가 주도한 일이라고 확신했다.

카파 왕국에 교대 인원을 보내는 것은 샤로와 왕가가 주도하는 일이다. 그리고 그 출발은 혹서기가 끝나자마자로, 이제 열흘 남짓 남았을 뿐이었다.

그런데 일개 귀족에 지나지 않는 브로이 후작이 '잔잔한 바다' 정도의 큰 물건을 보낼 수 있다는 것은 아무리 생각해도 힘든 이야기였다.

하지만 브로이 후작은 이 자리에서 가능하다고 단언했다.

만약 샤로와 왕가와 협의가 되어 있지 않다면, 일정상 매우 어려운 일이었다. 샤로와 왕가 주도의 이야기라는 것은 틀림없는 사실인 듯했다.

그리고 카파 왕국 측에 숨길 생각도 없다는 것은, 카파 왕국을 무시하고 쌍왕국과 웁살라 왕국이 직접 교류하자는 이야기도 아니라는 말이었다.

그렇다면 웁살라 왕국의 왕녀로서도 카파 왕국 왕의 배우자인 젠지로의 측실로서도, 거절할 이유가 없었다.

"알겠습니다. 그러시다면 후대를 감사히 받아들이겠습니다. 하지만 정말로 무상으로 주셔도 괜찮으신가요?"

확인을 하는 프레야 공주의 말을 듣고, 브로이 후작은 턱에 손을 대고 짐짓 일부러 무언가 생각하는 척을 하더니, 마치 지금 생각이 났다는 듯이 제안했다.

"흐음, 전하께서 그렇게까지 말씀하신다면, 금전 대신에 한 가지 조언을 해 주실 수 있을까요?"

"조언, 이요?"

고개를 갸웃하는 프레야 공주 앞에서 브로이 후작은 옆에 앉아 있는 사이드 테일을 한 금발 소녀의 등을 미소 지으며 가볍게 두드렸다.

"네. 실은 우리 딸——루크레치아는 영광스럽게도 젠지로 폐하의 시중드는 역할이라는 큰 임무를 맡았습니다."

"네, 알고 있습니다."

그렇게 말하며 시선을 돌리자, 프레야 공주에게 사이드 테일을 한 금발 소녀——루크레치아는 작게 고개를 숙였다.

양딸의 등에 손을 댄 채, 브로이 후작은 말을 계속했다.

"젠지로 폐하는 매우 포용력이 많으신 멋진 분입니다. 이것은 비밀로 해 주셨으면 합니다만, 그런 젠지로 폐하를 모시다가 불손하게도 루크레치아는 젠지로 폐하께 '특별한 감정'을 품은 듯합니다."

"……."

브로이 후작의 말을 뒷받침하듯이 루크레치아는 뺨을 붉게 물들이 고개를 숙였다.

사랑의 감정이 폭로되어 너무 부끄러운 나머지 어쩌면 좋을지 몰라 하는 소녀.

프레야 공주도 무심코 감탄할 정도로 멋진 연기였다. 이런 사람을 조국에서 많이 보아 온 프레야 공주였지만, 이렇게까지 완벽한 사람은 처음 봤다.

보통 이렇게까지 알기 쉬운 태도를 보이면 오히려 너무 부자연스럽다는 생각이 들어 '거부감'이 드는데, 루크레치아는 완벽하게 '사랑스러운' 인상을 남겼다.

대단한 노력이라고 나름 감탄을 한 프레야 공주는 '잔잔한 바다'의 일도 머릿속에서 계산하며, 간단한 충고를 건넸다.

"이건 어디까지나 가정이지만, 루크레치아 님이 품고 있는 '특별한 감정'이라는 것이 제가 상상하는 그것이라면, 그건 한시라도 빨리 잊어야 해요. 젠지로 폐하가 그 '특별한 감정'을 받아주시는 분은 아우라 폐하밖에 없으니까요."

딱 잘라 단언하는 프레야 공주의 말을 듣고 루크레치아는 고개를 들고 반박했다.

"그럴 리가 없잖아요. 실제로 프레야 전하가 계시니까요."

조금 전까지 얼굴을 붉히며 부끄러워하던 모습은 어디로 간 것인지, 루크레치아의 커다란 푸른 눈에는 반짝이는 투지의 불꽃이 불타고 있었다.

그런 루크레치아의 추궁을 프레야 공주는 예상하고 있었다는 듯이 곧장 대답해 주었다.

"거짓말이 아니에요. 젠지로 폐하와 마음을 나누실 수 있는 분은 아우리 폐하뿐이세요. 적어도 현 시점에서 저는 그런 사람이 아니고, 어떻게 하면 마음을 나눌 수 있는지 전혀 짐작도 가지 않는답니다. 하지만 이건 정말 예를 들어 하는 말인데, 루크레치아 님이 바라는 것이 젠지로 폐하의 '특별한 감정'이 아니라, '특별한 지위'라고 한다면, 조금은 조언을 할 수 있을 듯하네요. 이미 그 '특별한 지위'를 얻은 선구자로서 말이지요."

"잘 부탁드립?!"

얼른 몸을 앞으로 내민 루크레치아였지만, 도중에 말이 부자연스럽게 끊겼다.

브로이 후작이 양딸의 등에 대고 있던 손으로 등을 꼬집었든가 세게 꼬집은 것인 듯했다.

루크레치아의 커다란 푸른 눈동자에 글썽 하고 떠오른 눈물을 발견한 프레야 공주는 자신의 추측이 맞았다고 확신했다.

물론 루크레치아의 등을 꼬집어 발언을 막은 브로이 후작의 마음도 모르는 것은 아니다.

'젠지로를 사랑하게 되었다'는 명분으로, 루크레치아는 젠지로의 측실이 되고 싶어 한다는 것이 조금 전 브로이 후작의 설명이라 할 수 있었다.

그런데 프레야 공주가 '연애 감정이 이루어지는 일은 없겠지만, 나처럼 일단 젠지로 폐하의 측실이 되는 방법이라면 충고해 줄게요, 들을래요?'라는 뜬금없는 질문에 온몸으로 달려들며 물어보려고 했다.

명분을 날려 버리는 루크레치아의 행동에, 양부모인 브로이 후작이 등을 꼬집어 물리적으로 제지한 것은 물론 이해할 만한 일이다.

이것은 눈치채지 못한 척하는 것이 인정이라는 것이고, 그편이 자신에게도 유리하다.

그렇게 판단한 프레야 공주는 눈치채지 못한 것으로 하고 말을 계속했다.

"마음이 통하길 원하시는 루크레치아 님에게는 실례되는 제안이었을지도 모르겠네요. 죄송합니다. 배려가 부족했습니다."

이야기를 끝내려 하자, 루크레치아는 명백하게 굳은 얼굴로 프레야 공주를 바라보았다.

이미 교섭에 완패한 딸에게 브로이 후작은 쓴웃음을 짓고 한숨을 내쉬면서 지원 사격에 나섰다.

"아니요, 말씀 부탁드립니다. 분명히 루크레치아가 원하는 것과는 다르지만 '특별한 지위'를 얻으면, 앞으로도 젠지로 폐하의 곁에 있을 수 있지 않겠습니까. 젠지로 폐하의 마음을 움직이기 위해서도 곁에 있는 것은 중요한 일이고, 무엇보다 저는 이 아이의 부모인 동시에 브로이 후작 가문의 당주입니다. 딸이 젠지로 폐하를 곁에서 모실 수 있다면, 그 기회를 놓치고 싶지 않습니다."

어디까지나 루크레치아는 젠지로를 사랑하고 있고, 그곳에서 정치적인 가치를 고려하는 것은 당주인 자신이다.

그렇게 주장하며 루크레치아를 감쌌지만, 조금 전의 반응을 봐도, 처음부터 젠지로에게 친근하게 구는 태도를 통해 생각해 봐도, 루크레치아가 원하는 것이 젠지로라는 남자의 마음이 아니라, 왕의 배우자인 젠지로의 측실이라는 지위라는 사실은 확실했다.

그 자체는 프레야 공주도 시작은 루크레치아와 완전히 같았으니 비난할 입장이 아니었지만, 측실이 확정적인 지금의 프레야 공주에게는 나중에 들어온 여자가 카파 왕궁을 어지럽게 만드는 것만큼은 딱 거절하고픈 심정이었다.

그러니 그것은 루크레치아에게 공감하는 프레야 공주의 조언인 동시에, 루크레치아의 움직임이 걱정되어 못을 박아 놓는 것이기도 했다.

"알겠습니다. 확실히 말씀드려, '젠지로 폐하 곁에 둘 수 있을 만한 자'를 원하시는 분은 젠지로 폐하가 아니라 오히려 아우라 폐하십니다. 그것을 알면서도 젠지로 폐하를 곁에서 모시고 싶다면, 중요한 것은 두 가지. 하나는 젠지로 폐하에게 악감정을 가지지 않을 것. 또 하나는 아우라 폐하의 눈에 들어야 한다는 것입니다."

"……계속 말씀해 주세요."

묻고 싶은 것이 많았지만, 루크레치아는 꾹 참고 다음 말을 재촉했다.

"카파 왕국의 왕은 어디까지나 아우라 폐하십니다. 아우라 폐하는 총명하시고 책임감을 지닌 위정자시죠. 카파 왕국에게 큰 이익이 된다고 판단하시면, 아우라 폐하는 그 혼인을 인정하는 것은 물론, 성사되도록 최선의 노력을 해 주실 거예요."

한마디로 젠지로의 측실이 되길 원한다면, 본체인 젠지로에게 돌격해서는 아무런 의미도 없다. 여왕 아우라라는 별채부터 메워 나가야 한다. 자신이 젠지로의 측실이 되면 무시할 수 없는 국익으로 되돌아온다는 점을 어필해라, 라고 말하는 것이었다.

노골적인 이야기였지만, 젠지로의 경우에는 그게 사실이었다.

젠지로 자신은 측실을 들이고 싶어 하지 않는다.

하지만 그것은 어디까지나 감정의 이야기로, 젠지로도 머리로는 이쪽 세계의 왕족과 고위 귀족 남자가 반려를 여러 명 두는 것이 일반적이라는 사실을 이해하고 있다.

게다가 지금의 카파 국왕은 사실상 왕족이 여왕 아우라와 왕의 배우자인 젠지로밖에 없는 비상사태이다.

젠지로가 측실을 얻는 것은 장려해야 할 일을 넘어서, 사실상 의무에 가까웠다.

그 사실은 젠지로도 머리로는 이해하고 있는 일이니, 아우라가 '국익에 도움이 된다'라고 판단하고, 젠지로가 '이 사람이라면 괜찮겠지'라고 생각하는 사람이라면, 측실로 들어갈 가능성도 있다.

물론 거의 대부분 프레야 공주 자신에게 일어난 일을 세부 사항만 애매하게 흐리면서 설명한 것뿐이지만, 그것만으로도 충분히 설득력 있는 이야기였다.

루크레치아는 어느새인가 당장이라도 이야기에 빨려 들어갈 것처럼 그 말을 듣고 있었다.

"그렇습니까. 귀중한 조언을 해 주셔서 감사합니다."

그런 딸의 등을 툭 두드리면서 제정신으로 되돌린 브로이 후작은 예의 바르게 인사를 한 뒤, 옆에 앉아 있는 딸을 다정한 눈빛으로 바라보았다.

"우리 브로이 후작 가문은 쌍왕국을 대표하여 '우호의 증표'로서 가보인 마법 도구 '잔잔한 바다'를 웁살라 왕국에 증정하였다. 크기 탓에 육로로 옮겨야 하는데, '잔잔한 바다'는 아주 귀중한 가보가 아니냐. 수송 책임자로 브로이 후작 가문의 사람을 같이 보내야 하는데. 루크레치아. 그 큰 임무를 맡을 각오는 됐느냐?"

대답은 바로 나왔다.

"네! 맡겨 주세요, 아버지! 반드시 그 임무를 완수하겠습니다!"

이렇게 하여 루크레치아 브로이의 카파 왕국행이 결정되었다.

무사히 이야기를 마친 브로이 후작 가문 저택의 한 방에는 브로이 후작만이 남았다.

프레야 공주와 여전사 스카디는 물론, 루크레치아도 젠지로의 시중 담당이라는 일이 있어 서둘러 자란궁으로 돌아갔다.

"후우, 나도 큰 역할을 완수한 듯하군."

혼자 방에 남은 브로이 후작이 양탄자 위에 진좌해 있는 거대한 마법 도구 '잔잔한 바다'를 바라본 채, 그렇게 혼자서 중얼거리자, 그 말에 호응하듯이 철컥 하고 안쪽의 문이 열렸다.

하지만 브로이 후작은 놀라지도 않고 안쪽 방에서 모습을 드러낸 남자를 맞이했다.

"주세페 전하 아니십니까. 여기까지 일부러 와 주시다니, 감사합니다."

무릎을 꿇고 정식으로 예를 갖추려고 하는 브로이 후작을 안쪽 방에서 나타난 남자——주세페 왕태자는 손으로 제지한 뒤, 의외로 가벼운 옷차림을 한 모습으로 맞은편 소파에 걸터앉았다.

"아니, 그대로 있으면 된다. 알고 있다시피 오늘은 은밀하게 온 참이니까. 아무튼 간에, 이것으로 무사히 브로이 후작 가문의 가보인 '잔잔한 바다'는 '양국 우호의 증표'로서 웁살라 왕국으로 넘어가게 되었군. 수고했다."

"네! 저도 어깨의 짐을 내려놓은 것 같은 기분입니다. 모든 것은 쌍왕국을 위한 것이라는 사실을 알고는 있으나, 건국 이래의 '국보'를 저희 가문에서 맡고 있다니, 지금 이러고 있는 사이에도 절로 긴장감이 엄습해 오는 것만 같습니다."

"하하하. 경에게는 옛날부터 신세를 많이 졌지."

브로이 후작과 주세페 왕태자의 대화에서 알 수 있듯, '잔잔한

'바다'는 브로이 후작 가문의 가보가 아니었다.

프레야 공주가 예상했던 대로, 샤로와 왕가가 소중히 간직하던 쌍왕국의 '국보'였다.

그것을 작전까지 짜며 브로이 후작 가문을 경유해 프레야 공주에게 넘겨준 이유는 다른 것이 아니라 루크레치아 브로이에 대한 지원 사격을 위해서였다.

직접 '잔잔한 바다'를 양도하는 것은 프레야 공주의 웁살라 왕국이지만, 그 웁살라 왕국과 카파 왕국은 대륙 간 무역 조약을 맺으려 하는 중이었다.

'잔잔한 바다'를 프레야 공주에게 양도하는 것은 간접적으로 카파 왕국의 국익에 기여하게 되는 것은 틀림없는 사실이었다.

루크레치아 브로이라는 소녀의 가치를 끌어올리기 위한 장치였다.

"본인을 위해서도, 쌍왕국의 미래를 위해서도, 루크레치아는 꼭 젠지로 폐하에게 시집을 갔으면 하는 바람이야. 물론 보나라도 괜찮지만, 그쪽은 영 진전이 없으니 말이지."

누구든 좋으니 샤로와 왕가의 피를 잇는 여성을 젠지로의 측실로 밀어 넣고 싶다는 것이 샤로와 왕가의 본심이었다.

하지만 이번 '잔잔한 바다'만큼은 그것이 주된 의도는 아니었다.

중요한 것은 쌍왕국과의 우호의 증표로서 '잔잔한 바다'를 정식으로 웁살라 왕국에 양도했다는 것, 그 자체였다.

"'하얀 제국의 유산'인 '잔잔한 바다'를 우호의 증표로서 받았으니, 이제는 아무리 발버둥 쳐도 웁살라 왕국과 '교회' 세력 사이에 균열이 생길 수밖에 없을 거다."

쌍왕국의 차기 국왕은 그렇게 말하며 입매의 미소를 일그러뜨렸다.

하지만 브로이 후작은 어딘가 납득이 되지 않는 모습이었다.

"저도 선조가 남긴 문헌을 보고 '교회'와의 인연에 대해서는 잘 알고 있습니다. 하지만 그것은 수백 년 전의 이야기 아닙니까. 우리가 이 남대륙 중앙 사막에 나라를 세운 뒤로는 전혀 접촉한 적이 없는 세력입니다. 정말 폐하와 전하가 경계할 만한 사건이 일어나게 될까요?"

"일어나지. 그건 확실해."

하지만 주세페 왕태자는 그렇게 딱 잘라 단언했다.

"프레야 전하의 고국인 웁살라 왕국은 기술 선진국이긴 하지만 대국은 아니야. 북대륙에는 웁살라 왕국에 필적할 만한 기술 선진국이면서 동시에 웁살라 왕국보다 훨씬 강대한 대국이 존재한다고 하더군. 그것도 여러 나라가 말이지. 그런 나라가 프레야 전하의 '황금나뭇잎호'급의 대형선으로 이루어진 선단을 이끌고 남대륙으로 오는 것은 시간문제라고 생각하네."

주세페 왕태자의 말을 듣고 브로이 후작은 꿀꺽 마른침을 삼켰다.

"지금 교회가 남대륙을 어떤 눈으로 바라보고 있는지는 알 수 없다만, 그건 큰 문제가 아니야. 침략과 교역. 침략을 해야 더 이익이 된다면, 그쪽을 선택하는 것이 사람이고 국가다. 그렇다면 침략을 당하지 않으려면 교역을 해야 더 이득이 된다, 침략을 하면 수지에 맞지 않는다는 사실을 알려 줄 수 있을 만한 힘이 있어야 해."

그러기 위해서 샤로와 지르벨 쌍왕국이 혼자서 아무리 국력을 올려 봐야 한계가 있다고 주세페 왕태자는 생각했다. 브루노 왕도 마찬가지 생각이었다.

무엇보다 쌍왕국은 내륙 국가다. 가장 처음에 상대를 하게 될 나라는 해로가 연결되어 있는 서부 나라들이다. 그곳이 침략해 적이 교두보를 확보하면 그 후의 전개는 매우 곤란해진다.

"북대륙에서 '우호국'인 웁살라 왕국이 견제하고, 남대륙에서는 카파 왕국이 침략을 선두에 서서 막을 때, 우리 쌍왕국은 뒤에서 지원하게 되면 가장 좋겠지만, 역시 그렇게 일이 술술 풀리지는 않겠지."

생각을 하면서 주세페 왕태자가 씨익 웃었다.

북대륙에서 대선단이라는 형태의 외압이 올 거란 사실을, 주세페 왕태자는 거의 반쯤 확정적인 미래라고 생각했지만, 아무리 그래도 올해, 또는 내년에 일어날 일이라고는 생각하지 않았다.

카파 왕국의 카를로 젠 왕자나 쌍왕국의 베토르 왕자가 성인이 됐을 10년, 20년 후의 이야기다.

그때 남대륙이 북대륙 열강의 사냥터가 되지 않기 위해서는 이쪽도 열강과 어깨를 나란히 할 정도의 국력이 필요했다.

그때까지 남대륙의 경제력, 군사력, 문명력을 북대륙에 필적할 만큼 끌어 올려야 한다.

"그러기 위해서도 마법 도구의 대량 생산이 가능한 보석 구슬의 안정적 공급처를 확보하고 싶군."

그렇게 말하는 주세페 왕태자의 눈동자는 미래를 주시하고 있었다.

❖

살짝 뒤로 거슬러 올라간 시간.

프레야 공주가 자란궁을 나와 브로이 후작 저택에서 마법 도구 양도 교섭을 하던 때, 젠지로는 완전히 익숙해진 한 방에서 오늘의 할당량인 '순간이동'을 이용한 사람 보내기를 실시하고 있었다.

젠지로 앞에 서 있는 사람은 밤색 머리카락에 은가루를 뿌린 소녀――보나 왕녀였다.

카파 왕궁에서는 자주 얼굴을 마주쳤었지만, 이곳 자란궁에서는 왕궁 주최의 저녁 연회 등에서 조금 이야기를 했을 뿐, 진득하게 같이 이야기할 기회가 없었다.

물론 보나 왕녀에게 있어서는 모처럼 만에 고향에 돌아온 것이고, 프란체스코 왕자라는 문제아의 감시 역할에서 해방되어 부모님에게 응석도 부리는 등 즐거운 시간을 보내고 있었기 때문에, 젠지로가 굳이 다가가지 않았다는 사정도 있었다.

아무튼 간에, 오랜만에 만나는 밤색 머리카락의 왕녀에게 젠지로는 친근하게 말을 걸었다.

"그럼 보나 전하. 이제부터 전하를 '순간이동'으로 카파 왕국으로 보내 드리겠습니다. 준비는 되셨습니까?"

'순간이동'을 이용한 이동은 문자 그대로 순식간에 이루어지지만, 그 사용에는 고액의 요금을 청구하고 있기 때문에, 깜빡한 물건이 있으면 가지러 돌아오기가 사실상 불가능했다.

확인을 하는 젠지로에게 보나 왕녀는 예의 바르게 손에 들고 있던 커다란 가방을 그 자리에 펼치고 안을 확인하기 시작했다.

"잠시 기다려 주세요. 고정쇠, 있고. 톱, 있고. 조각칼, 하나, 둘, 셋…… 있고. 어머니가 주신 부적, 있고. 아버지의……."

확인을 끝낸 보나 왕녀는 꼼꼼하게 가방 입구를 원래대로 닫고 자리에서 일어섰다.

"오래 기다리셨습니다. 이제 됐습니다. 잊어버린 물건은 없어요."

진지하고 솔직한 보나 왕녀의 태도를 복 젠지로는 자연스럽게 흐뭇한 미소를 지으면서 말했다.

"다행이군요. 이번에 돌아오셔서 만족스럽게 잘 지내셨나요?"

"네, 오랜만에 가족과도 만났고, 마르가리타 전하에게 지도도 받고, 아주 충실한 시간을 보냈습니다."

젠지로에게 이끌려 미소를 짓는 보나 왕녀의 모습은 이면의 의미를 읽을 필요도 없이 순수함 그 자체였다.

"응? 마르가리타 전하에게서요?"

"네. 마르가리타 전하가 제 '부여마법'의 스승님이시니까요. 보통 샤로와 왕가 사람들은 부모님 중 한 명에게 사사 받지만, 저는 입장

이 좀 특수하니까요."

"아, 그렇군요."

보나 왕녀는 하급 귀족 집안에서 태어났지만, 격세 유전으로 '부여마법'에 눈을 뜬 특이한 사례였다.

'부여마법'을 가르쳐줄 가족이 없어서, 어쩔 수 없이 다른 스승이 필요했다. 그 역할을 마르가리타 왕녀가 해 준다는 이야기겠지.

"하지만 그런 것치고는 방향성이 많이 다르네요. 분명히 보나 전하는 보석세공 등이 특기라도 들었는데요."

반면에 마르가리타 왕녀는 검과 방패 같은 금속제 무기와 방어구가 전문이었다.

스승과 제자라고 하기에는 꽤 방향성이 달랐다.

그런 젠지로의 의문을 듣고 보나 왕녀는 쓴웃음을 짓더니.

"그런 점에 관해서라면, 마르가리타 전하는 오히려 반면교사이니까요. 그분이 몰두할 때의 무시무시한 모습을 보니, 그 뒤를 쫓아가야겠다는 생각이 전혀 들지 않았어요."

그렇게 말하며 시선을 돌렸다.

아무래도 이야기를 들어 보니, 마르가리타 왕녀의 마법 도구 제작에 관한 열정은 보나 왕녀조차도 뒤따라갈 수 없다고 말할 수밖에 없을 정도로 엄청난 모양이었다.

지금까지의 자초지종으로 인해, 젠지로는 샤로와 왕가 사람들 중, 프란체스코 왕자, 보나 왕녀, 마르가리타 왕녀 등의 기술직 사람들에게 호감을 느끼고, 브루노 왕, 주세페 왕자 등의 정치 관련 사람들에게는 혐오감을 품었지만, 어쩌면 가여운 사람들은 정치 쪽의 인물들일지도 모른다.

그런 생각을 하는 젠지로였지만, 지금은 너무 오래 이야기를 할 시간적인 여유가 없었다.

"어제 보내 드린 프란체스코 전하에게도 부탁한 것이지만, 보나 전하에게도 부탁드리겠습니다. 조금 일정이 변경되어 내일은 제가 직접 '순간이동'으로 한 번 카파 왕국으로 돌아갑니다. 기회가 있으면, 아우라 폐하에게 그렇게 전해 주세요."

"알겠습니다. 저는 꼭 전해 드리겠습니다."

보나 왕녀가 부탁을 받아 주어서, 젠지로는 한시름 놓은 듯이 미소를 지었다.

메신저가 프란체스코 왕자뿐이어서는 솔직히 불안했다.

그 남자는 아무렇지도 않은 얼굴로 '아, 깜빡했네요. 그런 부탁도 했었죠? 아하하하하' 같은 소릴 천연스럽게 할 인물이다.

"그럼 이번에야말로 정말 보내 드리겠습니다. 준비 되셨나요?"

"네, 잘 부탁드립니다."

떨어뜨리지 않으려고 양손으로 꽈악 가방을 쥐고 있는 보나 여왕의 어깨에 젠지로는 살짝 오른손을 올린 뒤, 눈을 감고 주문을 외웠다.

덧붙이자면 젠지로는 요즘 '순간이동'을 매일 사용한 덕에 카파 왕궁의 그 방에 한정하면 디지털카메라나 프린트아웃한 사진의 도움을 빌리지 않고도 '순간이동'을 사용할 수 있게 되었다.

〈내가 뇌리에 그린 공간에, 내가 의도한 것을 보내라. 그 대가로서 나는……〉

이번에도 사진의 보조 없이 '순간이동' 주문을 한 번에 성공시켰다.

"후우…… 좋아."

보나 왕녀가 사라진 방에서 안도의 한숨을 내쉰 젠지로는 어깨 결림을 풀듯이 그 자리에서 빙글빙글 목을 돌렸다.

무사히 오늘의 할당량을 완수한 젠지로는 자신에게 할당된 자란궁의 방으로 돌아갔다.

다행이라고 해야 할까, 지금은 시중 담당인 루크레치아도 젠지로가 초대한 것으로 되어 있는 프레야 공주도 모두 브로이 후작 저택에 가 있었다.

시중 담당인 루크레치아가 없어서 밖을 돌아다닐 수는 없었지만, 이 별채 안에서 만큼은 오히려 다른 사람들의 시선을 신경 쓰지 않고 자유롭게 행동할 수 있었다.

바로 젠지로는 시녀 이네스에게서 지금까지 모은 정보에 대해 물었다.

"결론부터 말씀드리면, 루크레치아 님은 브로이 후작 가문의 양녀이십니다. 친부모님은 샤로와 왕가의 필리베르토 제2 왕자와 그 정실인 요란다 님입니다. 혈연상으로는 명백한 샤로와 왕가의 공주님이신 거죠. 마르가리타 전하와 루크레치아 전하는 혈연상 자매입니다."

"그런데 왜 귀족의 양녀로⋯⋯. 앗, 물어볼 필요도 없는 건가."

놀랐다가 의문을 품은 뒤, 스스로 결론을 내린 젠지로에게 시녀 이네스가 맞다는 듯이 고개를 끄덕였다.

"네, 아마 젠지로 님이 상상하시는 이유 때문이 아닐까 합니다. 루크레치아 님은 '부여마법'의 소양이 발현되지 않으셨습니다. 그래서 왕족의 자격이 없다고 하며 귀족으로 격하된 것입니다."

듣자 하니 공공연한 비밀은커녕, 특별히 비밀로 부친 일조차 아닌 사실이라고 한다.

단, 역시 명예로운 일은 아니라, 본인 주변에서는 일부러 그런 이야기를 하는 사람이 없기 때문에, 젠지로의 귀에는 그 사실이 들어가지 않았을 뿐이라는 듯했다.

"그런 거구나. 원래 자신이 왕족 출신이라는 것을 알고 있는데, 지금은 왕족을 받들어 모시는 고위 귀족에 불과하다라. 루크레치아가 왜 그렇게 엄청난 기세로 접근하는지 이유를 이제야 알겠어."

"네. 여기서부터는 소문인데, 루크레치아 님이 젠지로 님의 측실이 되면, 루크레치아 님은 샤로와 왕가의 호적에 다시 이름을 올릴 수 있다는 모양입니다."

"응? 샤로와 왕가의 호적? 카파 왕가가 아니라?"

되묻는 젠지로에게 시녀 이네스는 망설임 없이 대답했다.

"네. 샤로와 왕가입니다. 과거에 실제 있었던 일로, 지금까지도 쌍왕국에는 혈연상으로는 혈통마법을 사용할 수 있어야 하는데, 어째서인지 사용할 수 없는 분이 계셨었다고 합니다. 그런 분은 본인은 혈통마법을 사용할 수 없어도, 다음 세대에 혈통을 전달하는 면에 있어서는 정통이 아닌 혈통에서 태어난 혈통마법을 사용하는 분과 동등한 능력이 있다고 합니다."

구체적인 예를 들자면 루크레치아와 보나 왕녀다.

정통 왕가의 혈통을 이어받았으면서도 부여마법의 소양을 발현하지 못한 루크레치아.

하급 귀족의 집안에서 태어났으면서도 격세 유전으로 부여마법의 소양이 발현된 보나 왕녀.

일개인으로서의 능력이라면 압도적으로 보나 왕녀가 우위이지만, 어머니로서의 능력에 있어서는 두 사람의 가치는 거의 동등한 정도라는 모양이었다.

보나 왕녀의 아이가 부여마법 사용자가 될 가능성과 비슷한 만큼, 루크레치아의 아이도 부여마법 사용자가 될 가능성이 있다는 것이었다.

"그래서 루크레치아 님 같은 분도 결혼 상대로서는 나름대로 선호하는 분위기가 있다고 합니다. 그리고 루크레치아 님처럼 양자로 내보내졌을 경우, 무사히 왕족과 약혼이 성립되었을 때에만 생가의 왕족 계보 호적으로 돌아갈 수 있습니다. 왕족의 딸, 왕녀로서 결혼을 하는 것이죠."

어쨌든, 실제로 샤로와 지르벨 쌍왕국에서는 왕족으로 태어났다가 귀족 가문의 양자로 보내진 사람이 생가의 호적을 되찾는 유일한 방법은 왕족과 혼인을 하는 것이었다.

젠지로의 측실로 들어가게 되면, 샤로와 왕가가 아니라 카파 왕국이기 때문에 조금 변칙적이긴 하지만 아마도 대접은 비슷하게 받는다.

"사정은 대략적으로 이해했어. 자존심인지, 지위를 높이고 싶은 것 때문인지, 아니면 진짜 가족에 대한 애정 때문인지는 모르겠지만, 그런 일이라면 루크레치아가 계속 실패하면서도 필사적이었던 이유도 이해할 만해."

솔직히 루크레치아가 조금 껄끄러웠던 젠지로였지만, 이면의 사정을 알고 나니, 부정적이었던 감정이 상당히 사라졌다.

물론 그렇다고 루크레치아를 위해 자신이 희생하여 측실로서 맞이할 생각은 없었지만.

프레야 공주에게서 끝내 도망치지 못해 측실로 받아들인 것만 해도 젠지로의 작은 허용량은 가득, 가득 차 버렸다.

"네. 그러니 루크레치아 님이 이것으로 포기할 것이라고는 생각하기 힘듭니다. 주의해 주세요."

"포기하지 않는다니. 난 이제 조금만 있으면 카파 왕국으로 돌아가는데?"

불안한 듯이 그렇게 말하는 젠지로에게 시녀 이네스가 냉정하게 현실이 어떤지를 알려 주었다.

"추측일 뿐이긴 하지만, 어떠한 이유를 대고 카파 왕국으로 오시지 않을까 생각합니다."

"그 말은 내가 루크레치아를 '순간이동'을 이용해 카파 왕국으로 보낸다는 거야?"

질린 표정을 짓는 젠지로에게 시녀 이네스는 작게 고갸를 갸웃하면서.

"그건 알 수 없지만, 어떤 수단을 사용해서 카파 왕국으로 올 것이란 사실은 틀림없을 것 같습니다. 지금까지의 경위를 보건대, 루크레치아 님의 행동은 샤로와 왕가의 전면적인 지원을 받고 있는 듯하니까요."

 그렇게 단언했다.

 애초에 루크레치아를 이번 젠지로의 시중드는 역할로 임명한 사람은 브루노 왕이니, 샤로와 왕가가 뒤에 버티고 있다는 것은 틀림없는 사실일 가능성이 높다.

 "젠지로 님. 지난번에 마법 도구 매매 교섭 때의 일, 기억나시나요? 그때 주세페 전하는 그 자리에서 적은 허가증을 프레야 전하에게 전달할 때, 일부러 루크레치아 님을 지명해 건네주셨는데요."

 "응? 그러고 보니 그랬던가?"

 별로 기억력이 좋지 않아 젠지로는 단언할 수 없었지만, 시녀 이네스는 확실하게 단언했다.

 "그랬습니다. 게다가 그때 주세페 전하는 허가증을 전달할 때, 루크레치아 님에게 아주 잠깐이지만 눈짓까지 보냈습니다. 그 모습을 확인하고 루크레치아 님은 프레야 전하에게 이렇게 말한 것입니다. '첫 교섭 상대로 저희 브로이 후작 가문을 선택해 주시면 안 될까요?'라고요."

 그런 말까지 듣고 보니 젠지로도 인정할 수밖에 없었다.

 "지금 프레야 전하가 브로이 후작 저택에 가서 마법 도구 구입 교섭을 하는 것 자체가 샤로와 왕가의 유도였다는 건가?"

 노림수는 말할 것도 없이, 루크레치아 브로이에게 실적을 만들어

주는 것, 또는 좋은 인상을 주기 위해서.

이미 카파 왕국에 들어가는 것이 확정된 프레야 공주라는 소녀에게 루크레치아를 홍보하는 것이라 할 수 있었다.

그에 더해 시녀 이네스가 덧붙였다.

"이건 우연이지만, 어젯밤에 제가 자란궁의 일각에서 수상한 자들이 무언가 커다란 물건을 옮기는 모습을 목격했습니다. 오늘 아침이 되어 조사해 보니, 수상한 자들이 향한 곳은 브로이 후작의 저택이었습니다."

"……그러니까, 유도했을 뿐만이 아니라, 판매할 마법 도구 자체를 자란궁의 보물 창고에서 꺼냈을 가능성이 있다는 거구나. 명목상으로만 브로이 후작 가문을 경유한 것처럼 꾸미고."

질렸다는 듯이 젠지로가 한숨을 내쉬었다.

샤로와 왕가가 생각 이상으로 측실 공세에 진심으로 임하고 있었다는 사실을 이제야 깨달은 기분이었다.

왕족이 된 이상 정치적인 의도에서 벗어날 수는 없다.

그건 이해하고 있지만, 젠지로는 하다못해 사랑하는 아내가 출산하기 전까지는 조금 더 평온한 일상이 계속되기를 간절히 기원했다.

[제4장] 예상외의 일시 귀국

　다음 날, 젠지로는 예정대로 직접 자신에게 '순간이동' 마법을 걸어 카파 왕국의 왕궁으로 일시 귀국을 하였다.

　"어서 오십시오, 젠지로 님."

　"그래, 다녀왔다. 아우라 폐하는 계신가?"

　차분하게 맞이해 준 병사에게 그렇게 묻자, 병사는 시원스러운 말투로 대답했다.

　"네, 아우라 폐하께서는 후궁에서 젠지로 님의 도착을 기다리고 계십니다."

　"그런가. 고맙다."

　대답을 들어 보니, 예정을 변경해 젠지로가 오늘 일시 귀국을 할 것이라는 보고가 제대로 전달되어 있는 듯했다.

　프란체스코 왕자나 보나 왕녀가 제대로 메신저 역할을 완수해 준 것이다.

　둘러보니 이 방에 들어와 있는 병사들의 숫자도 평소보다 많았다.

　"곧장 후궁으로 가지."

　"네, 알겠습니다."

　젠지로가 그렇게 말하며 걷자, 여분의 인원이 그대로 젠지로의 호위를 시작했다.

방 안도 그렇지만 복도도 카파 왕궁은 후덥지근했다.

방금 전까지 왕궁 안을 마법 도구로 냉각한 자란궁에 있었던 젠지로 입장에서는 유난히 더위를 참기가 힘들었다.

한 시라도 빨리 더위를 피하려는 듯, 젠지로는 빠른 걸음으로 후궁으로 향해 갔다.

후궁에 도착한 젠지로는 그대로 걸음을 멈추지 않고 침실 안으로 들어갔다.

에어컨이 가동되고 있어 카파 왕국에서 유일하게 쌍왕국의 자란궁보다 더 쾌적한 실내 온도가 유지되는 공간.

그곳에는 병사가 말한 대로 젠지로의 사랑하는 아내가 기다리고 있었다.

복부를 압박하지 않는 헐렁한 드레스 차림으로, 팔걸이가 있는 의자에 앉은 채, 여왕 아우라는 부드러운 미소로 남편을 맞이했다.

"어서 와, 젠지로."

"다녀왔어, 아우라."

사랑하는 아내가 자신의 이름을 부르자, 젠지로는 무의식중에 입매가 절로 누그러졌다.

이게 정식 귀국이었다면, 느긋하게 부부만의 시간을 보낼 수 있었을 테지만, 아쉽게도 지금 젠지로는 예정외의 일시 귀국을 한 몸이었다.

왜 예정을 변경해 오늘 일시 귀국을 해야만 했는가?

젠지로에게 전체적인 설명을 들은 여왕 아우라는 흥미로운 표정을 지으면서도 진지한 눈으로 한 번 숨을 내쉬었다.

"그랬구나. 쌍왕국 네 공작 중 두 집안. 엘레멘타카트 공작 가문과 아니미얌 공작 가문의 따님이 우리나라 방문을 희망한다라."

"응. 엘레멘타카트 공작 가문이 타라예, 아니미얌 공작 가문이 피크리야야. 타라예의 목적은 '공간 차단 결계' 마법 도구고, 피크리야의 목적은 에스피리디온과의 상담이래. 아, 이거. 피크리야가 부탁한 편지라고 해야 하나? 아마 연구 논문일 거야. 이걸 에스피리디온에게 보여 줬으면 한다나 봐."

젠지로는 그렇게 말하며 피크리야가 맡긴 두꺼운 봉투를 둥근 테이블 위에 올려 두었다.

"흐음. 그건 당신이 직접 할아범에게 건네주는 게 좋을 것 같아. 단지, 할아범에게는 이런저런 일을 부탁해 두어서 말이야. 피크리야 양의 바람이 꼭 이루어질 거라고는 할 수 없어."

"그건 사전에 말해 뒀어. 피크리야에게도, 타라예에게도."

젠지로의 대답을 듣고 여왕은 턱에 손을 대고 잠시 생각에 잠겼다.

"그렇지. 타라예 양의 목적인 '공간 차단 결계' 마법 도구. 내가 지금 홀몸이 아닌 상황이라 제작은 당신과 프란체스코 전하나 보나 전하가 담당하게 될 거야. 타라예 양이 지불할 대금. 그 교섭이 완료되면, 당신에게 부탁하게 될지도 모르겠어. 미안하지만 그때는 조금 고생을 해 줬으면 해."

이러니저러니 해도 치유술사인 이자벨라 왕녀의 장기 파견 대금은 카파 왕가로서도 상당한 부담이었다.

보충할 수 있는 기회를 놓치고 싶지 않은 것이 여왕 아우라의 본심이었다.

'순간이동'이라면 몰라도, '공간 차단 결계'라면 그렇게까지 신경을 써야 할 것이 못되었다.

그런 솔직한 여왕의 말을 듣고, 왕의 배우자인 젠지로는 동의하면서도 문득 생각났다는 듯이 물었다.

"그러고 보니 이자벨라 전하 일행은 이미 이쪽에 도착했었지? 아우라, 진찰은 벌써 받아 봤어?"

이자벨라 왕녀와 그 시녀, 호위 기사들을 카파 왕국으로 '순간이동'시킨 사람은 다름 아닌 젠지로 자신이었다.

"물론이지. 만약을 위해 체력이나 기력을 회복시키는 마법을 몇 가지인가 걸어 주시더군. 지금은 아무런 문제도 없어."

아우라를 위한 치유마법은 파견 대금에 포함되어 있기 때문에, 얼마든지 적용받아도 아무런 문제도 없다는 모양이었다.

한편 젠지로를 비롯한 아우라 이외의 사람이 병을 앓거나 부상을 당해 '검사검사 저도 부탁합니다'라고 말했다고 한다면, 그것은 별개의 요금이 된다고 하지만, 그거야 물론 당연한 이야기였다.

하지만 비록 한 명일지라도 왕궁에 어떤 병이나 부상도 치유할 수 있는 마법사가 있다는 것은 놀라우리만치 심리적인 여유를 안겨주었다.

"정말 다행이야. 이거로 내 목적도 무사히 달성한 거네? 아, 일단 확인해 두겠는데, 타라예 양과 피크리야 양을 이쪽으로 보내도 괜찮은 거지?"

"응, 문제없어. 단, 방을 준비해야 하니 두 사람을 '순간이동'으로 보내는 일은 가능하면 뒤로 미뤄 줘. 그렇지. 마지막 날에 이네스와 당신이 오게 될 테니, 그 전날에 보내 준다면 고맙겠어."

"알았어."

일단 가장 긴급하게 처리해야 할 문제가 해결되어 젠지로는 한 번 크게 숨을 내쉬었다.

"으으음, 그 외에 보고할 게 뭐가 있었더라."

공유해야만 하는 정보가 많이 있었을 텐데, 긴급한 일시 귀국이었기 때문인지 머릿속의 정보가 잘 정리되지 않았다.

기억을 떠올리려고 천장을 노려보는 젠지로에게 여왕 아우라가 침착한 목소리로 물었다.

"일단은 마법 도구에 대해 듣고 싶어. 온도를 낮추는 마법 도구는 구입했어? 프레야 전하가 요청했던 마법 도구는? 그런 점을 알려 줬으면 해."

"아, 그렇지. '온도를 낮추는 마법 도구'는 아무런 문제도 없었어. 그냥 팔아 주더라고. 결제는 가능하면 유리구슬로 해 달라고 했는데, 그건 큰 은화로 벌써 지불해 뒀어. 현물은 이미 받았지만, 이번에 가지고 돌아가지는 말아 달라고 해서, 그쪽 편의 방에 놓아둔 상황이야."

거기서 한 번 말을 끊었을 때, 아우라는 이어지는 말이 순조로운 보고가 아닐 것이라 예측할 수 있었다.

그래도 여왕은 아무 말 없이 고개를 끄덕이며 남편의 보고를 재촉했다.

"그리고 프레야 전하 말인데, 상당히 파란만장했어. 먼저 놀랍게도 프레야 전하의 시중드는 역할을 맡은 사람이 샤로와 왕가의 마르가리타 왕녀였다는 것. 시중드는 역할을 맡은 사람의 직책을 보면 나보다도 중요시하며 대접한 셈이야. 가장 원했던 '진수화' 마법 도구는 그냥 돈을 주고 구입할 수 있었지만, 그것과는 별도의 '잔잔한 바다'라는 엄청난 마법 도구를 쌍왕국이 굳이 양도를 해 줬어. 듣기만 했는데도 엄청난 효과라는 걸 절로 알 수 있겠더라고. 구체적으로는……."

젠지로에게 '잔잔한 바다'의 효과와 그게 어떤 자초지종을 거쳐 어떤 약정을 맺고 누구에게 양도되었는지를 들은 여왕은 미간에 힘을 주면서 생각에 잠겼다.

"……내륙 국가인 쌍왕국이 그렇게까지 해서 북대륙의 웁살라 왕국과 우호를 맺길 원하다니. 그것도 우리 카파 왕국도 우호적으로 끌어들이려고 하면서, 라. 젠지로. 그리고 보니 당신은 이번에 말한 대로 브루노 왕과 주세페 왕태자에게 거리를 두며 상대했었지? 그때 상대는 어떤 태도였어?"

질문을 받은 젠지로는 요 며칠간 일어난 일을 떠올리면서 자신 없다는 듯이 대답했다.

"으으음…… 아마 지난번과 별 차이 없었던 것 같아. 브루노 왕과는 거의 만나지 못했지만, 주세페 왕태자는 적어도 표면적으로는 굉장히 우호적이었어."

"서간은 예정했던 방법으로 건네줬지?"

혹시 몰라 확인하는 여왕에게 왕의 배우자는 고개를 끄덕였다.

"응. 브루노 왕에게 전달할 서간은 시중드는 담당자에게 맡기고, 베네딕트 법왕에게 전달할 서간은 알현할 때 직접 건네줬어."

"그렇게까지 이쪽이 확실한 거리감을 표현했는데도 상대는 우호적인 태도를 계속 유지했다라. 공식적이든 비공식적이든, 젠지로에 대한 비난 성명도 없이 말이야. 최종적으로 어떤 결론이 나든 간에, 밀고 당기기 조차 시도하지 않다니. 이쪽의 제안을 그대로 받아들일 생각인가? 애가 타는 일이라도 있는 것일까?"

"……."

생각에 잠긴 여왕을 방해하지 않으려고 젠지로는 입을 닫았다.

잠시 생각한 후, 여왕은 확인을 하듯이 남편에게 물었다.

"혹시 그 보석 효과인가? 젠지로, 프란체스코 전하는 그 보석에 관해 뭐라고 했지?"

"어라? 못 들었어?"

젠지로가 그렇게 되물은 이유는 프란체스코 왕자가 이틀 전에 카파 왕국을 다시 방문했기 때문이었다.

하지만 여왕은 작게 어깨를 으쓱하더니.

"나도 홀몸이 아닌 데다, 바쁜 몸이니까. 아직 느긋하게 이야기를 할 수 있는 자리를 마련하지 못했어."

"그런 거였구나. 그런 거라면 어쩔 수 없지. 결론부터 말하면 그 유리구슬 네 개는 모두 실격이었어. 모두 사용할 수 없대. 하지만 가장 완성도가 높았던 것은 아주 아슬아슬했던 모양이니, 앞으로가 기대된다고 말했어."

"음, 그런가."

젠지로의 대답을 듣고 여왕은 또 생각에 잠겼다.

즉, 현 시점에서는 유리구슬의 양산화에 성공했다고 할 수 없었다. 하지만 언제 성공해도 이상하지 않을 정도까지는 도달했다고 할 수 있었다.

그렇다면 샤로와 왕가가 젠지로에게 한 발 양보를 해서라도 우호 관계를 구축하려고 하는 것도 어느 정도는 이해할 수 있었다.

유리구슬 이야기가 나오자, 젠지로는 자신도 해 두고 싶었던 이야기가 있다는 사실이 떠올랐다.

"그렇지, 아우라. 아우라도 프란체스코 왕자에게 들었지? 프란체스코 왕자가 만들고 싶어 했던, 엄청나게 위험한 마법 도구."

"아, '부여마법 마법 도구' 말인가? 물론 들었지. 당신도 들은 건가. 고생했겠어."

"누가 아니래. 그 사람은 참."

여왕 부부는 동시에 한숨을 내쉬었다.

아무래도 프란체스코 왕자의 말과 행동은 예측하기가 힘들었다. 기본적으로는 아무 생각 없는 바보인데, 아슬아슬한 선은 넘지 않고 분별 있게 행동하기 때문에, 오히려 더욱 예측하기가 힘들었다. 그 탓에 주변 사람들은 이리저리 휘둘리고 만다.

그렇지만 지금은 한탄만 하고 있을 때가 아니었다.

젠지로는 부여마법 마법 도구——즉, '마법 도구를 제작하는 마법 도구'에 대한 인식이 자신과 프란체스코 왕자의 경우 정반대였다는 사실을 설명했다.

"……그런 느낌으로 프란체스코 왕자는 자신이 개발했으면서 '마법 도구를 제작하는 마법 도구'의 존재가 샤로와 왕가에게 불이익이 된다고 생각하는 모양이야. 아버지인 주세페 왕태자와 할아버지인 브루노 왕에게 '네놈은 샤로와 왕가를 멸망시킬 생각이냐!'라는 말을 들었는데, 너무 호들갑스러운 것 같다고 말을 하더라고. 호들갑스러운 것 같다는 취지의 말을 했다는 것은 방향성 그 자체는 잘못되지 않았다고 생각한다는 거겠지?"

젠지로의 질문을 듣고 여왕은 조금 생각을 한 뒤, 그 말에 동의했다.

"그래. 덧붙이자면 나는 오히려 주세페 왕태자와 브루노 왕의 말이 맞다고 봐. '혈통마법'은 왕가 최대의 기득권이니까. 그것을 왕족 이외의 사람이 사용 가능하도록 한다는 것은 자신들의 강점을 그냥 내버리는 행위나 다름없어. 하지만 아무래도 당신 생각은 다른 모양이군."

그렇게 말하며 턱을 괸 여왕은 무언가를 기대하는 듯한 시선을 젠지로에게 내던졌다.

지금까지 함께 지내면서 여왕 아우라는 자신의 남편이 이세계 사람이라는 사실을 이제는 충분히 이해했다.

평소에는 별로 티가 나지 않지만, 사고 방법이나 가치관이 근본적으로 다른 사람이었다.

그 탓에 이래저래 곤란한 점이 있는 것도 사실이었지만, 그 평범하지 않은 시점에서 오는 의견 덕에 도움을 받을 때가 있는 것도 사실이었다.

여왕의 기대어린 눈빛에 살짝 압박을 받으면서도 젠지로는 솔직히 자신의 의견을 말했다.

"응, 나는 '마법 도구를 제작하는 마법 도구'는 샤로와 왕가가 이 세계의 패권을 손에 넣는 것마저도 가능한 잠재력을 지니고 있다고 생각해."

"……계속 말해 줘."

젠지로의 말은 아우라의 예상을 훨씬 뛰어넘는 것이었다. 가볍게 눈을 동그랗게 뜨고 여왕은 최선을 다해 냉정한 목소리로 말을 재촉했다.

여왕의 말을 듣고 젠지로는 생각하면서 천천히 자신의 생각을 말로 표현했다.

"현재 각 왕족이 지닌 '혈통마법'은 각각의 왕족이 비밀로 하여 독점하여 그 가치를 유지하고 있어. 물론 그건 틀린 것도 아니고, '혈통마법'이야말로 왕족의 지위를 유지시켜 주는 것은 맞아. 하지만 샤로와 왕가의 '부여마법'의 경우에는 그런 가치관마저 날려 버릴 수 있을 거라 생각해. 저어, 아우라. 기억해? 내가 이번에 쌍왕국으로 가기 전에 아우라에게 온도를 낮추는 마법 도구에 대해서 '그렇게 편리한 걸, 카파 왕국에서는 왜 지금껏 아무도 사려고 하지 않은 거지?'라고 물었던 거."

"물론, 기억하고 있는데, 왜?"

고개를 갸웃하는 여왕에게 젠지로가 말했다.

"그때 아우라가 말했지? 마법 도구는 고가이고 혹서기의 더위를 피하기 위해서 그런 거금을 사용하려고는 아무도 생각하지 않는다고. 하지만 쌍왕국의 왕궁은 자란궁도 성백궁도 모든 방이 그 온도를 낮추는 마법 도구 덕에 쾌적한 온도를 유지하고 있어. 단언할 수 있는데, 쌍왕국의 왕궁에서 '앞으로는 경비 삭감을 위해 온도를 낮추는 마법 도구를 폐지하겠습니다'라고 말하면 폭동이 일어날 거야."

"흐음. 그곳은 확실히 그럴지도 모르겠어."

이야기의 흐름이 이해되지는 않았지만, 아우라는 일단 젠지로의 말에 동의해 주었다.

"즉, 카파 왕국의 국민에게 온도를 낮추는 도구란 '있으면 좋지만, 없는 것이 당연한 것'인 반면, 쌍왕국의 왕궁에서 사는 사람들에게는 '당연히 있어야 할 것으로, 없으면 참을 수 없는 것'이야. 아마 카파 왕국뿐만 아니라, 이쪽 세계에 살아가는 거의 대부분의 사람에게 수많은 마법 도구는 '없는 것이 당연한 값비싼 귀중품'이겠지. 그건 당연한 거지만, 없어도 버틸 수 있어. 그렇지? 하지만 프란체스코 왕자의 '마법 도구를 제작하는 마법 도구'는 그런 가치관을 부술 수 있어. 마법 도구의 대량 생산, 대량 판매를 가능하게 하는 거니까. 그렇게 되면 전 세계 사람들의 가치관이 급격하게 변하겠지. 쌍왕국의 왕궁에서 살던 사람들과 같은 가치관──모든 마법 도구가 '당연히 있어야 할 것이고, 없으면 참을 수 없는 것'이 되어 버리는 거야."

"……."

아주 드물게도 여왕 아우라는 남편의 설명에 압도된 상태로 그 내용을 미처 다 이해하지 못했다.

그 사실을 깨달은 젠지로는 열심히 자신의 생각을 계속 말로 표현했다.

"분명히 '마법 도구를 제작하는 마법 도구'가 세상에 나오면 마법 도구 하나하나의 가치는 떨어지겠지. 지금 마법 도구는 보석이나 군용 주룡보다 비싸지만, 대량 생산이 가능해지면 온도를 낮추는 마법 도구 같은 것은 옷장이나 책상 같은 가구보다 조금 비싼 정도의 가격까지 떨어질지도 몰라. 하지만 그 가격까지 떨어뜨리면 왕후나 귀족만이 아니라, 일반 서민도 소비자가 돼. 100명의 고객에게 금화 100닢을 받는 것보다 100만 명의 고객에게 금화 한 닢씩 받는 것이 훨씬 이익이 커."

"잠깐, 젠지로. 그건 여러 면에서 탁상공론에 불과해. 무엇보다 대량 생산이 가능해졌다고 하더라도 그렇게까지 제조에 드는 비용을 낮출 수 있을 거라고 보증할 수도 없고, 현 시점에서 마법 도구 없이 생활을 하는 대다수의 사람들이 값이 싸졌다고 해서 여전히 비싼 편인 마법 도구를 기꺼이 구입할 거라고는 할 수 없어. 무엇보다 '마법 도구를 제작하는 마법 도구'를 도둑맞으면 어떡하지? 샤로와 왕가는 결국 자신들의 목을 조르는 셈이 되는 거야."

지금까지 특정한 사람만이 가능했던 일을 특정한 도구를 사용해 누구나 할 수 있게 된다는 것은 그런 것이었다.

물론 인재도 유괴당할 위험성이 존재하지만, 사람을 유괴하는 것과 마법 도구를 훔치는 것은 난이도가 완전히 다르다.

그에 더해 사람의 경우에는 유괴를 한 뒤에도 도망을 가거나 자살을 하는 등, 저항을 할 수도 있지만 마법 도구는 그럴 위험성도 없다.

훔치면 그냥 끝이다.

아우라가 열거한 문제점은 매우 이치에 맞는 의견이었지만, 젠지로는 그 의견을 놀라운 논법으로 물리쳐 버렸다.

"그럼 처음부터 외국에 판매하면 되는 거야. '마법 도구를 제작하는 마법 도구'를. 물론 평범한 마법 도구와는 비교도 할 수 없는 비싼 값에."

"그건 기득권을 팔아넘기는 폭거다만?"

놀라움을 숨기지 못하는 아우라에게 젠지로는 난처한 표정으로 입을 우물거렸다.

"그건 그렇지만…… 난처하네. 뭐라고 설명하면 좋지? 아예 그 기득권 자체의 가치를 확 바꿔 버린다는 이야기야. 설명이 어려우니, 도중 경과를 전부 건너뛰고 내가 걱정하는 데까지 세계가 발전했을 경우에 대해 설명할게. 샤로와 왕가가 자유롭게 '마법 도구를 제작하는 마법 도구'를 양산하고, 그것을 세계 각국에 판매했다고 칠게. 그럼 전 세계의 많은 나라가 마법 도구를 양산하겠지. 그렇게 되면 마법 도구란 이미 세계 사람들에게 있어 필수품이 되었을 거야. 가장 알기 쉬운 것을 들자면 무기려나? 불꽃 창이라든가, 바람 방패라든가, 많잖아. 그것을 제작하는 마법 도구가 전 세계에 퍼질 거라 생각해. 수많은 나라에서 마법 도구로 무기를 만들겠지. 그렇게 되면 마법 도구 무기를 만들지 않으려고 하는 나라가 과연 살아남을 수 있을까?"

젠지로의 질문을 진지하게 검토한 여왕은 천천히 고개를 가로저었다.

"전쟁은 수많은 요소가 얽히며 진행되기 때문에 절대 불가능하다고는 단언할 수 없지만, 아주 어렵겠지."

아우라의 대답에 자신감을 얻은 젠지로는 조금 안도한 표정을 지으며 이야기를 계속했다.

"그렇다면 '마법 도구 무기를 제작하는 마법 도구'를 소유하지 않은 나라는 소유한 나라에 비해 열세에 놓이겠지? 남대륙에는 이웃 국가와 사이가 나쁜 나라가 많아. 그런데 상대국만 '마법 도구 무기를 제작하는 마법 도구'가 있고, 자국에는 없다고 했을 때, 그런 상황에서 계속 버틸 수 있는 나라가 과연 있을까?"

"그런 것인가……."

무력이라는 가장 알기 쉬운 예를 들자, 아우라는 겨우 젠지로가 무슨 말을 하려는지 일부지만 이해를 할 수 있었다.

서로 다투는 두 나라가 있다고 해 보자. 한쪽 나라가 마법 도구 무기로 무장하면, 다른 한쪽 나라도 역시 마법 도구 무기로 무장해야만 대항할 수 있다.

'마법 도구 무기를 제작하는 마법 도구'가 있으면, 마법 도구 무기를 자국에서 양산할 수 있다. 하지만 어떠한 마법 도구도 내구성이라는 것이 있어 영원히 가동할 수는 없다.

언젠가는 '마법 도구 무기를 제작하는 마법 도구'도 수명을 다해 사용할 수 없게 된다.

그때 다투는 두 나라 중, 쌍왕국이 한쪽 나라에만 '마법 도구 무기를 제작하는 마법 도구'를 판매하고, 한쪽 나라에는 판매하지 않는다고 한다면 어떻게 될까?

생각할 것도 없다. '마법 도구 무기를 제작하는 마법 도구'를 구입하지 못한 나라는 패배하게 된다.

그 사실을 이해한 순간, 두 나라는 쌍왕국의 기분을 거스를 수 없다. 뒤집을 수 없는 상하 관계가 형성되는 것이다.

"당신이 하고 싶은 말이 무엇인지는 잘 알았어. 그 상태에 이르려면 간단히 생각해도 많은 장애물이 있을 듯하지만, 확실히 그렇게 된다면 샤로와 지르벨 쌍왕국은 남대륙의 패자가 될 수 있겠지."

"응, 맞아. 그렇겠지."

위기감이 서린 아우라의 말을 듣고 젠지로는 동의하면서도 어딘가 애매하게 말을 흐렸다.

실제로 여왕 아우라는 이 시점에도 젠지로가 품고 있는 걱정의 극히 일부밖에 이해하지 못한 상태였다.

이것은 아우라의 이해력이 부족하다기보다는 젠지로의 설명 부족에 기인한 것이었다.

누구나 이해하기 쉬운 군사력 이야기만을 꺼내 비유를 외소화한 탓에 마법 도구의 대량 생산이 가능해진 세계의 진정한 위협을 완벽하게 설명하는 데 실패했다.

젠지로가 생각하는 마법 도구란, 현대로 말하자면 가전제품이나 자동차 등을 말하는 것으로, 현대 사회를 지탱하는 기계에 해당한다고 할 수 있었다. 마법 도구 무기는 조금 호들갑스럽게 말하자면, 총기나 탱크, 전투기 등에 해당된다고 할 수 있을까.

그리고 프란체스코 왕자가 개발하려고 하는 '마법 도구를 제작하는 마법 도구'는 공작기계에 해당했다.

세계 각국에 공장이 세워지고, 전 세계에서 자동차가 만들어지고, 에어컨이 만들어지고, 냉장고가 만들어 지고, 컴퓨터가 만들어진다고 하자.

하지만 그런 제품을 제조하기 위해 공장에서 가동하는 공작기계 자체를 제조할 수 있는 나라가 오직 단 한 나라밖에 없다고 한다면?

그 나라에 거스를 수 있는 나라가 과연 존재할까? 국교가 단절되면 언젠가 사람들의 생활을 유지시켜 주는 자동차가 전자제품이 사라지게 되어 버리는 것이다.

하지만 그런 젠지로의 걱정은 수많은 전자제품과 자동차를 '당연히 있어야 하는 것'이라고 생각하며 사는 사람들만이 상상할 수 있는 것이었다.

젠지로에게는 이쪽 세계에서 살아가는 아우라에게 그런 걱정을 정확하게 전달할 정도의 화술이 없었다.

젠지로는 겸연쩍은 듯이 조금 시선을 이리저리 움직이면서 말했다.

 "실제로 프란체스코 왕자가 '마법 도구를 제작하는 마법 도구'를 개발하는 것만으로는 그렇게까지 문제가 되진 않을 거야. 그것만이라면 마법 도구를 제작하기 위한 막대한 시간이 걸린다는 문제점이 해소되지 않으니까."

 '마법 도구를 제작하는 마법 도구' 하나로는 마법 도구의 제조 수량이 그렇게 많이 늘어나지 않는다.

 젠지로의 그 말뜻은 아우라도 바로 이해했다.

 "문제는 당신이 가지고 왔고, 내가 '기술자의 정원'에서 양산하려고 하는 그것, 이라는 건가?"

 "응."

 유리구슬――투명한 구체의 양산.

 마법 도구의 제조 기간을 크게 단축시킬 수 있는 매개체.

 그 유리구슬의 양산에 카파 왕국은 지금 그야말로 성공하기 직전이었다.

 '마법 도구를 제작하는 마법 도구'와 양산되는 유리구슬이 합쳐졌을 때, 비로소 마법 도구의 대량 생산 체재가 갖춰진다.

 젠지로의 걱정은 반 정도는 자업자득인 면이 있었다.

 그래서 젠지로는 제안했다.

 "그런 이유로 이것저것 위험할 것 같으니, 프란체스코 왕자에게는 협력해선 안 될 것 같아. 유리구슬도 생산 기술을 계속 끌어올리는 것은 좋지만, 무제한으로 대량 생산해서 쌍왕국에 매각하는 것은 반대하고 싶어."

그런 젠지로의 제안을 들은 여왕은 조금 의외의 대답을 했다.

"음, 당신의 걱정은 잘 알겠어. 하지만 이 자리에서 결정할 수 있는 일은 아니야. 너무 깊게 생각하는 것일지도 모르지만, 수상한 낌새가 나서 말이지."

"수상한 낌새?"

그렇게 되묻는 젠지로를 보고 여왕은 작게 고개를 끄덕였다.

"응. 당신이 브루노 왕과 주세페 왕태자에게 그런 태도로 대했는데, 두 사람의 반응이 너무 온화해. 게다가 프레야 전하를 대하는 태도도 너무 호들갑스럽고. 나에게는 이면의 '초조함'이 언뜻언뜻 보여. 마치 어떻게 해서든 우리 카파 왕국과 프레야 전하의 웁살라 왕국을 같은 편으로 끌어들이려고 하는 것 같아. 너무 깊게 생각하는 것일지도 모르지만, 내가 눈치채지 못한 동란의 낌새를 브루노 왕 일행은 눈치채고 있을지도 몰라."

"동란의 낌새……."

아우라의 심각한 말을 듣고 젠지로가 잔뜩 긴장했다.

젠지로는 원래 전란이라든가 동란이라는 말과는 무관한 세계에서 살았다.

그래서 지난 대전에서 살아남은 여왕 아우라의 후각에 뭐라고 딴지를 걸 만한 능력이 없다.

아우라는 이어서 미안하다는 듯이 표정을 일그러뜨리더니, 다음 말을 덧붙였다.

"경우에 따라서는 당신이 브루노 왕, 주세페 왕태자와 화해를 해야 할지도 모르겠어. 미안하지만 각오를 해 줬으면 해."

브루노 왕, 주세페 왕태자와의 화해.

그 말을 듣고 젠지로는 불만이라는 듯이 눈썹을 찌푸렸지만, 개인의 감정 탓에 국정을 좌우할 정도의 바보는 아니었다.

"알았어. 각오해 둘게."

"미안해."

짧게 젠지로에게 사과하면서, 여왕은 앞으로 나라를 어떻게 이끌어갈지에 대해 생각했다.

"하지만 최종적인 판단은 상대의 태도가 명확해진 뒤에 할 거야. 최종 귀국 단계에서 브루노 왕과 베네딕트 법왕, 두 사람에게 서간의 답장을 받게 될 테니, 그걸 보고 판단할게."

"그래."

여왕의 결의를 젠지로는 확실하게 지지해 주었다.

◆

예상외의 일시 귀국은 1박 2일.

다음 날 아침, 젠지로는 후궁 침실에서 이동할 준비를 했다.

이제 '순간이동'을 이용해 쌍왕국에 가야 한다.

젠지로가 아무것도 보지 않고 떠올릴 수 있는 곳은 카파 왕궁의 석실뿐이었다.

이제 가게 될 쌍왕국의 그 방은 아무것도 보지 않고 이미지를 떠올릴 수 없었기 때문에, 평소대로 디지털카메라의 전원을 켜고, 디스플레이에 이제 가게 될 곳의 사진을 띄웠다.

그렇게 젠지로가 준비를 하는데, 여왕 아우라가 후궁 시녀들의 손을 빌려 의자에서 일어섰다.

"매번, 매번 같은 말을 해서 진부할지도 모르지만, 조심해서 다녀와."

"응, 고마워. 아우라."

디지털카메라의 준비를 끝낸 진지로가 정면에 서 있는 사랑하는 아내를 바라보며 미소 지었다.

웃는 남편에게 여왕은 두 통의 서간을 내밀었다.

"어제 자면서 조금 생각을 했는데, 예정을 살짝 변경하고 싶어. 이 서간을 브루노 왕과 엘라디오에게 전해 줘."

엘라디오는 용궁기사단의 젊은 제3 대대장으로, 쌍왕국에 있는 젠지로 호위 부대의 현 책임자였다.

브루노 왕에게 보내는 서간은 딱 봉랍이 되어 있었지만, 엘라디오에게 보내는 서간은 그냥 접혀 있을 뿐이었다.

"이건 이대로도 괜찮아? 내가 봐도 상관없어?"

그렇게 확인하는 젠지로에게 여왕은 고개를 한 번 끄덕였다.

"응. 오히려 당신도 한번 훑어봐 줬으면 해. 당신과도 관계가 있는 일이니까. 내용은 엘라디오 일행, 즉, 쌍왕국 체재 중인 부대에게 그대로 쌍왕국 주재 임무를 명한다는 거야. 브루노 왕에게 보내는 서간은 그 허가를 내려 달라는 거고."

아우라의 말을 듣고 잠시 생각한 후, 하나의 결론에 이른 젠지로는 노골적으로 얼굴을 찡그렸다. 그리고 젠지로는 엘라디오에게 보내는 서간을 열어 훑어보았다.

젠지로의 어학력으로는 반 정도밖에 이해할 수 없었지만, 아무래도 방금 아우라가 말한 내용이 적혀 있는 듯했다.

"이 주재 부대의 주된 임무는 내 호위야?"

"그래."

곧장 그렇게 긍정의 말을 들은 젠지로는 하아 하고 크게 한숨을 내쉬었다.

"진짜로?"

젠지로의 호위를 앞으로도 쌍왕국에 머물게 한다.

그 말은 즉, 젠지로가 쌍왕국에 가는 일이 이번 한 번으로 끝나지 않을 거라는 것을 의미했다.

풀썩 어깨를 늘어뜨리는 남편을 보고 여왕은 조금 겸연쩍은 듯이 웃으면서 말했다.

"미안하지만, 아무리 생각해도 앞으로 쌍왕국과는 긴밀하게 연락해야 할 것 같아. 그때 가장 빠르고 확실한 수단은 '순간이동'이고, '순간이동'을 사용할 수 있는 사람은 나와 당신밖에 없으니까. 적어도 앞으로 십 수 년은 지금의 체재가 계속될 거야."

"그렇겠지. 응, 젠키치가 성인이 될 때까지는 아빠가 힘을 낼 수밖에 없는 건가."

"……"

젠지로의 그 말을 듣고도 아우라는 대답하지 않았다.

왜냐하면 카를로스 젠키치는 카파 왕국의 왕위 계승 순위 제1위. 성인이 되어도 젠지로보다 자유롭게 움직일 수 있는 몸이 아니었다.

지금 아우라의 배 속에 있는 둘째라면 몰라도 카를로스 젠키치가 성인이 된다고 해도 젠지로의 동분서주한 생활이 바뀌지는 않는다.

그나마 다행인 것은 이동 수단이 '순간이동'이라 빈번하게 아내와 아이가 기다리는 후궁에 돌아올 수 있다는 점이라고 해야 할까.

아무튼 지금은 거기까지 생각할 때가 아니었다.

미래의 일은 미래의 자신에게 맡기자. 그렇게 마음을 다잡은 젠지로는 다시 한 번 사랑하는 아내에게 잠시간의 작별을 고했다.

"그럼 슬슬 가 볼게. 집중하고 싶으니 조금 떨어져 줘."

"그래."

시녀에게 이끌려 임신한 여왕이 몇 걸음 물러서자, 젠지로는 '순간이동' 준비에 들어갔다.

디지털카메라에 비친 목적지의 영상을 응시하며 뇌리에 새긴 뒤, 눈을 감고 그 풍경 속에 서 있는 자신을 떠올렸다.

자신이 떠올린 공상 속에 있다는 사실을 강하게 의식하면서, 이제는 무의식적으로도 가능하게 된 마력 출력 조작을 이용해 몸에서 솟아나는 마력량을 증폭시키며 주문을 외웠다.

〈내가 뇌리에 그린 공간에, 내가 의도한 것을 보내라. 그 대가로서 나는……〉

잠시 후, 아우라의 눈앞에서 젠지로의 모습이 사라졌다.

이번에는 한 번에 성공했다. 단기간에 실전을 여러 번 경험한 것도 있어, 젠지로의 '순간이동'의 숙련도는 쭉쭉 올라갔다.

사랑하는 남편을 배웅한 여왕은 시녀의 손을 빌려 의자에 걸터앉더니 크게 한숨을 내쉬며 중얼거렸다.

"프레야 전하를 시중드는 역할로 마르가리타 전하를 선택했다라. 게다가 '진수화' 마법 도구를 매각하고 '잔잔한 바람'이라는 국보급 마법 도구마저 '양국 우호의 증표'라고 양도하다니. 확실히 뭔가가 있어. 우리나라로서도 필수적으로 북대륙에 관심을 가져야 하는 건가."

얼마 안 있으면 프레야 공주의 '황금나뭇잎호'는 북대륙으로 돌아간다. 아우라는 그곳에 신뢰할 수 있는 사람을 동석시켜 북대륙 정세에 대해 정보를 모으고 싶었다.

"외모도 그렇고, 마르그레테는 확정적이야."

"알겠습니다."

그 말을 듣고 뒤에 대기하고 있던 금발의 시녀——마르그레테가 아무렇지도 않은 듯한 얼굴로 작게 고개를 숙였다.

"너를 북대륙에 보내는 것은 조금 가혹한 일일지도 모르지만, 북대륙에서 주변 사람들과 자연스럽게 어울릴 만한 인재가 그 외엔 없어서 말이야. 미안하지만 부탁하지."

"염려해 주셔서 감사합니다. 하지만 어차피 어렴풋하게 어렸을 때의 기억이 날 뿐인 장소입니다. 저의 고향은 카파 왕국, 제가 충성해야 할 분은 아우라 폐하이십니다."

"그래. 너의 충성, 확실히 가슴에 새겼다."

고개를 한 번 숙이고 원래의 위치로 돌아가는 금발 시녀를 시야의 끝으로 확인하면서, 여왕은 생각을 계속했다.

"하지만 최선은 젠지로야. 웁살라 왕국의 국왕에게 프레야 전하를 측실로 맞아들이게 해 주십사 허락을 받기 위해서도 본인이 가는 것이 가장 좋지. 무엇보다 젠지로가 일단 북대륙에 가면, '순간이동'으로 오갈 수 있을 가능성도 있어. 그게 가장 커."

대체할 사람이 없는 젠지로라는 귀중한 인재를 너무 위험에 빠뜨리고 싶지는 않았지만, 그런 생각을 뛰어넘을 만큼 지금의 젠지로는 너무 유용하다.

정말 '순간이동'은 반칙이다.

"구입한 마법 도구 덕에 '황금나뭇잎호'의 항해도 위험성이 크게 줄어들었을 테지. 그 외엔 만에 하나를 위해 프란체스코 왕자에게 일회용 '순간이동' 마법 도구를 하나 만들게 해서 쥐어 보내면, 목숨을 잃을 위험은 최소한으로 줄어들게 돼."

역시 위정자인 아우라로서는 젠지로를 북대륙에 보내는 것이 좋겠다는 결론을 낼 수밖에 없었다.

그에 더해 여왕은 생각을 계속했다.

북대륙에서 온 프레야 공주에게 이상할 정도로 편의를 제공한 샤로와 지르벨 쌍왕국.

게다가 쌍왕국은 프레야 공주뿐만이 아니라, 명백하게 거리를 두었던 젠지로에게도 무조건적으로 다가가려는 태도를 보였다.

무언가 이면이 있어, 이쪽을 속이려고 하는 것이라고 한다면 오히려 별 문제가 안 된다.

문제는 그렇게 할 수밖에 없을 만큼 그들이 초조해 하고 있을 경우였다. 어느 정도의 불이익을 무시해서라도 웁살라 왕국, 카파 왕국과 우호 조약을 맺어야만 하는 무언가를 그들이 발견했을 경우.

"그때는 아마 이쪽으로서도 그 조약, 또는 동맹을 거절할 수 없겠지."

지금보다 더 긴밀한 조약을 맺거나, 동맹을 체결하거나. 그 경우 다양한 논의를 하게 되겠지만, 먼저 확실하게 상대가 무엇을 요구할 것으로 예상되는 것이 하나 있었다.

"우호의 증표로서 고위 귀족이나 왕족을 젠지로의 측실로 만들려고 할 게 틀림없어."

구체적으로 말하자면 루크레치아나 보나 왕녀, 또는 확률은 낮지만 네 공작의 딸 등이었다.

정세로 인해 쌍왕국과의 동맹이 필수불가결해지면, 그것을 거절하기란 매우 어려워진다.

일반적으로 남대륙에서는 왕족이 곧 혈통마법 사용자이기 때문에 국가 간의 혼인 외교는 드문 일이지만, 이미 카파, 샤로와 양 왕가의 피를 이어받은 상태인 젠지로만큼은 그 예외이다.

"그런데 요즘 들어 해결책이라는 것이 전부 다, 남편을 힘들게 하는 것뿐이구나……."

죄책감을 토로하듯이 여왕은 의자 위에서 깊게 한숨을 한 번 내쉬었다.

같은 시간. 무사히 '순간이동'을 이용해 쌍왕국에 도착한 젠지로는 자란궁 별채의 자신에게 할당된 방으로 돌아가 재빨리 자신이 해야 할 일을 완수했다.

먼저 다른 일을 다 제쳐 두고 호위 부대의 책임자는 엘라디오를 불러 여왕 아우라의 서간을 전해 주었다.

"엘라디오. 아우라 폐하의 명령에 변화가 생겼다. 자세한 내용은 여기에 적힌 대로다."

젠지로는 그렇게 말하며 자신보다 머리가 하나는 더 큰 젊은 기사에게 아우라의 서간을 건네주었다.

"네, 삼가 읽어 보겠습니다."

서간을 받은 기사 엘라디오는 그 자리에서 서간을 펼쳐 훑어보더니 움찔 하고 한쪽 눈썹을 들어 올렸다.

"쌍왕국 주재 기간을 연장하신다는 말씀이신가요? 즉, 이번 쌍왕국 교대 부대 파견에 저희는 동행하지 않는다는 것인지……."

확인을 하는 기사 엘라디오의 질문에 젠지로가 고개를 끄덕이며 대답했다.

"그렇다. 앞으로 쌍왕국과 친밀한 관계를 유지하기 위해, 너희들은 당분간 쌍왕국에 주재해 있어야 한다. 단, 외국 생활에 적응하지 못해 심신에 부담이 큰 자가 있다면 그러지 않을 것이다. 그런 사람은 이번 쌍왕국의 교대 부대와 함께 귀국을 허락하겠다."

"알겠습니다. 확인을 위해 여쭙니다만, 그 이외의 인원은 어느 정도 쌍왕국에 머물게 되는지 알 수 있을까요?"

부하들을 생각해 그런 질문을 하는 기사 엘라디오에게 젠지로는 시원스럽게 대답했다.

"쌍왕국은 이번에 카파 왕국 주재 부대 인원을 정기 교대한다. 앞으로도 쌍왕국은 2년 또는 3년에 한 번씩 인원을 교대한다고 하더군. 우리 카파 왕국도 쌍왕국의 전례를 따라 그에 준해 교대한다. 즉, 귀국은 2년 후, 또는 3년 후다."

젠지로의 대답을 듣고 기사 엘라디오는 조금 눈매를 누그러뜨 렸다.

"알겠습니다. 그러면 병사들에게는 그렇게 전달하도록 하겠습니 다. 또 제가 보기에 당장 귀국이 필요한 병사가 세 명 정도 있으니, 그쪽은 잘 부탁드립니다. 단, 그 세 명은 귀국 후에 확실히 보이는 형태로 어느 정도 무거운 벌을 내려 주시기를 제안합니다."

기사 엘라디오의 제안을 듣고 젠지로는 조금 불쾌하다는 생각이 들었다.

"외국 임무에 적응하지 못한 것이 본인의 책임만은 아니라고 생 각한다만?"

그런 젠지로의 물음에 젊은 기사는 동요하지 않고.

"네, 말씀대로입니다. 하지만 능력 부족이라는 점은 분명합니다. 무엇보다 아무런 벌이 없을 경우 '꾀병'으로 귀국하고자 하는 자가 속출할 위험이 있습니다."

그렇게 단언했다.

"그렇군."

그런 주장은 젠지로도 받아들일 수밖에 없었다.

확실히 먼 외국에서 2년이고 3년이고 머물며 일을 하게 되면, 거짓말을 하고서라도 귀국을 하고자 하는 자가 나와도 이상하지 않다.

그것을 억제하기 위해 설사 어쩔 수 없는 컨디션 불량이라도 도중에 귀국하는 자에게는 무거운 벌을 내리는 것은 유용한 수단이었다.

심정적으로는 반대하고 싶었지만, 젠지로는 대안도 없이 부하의 유용한 제안을 일축할 만큼 오만하지 않았다.

"알았다. 귀국 후, 아우라 폐하와 상의하여 그렇게 처리하지."

"네. 제안을 받아들여 주셔서 감사합니다."

젠지로의 말을 듣고 젊은 기사는 처억 하는 소리가 들릴 것처럼 등을 쭉 펴고 그렇게 말했다.

기사 엘라디오가 퇴실한 후의 방에서 젠지로는 의자에 앉아 생각했다.

"자, 이건 어떻게 할까."

그렇게 중얼거린 젠지로의 손에는 아우라가 맡긴 브루노 왕에게 보내는 서간이 들려 있었다.

내용은 조금 전에 엘라디오에게 건네준 것과 거의 같다.

예정을 변경하여 엘라디오 등의 호위 병사들을 계속 쌍왕국에 체재할 수 있도록 허가해 달라는 내용이었다.

쌍왕국도 프란체스코 왕자, 보나 왕녀의 호위로 같은 조치를 해 두고 있기 때문에, 허가 자체는 별 탈 없이 받을 수 있겠지만 문제는 이 서간을 어떻게 브루노 왕의 손에 전달해 줄 것인가였다.

지난번과 마찬가지로 루크레치아에게 부탁한 것이 젠지로의 감정을 생각하면 정답이었지만, 아우라는 '앞으로 브루노 왕, 주세페 왕태자와 화해하는 것도 고려해 줘'라고 말했다.

아우라는 말을 흐렸지만, 젠지로는 아우라가 그렇게 말한 이상 장래에 브루노 왕 쪽 사람들과 화해해야만 할 가능성이 상당히 높다고 예상했다.

가능성이 낮은데 아우라가 지금 시점에서 젠지로의 행동에 못을 박아 둘 거라고는 생각하기 힘들기 때문이었다.

"이번 서간은 긴급이지만, 루크레치아를 경유해서 보내도 문제없지 않을까?"

며칠 후에는 출발할 예정이었던 호위 부대를 출발시키지 않고 이대로 쌍왕국에 머무르게 하고 싶다는 내용의 허가 신청서다.

실현될 때까지 며칠 정도 시간이 필요하니, 왕이나 왕태자와 직접 면담을 하여 전해 주지 않더라도 어쩔 수 없는 측면이 있는 것이 사실이다.

"응, 그래. 이번에도 루크레치아에게 부탁하자."

젠지로가 내린 결론은 결코 잘못된 것이 아니었지만, 그곳에 개인적인 감정이 섞여 있지 않았는가 하면, 그것도 역시 꼭 아니라고는 말할 수 없는 일이었다.

[제5장] 화해와 귀국

젠지로의 쌍왕국에서의 나머지 일정은 거의 지금까지와 다름이 없었다.

매일 한 명씩 '순간이동'으로 카파 왕국으로 가고자 하는 사람들을 보내고, 그 이외의 시간에는 비교적 자유롭게 지냈다.

프레야 공주, 스카디, 후궁 시녀 세 사람, 기사 나탈리오, 그리고 타라예가 지명한 짐꾼을 보내고 보니, 달력상으로는 혹서기가 끝나고 활동기가 시작되는 날이었다.

그날 아침, 평소와 마찬가지로 젠지로의 곁을 찾은 루크레치아와 함께 마르가리타 왕녀가 찾아왔다.

젠지로 앞에서 먼저 말을 꺼낸 사람은 루크레치아였다.

"젠지로 폐하. 아쉽게도 폐하의 보필하는 큰 임무를 오늘까지 맡아 왔지만, 일신상의 사정으로 도중에 물러나는 것을 용서해 주세요. 이후에는 이쪽의 마르가리타 전하가 이어서 임무를 맡아 주실 것입니다."

루크레치아의 말이 끝나자 마르가리타 왕녀가 이어서 말했다.

"샤로와 왕가의 마르가리타 샤로와라고 합니다. 짧은 시간 동안이지만, 앞으로 보필하는 임무를 제가 담당하게 되었습니다. 무슨 일이든 분부만 내려 주십시오."

루크레치아가 왜 자신의 시중드는 역할에서 물러나는가. 그 이유를 알고 있는 젠지로는 특별히 놀라지도 않고 치하하는 말을 건넸다.

"아니, 신경 쓸 것 없다. 오늘까지 그 역할을 다하느라 수고 많았다. 듣자 하니, 루크레치아는 브로이 후작 가문의 대표로서 우리나라까지 육로로 마법 도구를 수송하는 책임자로 임명되었다고 하던데. 큰 임무, 무사히 달성하기를 바란다."

젠지로의 말을 듣고 루크레치아는 금발 사이드 테일이 깡충 튀어오를 정도로 빠르게 고개를 들었다.

"네, 감사합니다. 젠지로 폐하. 카파 왕국에서도 잘 부탁드립니다."

생기 넘치는 표정으로 반짝반짝 눈을 반짝이며 말하는 루크레치아를 보고 젠지로는 쓴웃음을 지을 수밖에 없었다.

"그래, 확약은 할 수 없지만, 상황이 허락하면 신세를 진 인사 대신으로 조금은 상대를 해 주마."

호의가 있다고는 생각하기 어려운 말이었지만, 지금까지 젠지로가 보여 준 태도와 비교해 보면 명백하게 거리가 좁혀졌다고 할 수 있는 대답에, 루크레치아의 얼굴이 매우 환해졌다.

"감사합니다!"

젠지로의 태도가 부드러워진 이유는 루크레치아가 왜 필사적으로 행동하는지 사정을 알았기 때문일까, 아니면 여왕 아우라에게 들은 '쌍왕국 수뇌진과 화해해야 할 가능성'에 대한 말이 머리 한구석에 남아 있었기 때문일까.

어느 쪽이든 간에, 좋은 느낌을 받은 루크레치아였지만, 오늘은 아무래도 시간이 없었다.

"그럼 저는 이만 실례하겠습니다. 앞으로도 잘 부탁드립니다."

"그래, 루크레치아도 몸조심하고."

아쉽다는 듯이 루크레치아는 젠지로의 앞을 떠났다.

남은 마르가리타 왕녀에게 젠지로가 새삼 말을 걸었다.

"그럼 짧은 시간 동안이지만, 잘 부탁드립니다. 마르가리타 전하. 프레야 전하도 마르가리타 전하에게 신세를 많이 졌다고 말씀하셨습니다."

젠지로의 말을 듣고 마르가리타 왕녀는 구김 없는 미소를 지었다.

"과분한 말씀입니다, 젠지로 폐하. 보시다시피 세련되지 못한 여자이지만, 힘껏 임무를 수행하겠습니다."

그 말 그대로, 마르가리타 왕녀는 샤로와 왕가의 상징색을 사용한 보라색 드레스를 입고 있었지만, 특별히 신경을 쓴 옷이라고는 보기 힘들었다.

귀찮지만, 사람들 앞에 나서야 하는 이상 어쩔 수 없으니 최소한의 예의를 갖췄다.

그런 차림으로, 그 모습은 어딘가 마르가리타 왕녀의 제자인 보나 왕녀를 떠올리게 했다.

"하지만 명성이 자자한 부여마법 사용자이신 마르가리타 전하께 저를 보조하는 사사로운 역할을 맡기다니, 매우 죄책감이 듭니다."

그렇게 말하는 젠지로에게 마르가리타 왕녀는 어깨를 으쓱 들어

올리더니 대답했다.

"신경 쓰지 마세요. 저는 지금 주세페 숙부님과 약속한 대로 '진수화' 마법 도구를 만드는 데 마력을 다 쏟아붓고 있는 중이라, 어차피 다른 마법 도구를 제작할 여유가 없으니까요."

참고로 '진수화' 마법 도구 제작은 마르가리타 왕녀에게 있어 남는 시간에 끝낼 수 있는 부업 같은 것이라고 한다.

단, 마력의 대부분을 사용해 버리기 때문에 그 이상의 마법 도구 연구는 할 수 없다는 모양이었다.

일단 앞뒤는 맞는 말이지만, 마력을 사용하지 않는 대장장이로서의 연구는 계속할 수 있을 테니, 역시 이것도 젠지로를 배려한 말이라 할 수 있었다.

"그러신가요? 그럼 앞으로 3일이 남았지만, 잘 부탁드립니다."

"네, 젠지로 폐하."

이제는 완전히 젠지로의 일과가 된 하루에 한 명씩 '순간이동'으로 보내기.

오늘 젠지로가 보낸 사람은 엘레멘타카트 공작 가문의 타라예였다.

어제 타라예의 짐꾼(가로로도 세로로도 크고 강해 보이는 남자였다)을 보낼 때, 그 남자가 옷장이 아닐까 할 만큼 커다란 짐을 짊어지고 있었는데, 타라예 자신도 어마어마하게 큰 지게를 짊어지고 있었다.

"타라예, 등의 짐은 뭐지?"

젠지로의 질문에 타라예는 큰 가슴을 펴며 싱긋 미소 지었다.

"장사 도구, 입니다."

"어제 보낸 짐꾼도 큰 짐을 짊어지고 있었는데, 그럼 그건 뭐지?"

"상품과 돈, 입니다."

"그렇군⋯⋯."

아무래도 타라예의 목적이 '장사'라는 것은 정말로 뭐 하나 뺄 것 없이 순도 100퍼센트 진실인 모양이었다.

"좋은 거래의 조건은 구입하는 사람과 파는 사람 모두 이득을 보는 거라고 들었다. 타라예가 카파 왕국에서 좋은 거래를 할 수 있기를 빌지."

"감사합니다."

예의 바르게 고개를 숙인 타라예에게 젠지로는 더 이상 이곳에서 해야 할 말이 없었다.

"그럼 보내겠다. 준비는 됐는가?"

"네, 언제든 괜찮습니다."

젠지로의 말을 듣고 타라예는 그 자리에서 가볍게 눈을 감았다.

풍만한 몸매를 자랑하는 타라예가 가슴이 크게 열린 드레스를 입고 있어서 젠지로는 대체 어디에 손을 대면 좋을지 망설였다.

'마음을 가라앉히자, 가라앉혀야 돼.'

자신을 그렇게 다독이면서, 젠지로는 최대한 자연스러운 동작으로 타라예의 어깨에 오른손을 대고 주문을 외웠다.

최근에는 실전에서 카파 왕궁의 석실로 사람을 보낼 때, 디지털 카메라나 사진의 도움을 빌리지 않아도 거의 한 번에 성공했던

'순간이동'.

〈내가 뇌리에 그린 공간에, 내가 의도한 것을 보내라. 그 대가로서 나는…….〉

하지만 이번에 타라예를 보낼 때는 세 번이나 시도를 하고서야 겨우 성공했다.

간신히 오늘의 일과를 마친 젠지로는 자신에게 할당된 방으로 돌아갔지만, 어딘가 모르게 마음이 불편했다.

"당연하지만, 점점 허전해지네."

소파에 앉은 채 주변을 둘러본 젠지로의 시야에 들어온 사람 중 아는 사람은 시녀 이네스뿐이었다.

지금까지 계속 옆에 있었던 사람들.

후궁에서 데리고 온 젊은 시녀들 세 사람도, 기사 나탈리오도, 이미 '순간이동'으로 카파 왕국으로 보낸 상태였다.

자주 젠지로를 찾아왔던 프란체스코 왕자도, 사실상 측실로 들어오는 것이 결정된 사람으로서 몇 번이나 함께 저녁의 연회에 참가했던 프레야 공주도, 그 호위인 여전사 스카디도, 모두 이미 카파 왕국으로 돌아갔다.

엘라디오를 필두로 한 호위 병사들은 기사 나탈리오를 제외하고는 그대로 남아 있어, 주변 사람의 인원수 자체는 그다지 줄지 않았지만, 마음을 터놓을 수 있는 사람부터 순서대로 사라졌기 때문에 기묘한 불편함이 느껴졌다.

그리고 젠지로가 의미도 없이 몇 번이나 소파에 자세를 고쳐 앉고 있는데, 2대째 시중드는 역할인 마르가리타 왕녀가 다가왔다.

"젠지로 폐하. 이제 시간이 됐습니다. 준비는 다 되셨는지요?"

마르가리타 왕녀의 말을 듣고 젠지로는 가능하면 잊고 싶었던 오늘의 할 일을 기억해 냈다.

오늘은 이제부터 브루노 왕, 주세페 왕태자와 오찬을 같이 하기로 약속이 잡혀 있었다.

젠지로가 완전히 귀국하기 전에 마지막 인사를 하고 싶다는 것인데, 젠지로 입장에서는 어차피 마지막 날 전날에 대규모 저녁 연회가 예정되어 있으니 그것으로 대신했으면 하는 바람이었다.

물론 실제로는 왕과 왕태자가 동시에 한 초대를 거절하는 것은 젠지로로서도 불가능한 이야기였다.

"네, 안내를 부탁드립니다."

한숨이 나오려는 것을 참은 젠지로는 마르가리타 왕녀에게 그런 대답을 한 뒤, 천천히 소파에서 일어섰다.

오찬이 열리는 장소는 왕족 기준으로 보면 상당히 아담한 곳이었다.

긴 테이블의 짧은 쪽에 브루노 왕이 앉고, 브루노 왕이 봤을 때 오른쪽의 긴 변에는 주세페 왕자가.

그 맞은편에는 젠지로가 앉았다.

테이블 앞에 앉아 있는 사람은 딱 세 명뿐이었다.

급사(給仕)나 각각의 호위 등이 뒤쪽 벽에 서 있었지만, 그런 사람들은 원칙적으로 이런 장소에서는 인원수에 넣지 않는다.

이건 세 사람만의 오찬이었다.

젠지로는 예법에 따라 기계적으로 은 접시 안의 음식을 은 스푼으로 떠서 입으로 옮겼다.

맛이 어떤지는 잘 알 수 없었다.

온도를 낮추는 마법 도구가 가동되고 있을 텐데 땀이 흘렀으니, 아마 매운 수프가 아닐까 한다.

벼락치기로 배운 예법을 지키는 것만으로도 힘겨운 젠지로에게는 느긋하게 요리를 맛볼 여유가 없었다.

그런 젠지로의 서툰 예법을 깨달은 것인지, 브루노 왕과 주세페 왕태자가 젠지로에게 말을 건 것은 디저트인 과일을 다 먹고 핑거볼로 손까지 다 씻은 뒤였다.

"그러고 보니 모레면 젠지로 폐하도 귀국하시는군. 긴 것 같으면서도 짧은 기간이구려."

"이번 방문 때에는 정말 환대해 주셔서 감사합니다. 도와주신 덕에 간신히 목적한 바를 이룰 수 있었습니다. 브루노 폐하께는 그저 감사할 따름입니다."

젠지로는 굳은 표정으로 그렇게 뻔한 문장을 읽어 내려가며 인사했다.

그런 젠지로의 태도에도 정치 싸움에 잔뼈가 굵은 늙은 왕은 아무렇지도 않은 듯 미소를 지었다.

"아니, 인사를 할 정도는 아니오. 짐은 젠지로 폐하와 앞으로도 우호적인 관계를 이어나가고 싶소."

브루노 왕의 말을 듣고 젠지로는 입매를 끌어올리며 웃는 얼굴을 만든 뒤.

"영광입니다. 카파 왕국과 샤로와 지르벨 쌍왕국이 오래도록 우호 관계를 쌓아 나간다면 그보다 더 기쁜 일은 없을 것이라 생각합니다."

그렇게 의도적으로 살짝 빗나간 대답을 했다.

"그렇지. 나라와 나라의 사이를 고려한다면, 이미 은퇴하기로 결정된 짐보다도 짐의 아들과 우호 관계를 쌓아 나가는 것이 좋을 듯하오."

"네. 라르고 전하께는 매우 많은 도움을 받았습니다."

"……."

젠지로는 관계 개선을 꾀하는 브루노 왕에게 이야기를 왕가 대 왕가로 살짝 비틀거나, 이 자리에는 없는 라르고 왕자의 이름을 꺼내 대화가 진행되지 않도록 만들었다.

완고한 젠지로가 답답했는지, 지금까지 계속 부왕에게만 맡겨 두었던 주세페 왕태자가 옆에서 대화에 끼어들었다.

"그러고 보니, 젠지로 폐하. 결국 폐하의 호위 병사들은 이대로 우리나라에 머무는군요. 그렇다면 앞으로도 젠지로 폐하께서는 '순간이동'으로 우리나라를 찾으실 예정이라고, 그렇게 생각해도 되는지요?"

주세페 왕태자의 말을 듣고 젠지로는 순간 말문이 막혔다.

가능하면 부정하고 싶지만, 아우라가 말해 준 앞으로의 전망에 비추어 보면 여기서 거짓말을 하는 것은 미래에 미치게 될 악영향이 너무나도 컸다.

　"……네. 구체적인 일시는 확실하게 약속드리기 어렵지만, 아마 그렇게 되지 않을까 하고 생각합니다."

　젠지로의 대답을 듣고 왕과 왕태자는 함께 부자연스러운 미소를 지었다.

　"호오, 그것 참 기쁘구려."

　"네. 올해의 가장 큰 낭보입니다."

　하지만 브루노 왕과 주세페 왕태자가 기쁘다고 한 말은 거짓이 아니었다.

　어쨌든 간에 '순간이동'을 사용할 수 있는 사람이 자국에 있다는 것 자체가 놀라울 정도로 편리한 일이었기 때문이었다. 카파 왕국에 많은 사람이 가 있는 현재에는 특히 더 많은 도움이 되었다.

　게다가 젠지로가 앞으로도 자주 쌍왕국에 들른다면, '설득'할 수 있는 기회도 늘어난다.

　"그렇다면 젠지로 폐하가 머무시는 별채를 그대로 폐하에게 증정하는 것은 어떨까요, 아버지?"

　"으음, 좋은 생각이군. 언제든 거리낌 없이 젠지로 폐하를 맞이할 수가 있을 테니 말이다."

　결국에는 부자가 왕궁의 건물 하나까지 떠넘길 정도의 공세에, 젠지로는 당황하면서도 도망갈 길을 찾았다.

"바로 받고 싶은 마음은 굴뚝같으나, 그것은 제가 혼자서 결정할 수 있는 문제가 아닙니다. 정 원하신다면 본국의 아우라 폐하를 통해 말씀해 주시기를 부탁드립니다."

여왕 아우라의 허가 없이 다른 나라의 왕궁의 방 하나를 덥석 받았다가는 소문이 소문을 불러, 젠지로가 본거지를 카파 왕궁에서 쌍왕국의 자란궁으로 옮겼다는 식으로 이야기가 변질될 가능성도 있었다.

틈만 나면 이쪽을 묶어 두려는 샤로와 국왕 부자의 공세에, 젠지로는 감탄이 절로 나올 정도였다.

"하나, 현실적으로 문제를 따져 보았을 때, 젠지로 폐하는 앞으로도 우리나라에 오실 일이 많을 거외다. 그때마다 절차를 밟아서는 성가실 뿐 아니오."

"아버지. 그렇다면 별채를 양도하는 것이 아니라, 2년간 임대하는 것으로 해 두면 어떻겠습니까? 젠지로 폐하의 특별한 신청이 없는 한, 2년이 지나면 자동적으로 계약이 갱신되는 형식으로 말입니다."

"호오, 좋은 생각이군."

이 부자에게 걸리면 왕궁의 방 하나도 휴대전화와 비슷한 형식의 계약이 되어 버리는 모양이었다.

무기한 임대가 아니라, 2년을 기한으로 자동 갱신되는 형태를 선택한 것은, 혹시 모를 해약을 대비해 일정한 제한을 가하기 위한 것이겠지. 2년마다 계약을 갱신할 때 이외에는 해약을 못 하게 할 생각인지도 모른다.

성가신 이야기이긴 했지만, 아우라의 전망으로는 앞으로도 젠지로가 '순간이동'을 이용해 쌍왕국을 찾아야 하는 것만은 틀림없었다.

쌍왕국 국내에 젠지로의 거주 공간을 확보해 두는 것은 실제로 필요한 일이었다.

젠지로로서도 딱 잘라 거절할 수 없는 이야기였다.

"허용만 해 준다면, 대가로서 2년간 일정한 횟수만큼 젠지로 폐하의 '순간이동'을 우리의 목적을 위해 사용할 수 있게 해 준다면 고맙겠소만."

"동감입니다, 아버지. 프란체스코와 보나뿐만이 아니라, 지금은 엘레만타카트 공작 가문의 타라예와 아니미얌 공작 가문의 피크리야도 있지 않습니까. 게다가 한 달 후에는 브로이 후작 가문의 루크레치아도 도착합니다. 만약의 때에 신속하고 안전하게 카파 왕국과 쌍왕국을 오갈 수 있다면, 매우 유용하리라 생각합니다."

카파 왕국에 체재 중인 사람을 불러들이는 것뿐이라면 저편에서 아우라가 그 인물에게 '순간이동'을 걸어 주면 그만이지만, 그 인물이 한 번 더 카파 왕국으로 가고 싶다고 말하면, 거기서부터는 옥좌에 매여 있는 아우라로서는 들어주기 힘든 이야기였다.

젠지로가 '순간이동'으로 맞이하러 갈 필요가 있다.

솔직히 말해 상당히 귀찮은 일이지만, 양국의 우호를 더욱 깊게 하는 데에는 유용한 수단이었다.

어느 것이든 젠지로가 곧장 대답할 수 있는 문제는 아니었다.

"폐하와 전하의 제안은 잘 알겠습니다. 모레 본국으로 돌아가면 아우라 폐하에게 전해 드릴 것을 약속합니다."

나라와 나라의 약속은 자신의 의견만으로 체결해서는 안 된다.

완고하다고도 할 수 있는 젠지로의 대답에, 늙은 왕과 중년의 왕태자는 서로 얼굴을 바라보며 무언가를 포기했다는 듯이 살짝 어깨를 으쓱 들어 올렸다.

"그럼 실례합니다. 오늘은 정말 감사합니다."

"아니, 이쪽이야말로 대단한 대접을 못 해드려 송구스럽소."

"괜찮으시다면 앞으로도 이런 자리를 마련하고 싶습니다, 젠지로 폐하."

웃으며 마지막 인사를 나누고 젠지로가 퇴실했다.

타악 하고 소리를 내며 입구의 문이 닫히고 천천히 다섯 정도를 세는 것과 비슷한 시간이 흐른 뒤, 실망이 가득 담긴 한숨을 내쉰 사람은 주세페 왕태자였다.

"······후우, 어느 정도 힘들 거라고는 예상했지만, 예상을 훨씬 뛰어넘을 정도의 난관이군요. 젠지로 폐하는."

아들의 말을 듣고 늙은 왕도 동의했다.

"그래. 저토록 화해가 어려운 상대는 짐의 긴 인생에서도 처음이다. 아무리 찾아도 찾아도 원하는 것이 보이지 않아. 돈, 지위, 명성, 권력, 여자. 아무것도 원하지 않는 상대를 회유하는 것은 아무래도 어려운 일일 수밖에. 젠지로 폐하는 현재에 만족하고 있어. 그런데 그런 현재를 방해한 사람들이 짐과 너다. 그렇다면 우리와 거리를 두는 것도 당연하겠지. 그리고 현재를 최선이라고 생각하는 자에게 통할 당근 같은 것이 있을 리 없다."

항복이라는 듯이 브루노 왕이 양손을 들었다.

아버지의 그 동작을 보고 주세페 왕태자는 작게 어깨를 으쓱였다.

"어려워도 할 수밖에 없습니다. 아무튼 라르고에게 들은 정보로는, 젠지로 폐하가 저와 아버지에게 적대감을 품은 직접적 원인이 카를로스 왕자를 이용하려고 했기 때문이 틀림없는 듯합니다. 엄청난 표정을 지었다고 하니까요. 그렇다면 조금 멀리 돌아가야 하겠지만, 그 카를로스 왕자 부근부터 공략할 수밖에 없을 듯합니다."

불온하게도 들리는 아들의 말을 듣고, 늙은 왕은 한쪽 눈썹을 들어 올렸다.

"또 카를로스 왕자를 이용해 계책을 세울 생각인가? 이번에야말로 젠지로 폐하가 완전히 적으로 돌아설 수도 있어."

아버지가 그렇게 걱정하자, 아들은 고개를 저으며 부정했다.

"아닙니다. 그 반대입니다. 라르고의 보고가 맞다면, 젠지로 폐하는 태어난 지 얼마 안 된 카를로스 왕자를 아주 귀여워한다고 합니다. 그렇다면 젠지로 폐하가 직접 원하는 것이 아니라, 카를로스 왕자를 위한 것, 카를로스 왕자에게 도움이 되는 것을 제공하여, 젠지로 폐하의 환심을 사자는, 그런 말씀입니다."

아들의 제안을 듣고 늙은 왕은 잠시 생각을 해 보았다.

"확실히 그건 유용할 듯하다만……. 카를로스 왕자는 아직 두 살이 아니냐. 젖먹이를 위한 것이라니, 그것도 어려운 문제군. 아예 대상을 아우라 폐하로 옮기는 것은 어떤가? 젠지로 폐하는 아들도 끔찍이 생각하지만, 애처가인 것도 사실이니 말이다."

아버지의 제안을 듣고 중년의 왕태자는 잠시 생각을 해 본 뒤, 고개를 가로저었다.

"……그건 글쎄요. 뭐라고 하면 좋을까요. 젠지로 폐하는 카를로스 왕자의 일이 되면 감싸 주고 지켜려고 하는 모습을 보이지만, 아우라 폐하는 오히려 자신보다 높은 지위의 사람으로서 존중하려고 하는 인상을 받았습니다. 적어도 카를로스 왕자만큼의 효과는 얻을 수 없지 않을까 합니다."

그것은 애정의 양이 아니라 질의 차이였다.

젠지로에게 카를로스 젠키치는 '자신의 아들'이지만, 아우라는 아내이기도 하지만 그 이전에 하나의 독립된 인간이라는 인식이 있었다.

그래서 카를로스 젠키치에게 무언가 좋은 것을 보내면, 아들을 대신에 선물을 보낸 사람에게 '감사합니다'라고 인사를 한다.

반면, 아우라는 독립된 한 명의 인간으로 존중하고 있기 때문에, 젠지로는 아우라에게 '잘됐다'라고 말을 건넬 뿐, '감사합니다'라는 말은 아우라가 상대에게 해야 할 말이라고 생각한다.

물론 사랑하는 아내에게 잘 대해 주는 상대에게 좋은 인상을 받기야 하겠지만, 카를로스 젠키치의 경우만큼 직접적으로 전달되지 않는다.

"흐음, 듣고 보니 그렇군."

아들의 의견을 듣고 브루노 왕은 미간을 찌푸리면서도 고개를 끄덕였다.

여왕을 아내로 둔 남자. 게다가 그 여성을 자신보다 높은 사람으로서 존중하면서도, 동시에 아내로서 사랑할 수 있는 남자.

남대륙의 왕족과 귀족의 가치관으로 보자면, 젠지로는 매우 종잡을 수 없는 남자였다.

지금까지 짧은 교제를 통해 젠지로의 정신적 외형을 그럭저럭 파악한 주세페 왕태자는 유연한 이해력과 높은 관찰력을 지니고 있다고 말할 수 있었다.

"그럼 최선은 젠지로 폐하 자신이나, 차선책으로서 카를로스 왕자의 이익이 되는 일을 반복하여 조금이라도 젠지로 폐하와의 관계를 개선해 나가야 한다, 라고 할 수 있겠군."

"네, 아버지. 단, 그것과는 별도로 아우라 여왕과의 교섭은 계속해야 합니다. 아우라 여왕은 이해(利害)와 관련된 이야기가 통하는 상대이니 훨씬 상대하기가 편하고, 나라끼리 연락을 주고받는다는 의미에서는 그쪽이 주된 통로이니 말입니다."

"그렇군. 젠지로 폐하의 존재는 매우 중요하나, 그곳에만 얽매여 있을 수는 없지."

아우라가 옥좌에서 움직이지 못하는 이상, 카파 왕국과 쌍왕국이 긴밀하게 연락을 하기 위해서는 젠지로의 협력이 필수불가결하다.

게다가 여왕 아우라가 남편인 젠지로의 말과 행동을 원칙적으로 긍정하고 있으니, 젠지로의 기분을 거스르는 것은 치명적이다.

하지만 카파 왕국의 최고 권력자는 젠지로가 아니라 여왕 아우라라는 것도 또한 흔들림 없는 사실이었다.

아무리 젠지로와의 관계가 개선되어도 여왕 아우라가 고개를 끄덕이지 않으면, 카파 왕국과의 협력 체제는 구축할 수 없다.

브루노 왕은 초점을 흐리고 이곳이 아닌 먼 어딘가를 바라보며 중얼거렸다.

"그건 그렇고, 프레야 전하가 우리나라를 방문해 주신 것은 정말 행운이었다. 프레야 전하의 정보가 없었다면 우리는 많이 늦었을지도 모르니 말이야."

프레야 공주가 쌍왕국에 체재한 열흘간.

그 사이에 공식적인 알현과 연회, 마법 도구 판매 교섭 등으로, 많은 사람이 프레야 공주와 대화를 나누었다.

그런 곳에서 서로 나눈 대화를 모아 정보를 정리한 덕에 대략적인 북대륙의 정세를 살펴볼 수 있었다.

"최근 수십 년 사이에 북대륙의 기술력은 급속한 발전을 이루었다. '황금나뭇잎호' 같은 돛이 네 개인 대형선이 대량으로 쏟아져 나오기 시작하면, 북대륙의 위정자, 대상인, 그리고 '교회'의 지도자들과 남대륙은 머지않아 마주할 수밖에 없는 운명에 직면하겠지. 녀석들이 본격적으로 오기 전에, 이쪽도 같은 수준의 진화를 이루어 내지 않으면 남대륙은 북대륙의 사냥터가 될 수 있다."

북대륙에 뒤처지지 않을 진화.

그것은 북대륙을 흉내 내는 것을 의미하지 않는다.

왜냐하면 오늘날까지 거쳐 온 문화가 크게 다르기 때문이다.

북대륙에서는 마법이라는 힘을 남대륙만큼 중요하게 생각하지 않는다.

특히 다양한 기술이 발전한 지금은 개인의 역량에 좌우되기 쉽고 안정적이지 못한 기술이라고 하며, 마법의 가치를 낮게 보는 사람도 늘어났다는 모양이었다.

그에 반해 남대륙에서는 마법의 지위가 여전히 높았다.

'혈통마법'을 지닌 자만이 왕족으로서 군림할 수 있고, 뛰어난 마법사라면 평민 출생이라도 귀족과 다름없거나 그 이상의 지위를 누리는 것도 가능했다.

그런 남대륙이 북대륙의 문화를 뒤쫓아 마법이 아닌 그 이외의 기술을 존중하고 발전시키려고 한다 해서, 잘 될 리가 없었다.

국민의 이해를 얻어 근본적인 가치관을 변화시키기 위해서는 시간이 걸렸다.

그 사이에도 북대륙의 기술 문명은 진화를 거듭할 게 틀림없다.

애초에 뒤쳐져 있던 남대륙이 불리한 상황에서 그 뒤를 쫓으려 한다 해도 언제 따라잡을 수 있을지 확신할 수 없는 것이다.

그렇다면 마법을 축으로 한 방향으로 진화할 수밖에 없다.

다행히 샤로와 왕가의 혈통마법은 '부여마법'.

마법으로 문명을 쌓기에 이보다 더 좋은 마법도 없었다.

마법의 단점은 사용자의 역량에 좌우된다는 것과 뛰어난 사용자의 수가 극단적으로 적다는 것이었다. 따라서 국력으로 환산했을 때, 그 편차가 너무 심하여 힘이 안정적이지 못했다.

예를 들어 현재 카파 왕국에는 에스피리디온이라는 희대의 대마법사가 있다.

그가 마음만 먹으면 어떤 장소에서든 하나의 군 전원이 최소한의 숙박이 가능한 야영지를 하루 만에 만들 수 있다. 수원(水源)이 없어도 모두에게 최소한의 필요한 물을 공급할 수 있다.

하지만 카파 왕국의 젊은 사람들 중에는 그 정도 되는 마법사가 없다.

즉, 에스피리디온의 존재를 전제로 한 행군 계획표는 다음 세대로 이어지지 않는다는 말이다.

이것은 어떠한 때에든 예정대로 힘을 발휘해야 하는 군이라는 조직에서 보면, 결코 바람직한 힘이 아니다.

하지만 그런 마법 특유의 문제도 '부여마법'으로 마법 도구라는 형태로 만들면, 그 힘을 매우 안정적으로 다룰 수 있게 된다.

마법사 개인의 힘이라면 100일 연속으로 그 마법의 힘을 필요로 할 때, 마법사 자신이 100일간 현장을 오가야 할 필요가 있지만, 마법 도구라면 몇 명인가 조를 짜서 로테이션을 돌리며 교대로 사용할 수 있다.

커다란 힘을 만들어 내는 마법의 이점을 살린 채, 누구나 쉽게 사용할 수 있는 기술적인 이점을 가미한 것이 마법 도구다.

브루노 왕은 입매를 일그러뜨리며 힘주어 말했다.

"그렇기에 그 보석의 양산화와 정기 구입은 반드시 추진해야만 하는 일이다."

"네, 말씀대로입니다. 북대륙의 진보적인 기술에 대항하기 위해서는 마법 도구가 더욱 많이 필요합니다. 현재의 생산 체제는 너무나도 느립니다."

브루노 왕의 말을 듣고 주세페 왕태자는 그렇게 말하며 강하게 동의했다.

"최악의 경우, 카파 왕국이 또 하나의 쌍왕국——시공마법과 부여마법이라는 두 가지 혈통마법을 지닌 나라라는 사실을 공식적으로 인정해도 좋다. 그 대가로서 우리나라도 시공마법의 혈통을 가지든가, 보석의 제조 기술을 양도받을 수 있다면 말이지."

시공마법의 혈통과 보석——유리구슬의 제조 기술.

"어느 쪽이든 간에 열쇠는 젠지로 폐하이군요."

"그래. 어떻게 해서든 그분을 우리의 계획에 참가시키고 싶군."

"이번에는 프란체스코뿐만이 아니라 보나와 루크레치아에게도 '쌍연지'를 쥐어 주었습니다. 카파 왕국의 동향에는 가능한 한 주의를 기울이고 있으니, 일단 그쪽의 추가 정보를 기다리시지요."

고개를 끄덕이며 아들의 말을 듣던 늙은 왕이 문득 생각난 듯이 말했다.

"아우라 폐하와도 솔직하게 터놓고 이야기할 필요가 있을 듯하군. 주세페. 연내에는 너에게 옥좌를 넘겨주마. 국내 정세가 안정되면 나도 젠지로 폐하의 힘으로 카파 왕국으로 날아갈지도 모른다. 상황에 따라 다르겠지만, 각오를 해 두거라."

부왕의 말을 듣고 순간 놀란 표정을 지은 주세페였지만, 생각해 보면 가장 합리적인 말이었다.

왕위를 주세페에게 양도하면, 브루노 왕은 어디까지나 선왕에 불과하게 된다. 직위상으로는 그냥 왕족이 되는 것이다.

여왕 아우라가 옥좌에서 움직이지 못하는 이상, 직접 이야기할 수 있는 자리를 마련하기 위해서는 이쪽이 가는 수밖에 없다.

문제는 표면상의 문제가 아니라, 브루노 왕이 50년에 걸쳐 샤로와 왕가의 옥좌에 군림해 온 남대륙에서도 손꼽히는 거물이라는 것이었다.

브루노 왕이 카파 왕국에 입국하면, 남대륙 전체가 떠들썩해질 게 틀림없다.

자칫하면 카파 왕국과 쌍왕국이라는 남대륙 유수의 두 개의 대국이 손을 잡고 남대륙을 제패하려고 움직였다는 근거 없는 소문이 퍼질 우려도 있었다.

하지만 북대륙의 정세를 생각하면, 빨리 카파 왕국과 손을 잡을 필요가 있는 것도 사실이었다.

"알겠습니다. 그때는 맡기겠습니다, 아버지."

아버지를 왕으로서 신뢰하는 아들은 그렇게 말하며 공손하게 고개를 숙였다.

◆

그리고 순식간에 남은 이틀이 지나갔다.

오전 중에 마지막 한 사람인 아니미얌 공작 가문의 피크리야를 무사히 카파 왕국으로 '순간이동'을 이용해 보낸 마지막 날의 밤.

젠지로의 송별회라고 해야 할 밤의 연회가 성대하게 열렸다.

장소는 자란궁의 대형 홀이었지만, 보라색 옷을 입은 샤로와 왕가의 사람들뿐만이 아니라, 흰 옷을 입은 지르벨 법왕 가문의 사람들도 다수 참가했다.

이미 프레야 공주는 '순간이동'으로 넘어갔고, 루크레치아도 카파 왕국을 향해 출발했기 때문에, 이날 밤, 젠지로의 파트너는 현재 시중드는 역할을 받은 마르가리타 왕녀였다.

마르가리타 왕녀는 기혼자이고 젠지로에게는 특별한 관심을 보이지 않는 인물이어서, 솔직히 말해 루크레치아는 물론 프레야 공주와 같이 있을 때보다 마음이 편했는데, 생각해 보면 조금 얄궂은 사실이라고 할 수도 있었다.

마르가리타 왕녀의 남편인 인물을 소개받았을 때는 역시 조금 위축됐지만, 그 인물은 매우 온화하고 독이 없는 중년이었기 때문에 연회가 끝날 때 즈음에는 오히려 마음을 터놓고 이야기할 수 있을 정도의 사이가 되었다.

그 외의 인상에 남은 사람이라고 하면, 역시 주세페 왕태자의 차남인 베토르 왕자일까.

아버지인 주세페 왕태자와 많이 닮았지만, 형인 프란체스코 왕자와는 별로 닮지 않았다.

나이는 일곱 살로, 인사도 예의 바르게 잘하고, 조금 이야기를 했을 뿐이지만 매우 활발하고 총명하다는 인상을 받았다.

젠지로가 해 주는 '황금나뭇잎호' 이야기를 눈을 반짝이며 듣더니, '저도 나중에 크면 배를 타고 모험을 떠나고 싶어요!'라고 말하는 모습은 나이와도 딱 어울려 아주 사랑스러웠다.

하지만 유모인 피사니 후작 부인이 부드럽게 타이르자 그런 말과 행동도 바로 차분해지는 모습은 교육을 잘 받은 아이라는 사실을 새삼 상기시켜 주었다.

마지막에는 바쁘다는 이유로 이런 자리에는 별로 모습을 드러내지 않는 브루노 왕과 베네딕트 법왕이 나란히 모습을 드러내, 두 사람의 왕과 공식적인 작별 인사를 나누는 등, 젠지로의 쌍왕국에서의 마지막 밤은 무사히 지나갔다.

그리고 다음 날 아침.

모든 준비를 마친 젠지로는 엘라디오가 이끄는 호위 부대의 호위를 받으며 시녀 이네스와 함께 '순간이동'용 방에 도착했다.

쌍왕국 측에서 이 장소까지 동행한 사람은 루크레치아에게서 시중드는 역할을 이어받은 마르가리타 왕녀와 그 측근들뿐이었다.

이제 시녀 이네스에게 '순간이동'을 걸어 이동시키고, 마지막으로 자신에게 '순간이동'을 걸면 이번 쌍왕국 체재는 정말로 끝이 난다.

지금은 이미 달력상으로 활동기에 접어들었다.

생각해 보면 쌍왕국에 가기로 결정된 때가 혹서기 초반이었다. 약 3개월인 혹서기의 반 이상을 올해는 쌍왕국에서 보낸 셈이다.

"젠지로 님. 그럼 먼저 귀국하여 기다리고 있겠습니다."

그렇게 말한 시녀 이네스는 등에 큰 짐을 메고 있었고, 손에는 온도를 낮추는 마법 도구를 들고 있었다.

젠지로가 가지고 있는 것이라고는 마법 도구의 값을 치러 무게가 가벼워진 백팩과 품에 넣은 두 통의 서간뿐이었다. 아우라가 보낸 서간을 보고 브루노 왕과 베네딕트 법왕이 각각 답변을 적은 서간이었다.

"그래, 나도 곧 뒤를 쫓아가지. 그럼 준비는 됐겠지?"

"네, 문제없습니다."

여전히 침착한 목소리로 그렇게 대답하는 이네스에게 젠지로는 살짝 오른손을 댄 뒤, 이제는 너무나도 익숙해진 주문을 외우기 시작했다.

"그럼 시작하마. 〈내가 뇌리에 그린 공간에, 내가 의도한 것을 보내라. 그 대가로서 나는…….〉"

많이 사용해 익숙해진 마법은 기대대로 효과를 발휘했다.

시녀 이네스가 사라진 장소에서 젠지로는 쌍왕국에 온 뒤로 가장 큰 상실감을 맛보았다.

젊은 시녀들을 보냈을 때 이상의 불편함과 기사 나탈리오를 보냈을 때 이상의 불안감.

원정을 떠났을 때는 후궁에 있을 때의 여왕 아우라보다도 더 오래 자신의 곁에 머문 사람이 시녀 이네스였다.

얼른 나도 돌아가자.

그렇게 생각한 젠지로는 시중드는 역할을 맡은 마르가리타 왕녀에게 마지막 작별 인사를 했다.

"그럼 마르가리타 전하. 이제 정말로 마지막입니다. 이번에 샤로와 왕가, 시르벨 법왕가를 비롯한 쌍왕국 여러분께 정말 많은 도움을 받았습니다. 감사합니다."

젠지로가 감사의 인사를 하자, 마르가리타 왕녀는 구김 없는 미소로 그 인사를 받아 주었다.

"젠지로 폐하께서 그렇게 말씀해 주시니 영광스러울 따름입니다. 별채는 그대로 확보해 둘 테니 언제든 사양 마시고 찾아와 주세요. 샤로와 지르벨 쌍왕국은 젠지로 폐하의 방문을 언제 어느 때이든 환영합니다."

그런 마르가리타 왕녀의 말을 뒷받침하듯이 마르가리타 왕녀의 측근들도 다 같이 그 자리에서 고개를 숙였다.

"감사합니다."

짧게 한 번 더 인사를 한 젠지로는 더 이상 인사가 길어지기 전에 귀국 준비를 하려고 했는데, 그보다도 빨리 마르가리타 왕녀이 행동에 나섰다.

"그리고 이것은 저의 마음입니다. 대단한 것은 아니지만, 젠지로 폐하께서 앞으로 활동하시는 데 도움이 될 것이라 자부합니다. 꼭 받아 주세요."

그렇게 말하며 마르가리타 왕녀가 내민 것은 장식이 전혀 없는 철제(鐵製) 팔찌였다.

하지만 마력 시인 능력에 눈을 뜬 젠지로는 그것이 그냥 철제 팔찌가 아니라는 것을 한눈에 알아보았다.

마법 도구였다.

부여술사로서 명성이 높은 마르가리타 왕녀가 만든 마법 도구.

마지막의 마지막에 내민 그 엄청난 물건을 보고 젠지로는 당황해하며 말했다.

"아니요, 역시 이건 너무 과분합니다."

사양하는 젠지로에게 마르가리타 왕녀는 조금 진지한 표정을 지으며 말했다.

"받아 주세요. 이 마법 도구의 이름은 '바람의 철퇴'. 이것을 찬 손을 앞으로 내밀고 마법어로 '물러나라'라고 외치면 그것만으로 발동됩니다. 효과는 잠시간의 격렬한 바람입니다. 주룡에 탄 기사마저도 밀어낼 수 있는 강풍이 불죠."

들으면 들을수록 강력한 마법 도구였다.

아마 마르가리타 왕녀가 만들어 낸 오리지널 물건 중 하나겠지.

혹시나 이상한 점이 있을까 봐 못 받을 그런 물건이 아니다.

하지만 그런 젠지로의 마음을 이해하고 있다는 듯이 마르가리타 왕녀는 계속 젠지로를 설득했다.

"무례한 말씀이라면 용서해 주세요. 실례지만 젠지로 폐하의 무술 실력은 여성 정도에 불과합니다. 그런데 지금 젠지로 폐하는 남대륙에서 둘밖에 없는 '순간이동'의 사용자입니다. 앞으로 우리나라에 오셨듯이, 소수의 사람들만을 데리고 멀리 가실 일도 늘어나리라 생각합니다. 이 '바람의 철퇴'가 젠지로 폐하의 몸을 지키는 데 도움이 되기를 저는 진심으로 바랍니다."

"음……."

그런 말을 들으니, 젠지로도 반론을 하기가 어려웠다.

확실히 이 '바람의 철퇴'가 조금 전 마르가리타 왕녀가 말해 준 대로의 기능을 지니고 있다면, 몸을 지키는 데 크게 도움이 된다.

사람을 죽일 듯이 싸워 본 적이 없는 젠지로는 검과 창을 가지고 있다고 해도 견제조차 할 수 없다.

하지만 적을 바람으로 날려 버리는 것만이라면, 기술도 필요 없고, 충격이 전해져 오거나 피를 볼 일도 없을 테니 스트레스 없이 사용할 수 있을 듯했다.

젠지로의 신분이라면 그렇게 몸을 지키며 시간을 버는 동안 호위 기사들이 달려와 준다.

"하지만……."

의도는 알지만, 그래도 여기서 마르가리타 왕녀에게 개인적인 빚을 지게 되는 거라 젠지로는 주저했다.

그런 젠지로의 망설임을 지우듯이 마르가리타 왕녀는 작은 목소리로 제안했다.

"그럼 이 물건의 대가로 '여동생'을 잘 부탁드립니다."

마르가리타 왕녀의 말을 듣고 젠지로는 조금 눈을 험악하게 떴다.

이 자리에서 마르가리타 왕녀가 말하는 '여동생'은 한 명밖에 없었다.

루크레치아였다.

젠지로가 미처 거절하기 전에, 마르가리타 왕녀는 빠르게 말을 이어갔다.

"젠지로 폐하의 마음을 굽혀 그 아이의 마음을 받아 주시기를 바라는 것은 아니에요. 단지, 그쪽에서도 몇 번 정도 기회를 주시면 안 될까요? 그러네요. 세 번. 세 번만 그 아이의 부탁을 거절하지 마시고 만나 주세요. 그 이후에 어떻게 될지는 그 아이의 노력과 젠지로 폐하의 마음에 달린 거니까요."

구체적인 횟수가 정해진 약속.

그 정도라면 받아들일 수 있을지도 모른다.

무엇보다 더 이상 이곳에서 입씨름을 계속하다 귀국이 늦어지면 곤란하다.

여왕 아우라에게는 오늘 언제 귀국할지 정확한 시간을 알려 주었고, 이미 시녀 이네스가 먼저 귀국을 한 상태다.

"알겠습니다. 마르가리타 전하께서 베풀어 주신 호의, 감사히 받겠습니다."

젠지로는 그렇게 말하며 철제 팔찌를 품에 넣었다.

아무래도 지금 이곳에서 팔목에 차고 싶지는 않았다.

"감사합니다. 잘 부탁드립니다."

인사를 하고 마르가리타 왕녀가 한 발 뒤로 물러서자, 조금 긴장되었던 장소의 분위기가 누그러졌다.

젠지로는 더 오래 있다가 괜히 성가신 일에 계속 말려들고 싶지 않았다.

"그럼 저는 이것으로 실례하겠습니다. 마르가리타 전하, 정말 감사합니다. 엘라디오, 뒷일은 부탁하네."

그런 생각을 한 젠지로는 도망치듯이 마지막 인사를 끝내 버렸다.

"네, 저야말로 감사합니다, 젠지로 폐하."

"네, 맡겨 주십시오, 젠지로 폐하."

마르가리타 왕녀와 호위 부대의 지휘관이 마지막 말에 고개를 끄덕인 모습을 확인한 젠지로는 그대로 그 자리에서 눈을 감고 마지막 주문을 외우기 시작했다.

〈내가 뇌리에 그린 공간에, 내가 의도한 것을 보내라. 그 대가로서 나는…….〉

살짝 눈을 떠 보니, 그곳은 젠지로가 잘 알고 있는 카파 왕국의 한 방이었다. 그리고.

"어서 와, 젠지로."

사랑하는 아내, 여왕 아우라가 임신한 몸을 이끌고 맞이하러 나와 있었다.

뒤에는 아직 짐을 든 채 시녀 이네스가 대기하고 있는 모습이 보였다.

마지막에 조금 어수선한 일이 있었던 탓에 초조하게 만든 모양이었다.

아우라의 표정에는 젠지로만이 알 수 있을 정도일 만큼 아주 조금이었지만 안도의 빛이 떠올라 있었다.

"네. 다녀왔습니다, 아우라 폐하."

사람들의 시선도 있어서, 젠지로는 예의 바른 말로 일단 그렇게 귀국을 알리는 인사를 했다.

[에필로그] 다음 준비

쌍왕국에 간 목적은 완전하게 다 이루었다.

치유술사인 이자벨라 왕녀는 여왕 아우라가 출산을 마칠 때까지 카파 왕궁에 머무르기로 했고, 무사히 손에 넣은 온도를 낮추기 위한 마법 도구도 지금은 프레야 공주가 머무는 방에서 힘을 발휘하는 중이었다.

달력상으로는 이미 활동기였지만 그래도 낮에는 최고 기온이 35도를 넘어가는 날이 계속되었다.

북쪽 나라에서 자란 프레야 공주에게 있어서는 매우 도움이 되는 도구인 듯, 계속해서 젠지로에게 고마움을 표시했다.

하지만 당초의 목적은 문제없이 달성했지만, 이번 쌍왕국 방문은 그것이 다가 아니었다.

엘레멘타카트 공작 가문의 타라예와 아니미얌 공작 가문의 피크리야.

두 거물 귀족의 딸이 카파 왕국에 온 것은 물론, 한 달 후에는 육로를 통해 루크레치아 브로이도 도착할 예정이었다.

이자벨라 왕녀 덕분에 지금까지보다는 상당히 무리를 할 수 있게 된 여왕 아우라였지만, 역시 이 상태가 계속되면 힘에 부칠 수밖에 없었다.

젠지로가 쌍왕국에서 돌아온 날 밤, 여왕 아우라는 에어컨이 가동되는 침실에서 젠지로와 마주 앉아 단적으로 말을 꺼냈다.

"본의가 아니긴 하지만, 재상과 원수를 두기로 했어. 단, 그렇게 하면 왕가의 권력이 계속 약해질 테니, 당신도 정식으로 공작이 되어 줬으면 해. 기한은 루크레치아 양이 도착하게 될 한 달 후가 되기 전에."

뭔가 엄청난 것처럼 들렸지만, 이전부터 들어왔던 이야기였기 때문에 젠지로도 특별히 놀라지는 않았다.

"응, 알았어. 원수는 대충 누구인지 알지만, 일단 물어볼게. 누구랑 누구야? 그리고 나는 구체적으로 뭐라고 이름을 내세우면 돼?"

"으음. 당신도 예상했듯이 원수는 푸죠르야. 그리고 재상은 레가라드 자작이고. 당신은 비르보 공작이라는 명칭이 수여될 거야. 영지도 없는 명예뿐인 작위이지만, 공식 작위니, 앞으로는 내 대리인으로서 뿐만이 아니라 공작 가문의 당주로서도 사람들 앞에 나설 수 있어."

공작 가문의 당주로서도 사람들 앞에 나설 수 있다. 그건 권력욕이 가득한 사람에게는 매력적으로 들리는 소리겠지만, 젠지로 같은 사람에게 있어서는 귀찮은 일이 늘어난 것에 불과했다.

그렇지만 사랑하는 아내를 위해서라면 성가시더라도 받아들여야만 한다.

"알았어. 비르보 공작이지? 응, 외웠어. 작위의 효과는 아우라의 대리인이 아니더라도 다양한 장소에 참가할 수 있게 되는 것, 그거 하나야?"

거듭 묻는 젠지로에게 여왕은 고개를 가로저었다.

"아니. 어쨌든 왕가에 속한 공작 가문, 이른바 분가 왕족의 당주에 해당하는 직위니까. 왕궁의 일부를 비르보 공작 저택으로서 당신이 소유하게 될 거야. 이후에는 비르보 공작으로서 봐야 할 공무가 있다면 그쪽으로 참가해야 하기도 하지. 그에 더해 최소한 열 명정도의 기사와 100명 정도의 병사가 앞으로는 당신의 전속이 될 거야. 또 왕가의 예산에서 일부가 자동적으로 비르보 공작 가문에 할당될 테니, 기사와 병사들의 급여는 그것으로 지불될 테지."

"우와아, 내 전속 병력이라니."

젠지로는 노골적으로 얼굴을 찡그렸다.

여왕의 반려가 독자적인 재원과 독자적인 병력을 갖는다.

솔직히 젠지로는 좋은 일이라는 생각이 들지 않았다.

"사람도 돈의 움직임도 잘 감시해. 신뢰하는 것과 맹신하는 것은 다르니까."

"명심할게."

일부러 그런 이야기를 자청해서 하는 남편을 보고, 여왕은 쓴웃음을 참을 수 없었다.

맹신은 안 된다는 말을 들었지만, 솔직히 지금의 아우라는 젠지로가 자신에게 대항할 것이란 생각을 떠올리는 것조차 하기 힘들어졌다.

독자적인 재원과 독자적인 병력이라는 말을 듣고 젠지로는 문득 깨달았다.

"어? 그럼 후궁 시녀들은 어떻게 해? 원칙적으로 후궁 시녀들은 아우라의 고용인들이 아니라 내 고용인들이지? 그 급여도 앞으로는 그쪽 돈에서 나가는 거야?"

그런 젠지로의 걱정을 듣고 여왕은 고개를 가로저었다.

"아니, 후궁은 어디까지나 왕가의 소유물. 후궁의 주인은 왕의 배우자인 젠지로야. 그러니 그 예산은 왕가에서 나가지. 본가인 왕가의 당주는 왕인 나, 아우라. 당신은 나의 배우자이자 본가인 왕가의 일원. 동시에 분가된 왕가인 비르보 공작 가문의 당주이기도 하지만, 본가인 왕가의 일원이라는 사실은 변함없어. 그쪽 예산은 지금까지 그대로 본가인 왕가에서 지불할 거야."

"……그렇구나."

다소 복잡한 이야기였지만 젠지로의 머리로 이해할 수 없을 정도는 아니었다.

"그런데 기사의 리더는 그대로 나탈리오라도 괜찮을까? 이제는 잘 아는 사이이기도 하니, 가능하면 나는 그렇게 하고 싶은데."

젠지로의 제안에 여왕은 조금 생각을 한 뒤 고개를 끄덕였다.

"그래. 말도나도 가문의 격을 고려하면 솔직히 불안하긴 하지만, 그게 당신의 희망이라면 문제는 없겠지. 단, 그 경우에는 새로 기사를 고용할 때 나탈리오의 의견을 충분히 고려해 줘. 말도나도 가문은 작위도 없는 기사 귀족 가문이거든. 부하 중에 후작 가문이나 백작 가문의 적자가 있으면 대하기가 매우 힘들어 고생할 테니까."

"알았어. 그때는 나탈리오와 상의해 볼게. 일단 자문 역할을 하도록 그때는 파비오 비서관을 빌려 줘."

"지금 파비오는 바빠. 미안하지만 제2 비서인 알레한드로를 붙여 줄 테니, 그 정도로 참아 줬으면 해."

"알았어."

왕족끼리의 대화만으로 어느새인가 왕의 배우자의 호위 기사에서 비르보 공작 기사단의 리더로 출세하는 것이 결정된 나탈리오 말도나도였지만, 사실 여왕 아우라의 배려는 말도나도 가문의 훗날에 엄청난 대소동을 불러온다.

대전이 끝난 현재는 기사들이 출세할 기회가 별로 없었다.

그런데 아주 작은 규모라고는 하지만 왕가의 새로운 기사단이 설립되고, 그 인선에 나탈리오가 큰 발언권을 갖게 된 것이다.

일개 기사 가문에 지나지 않은 말도나도 가문에 정원의 수십 배나 되는 기사들이 몰려들어 야단법석이 벌어지지만, 그건 아직 조금 더 미래에 있을 이야기였다.

일단 자신의 작위 문제에 대해 다 물어본 젠지로는 조금 전에 언급된 이름에 대해 확인해 보았다.

"그리고 보니 푸죠르 장군은 아는데, 레가라드 자작이라는 이름은 처음 들어본 것 같아."

젠지로의 의문을 듣고 여왕은 조금 생각을 했다.

"그리고 보니 자세히 설명한 적이 없었던가? 하지만 왕궁의 사교계에서는 몇 번인가 얼굴을 마주친 적이 있었어. 작위는 자작으로 그다지 높지 않지만, 역사가 있는 명문 가문이라 작위 이상의 무게가 있는 사람이야. 능력도 결코 뒤떨어지지 않고, 푸죠르와도 거리를 두고 있지. 인격적으로도 독특하긴 하지만, 아무튼 신뢰할 수 있는 인물이야."

"흐~음."

느낌상으로는 무난한 인사, 라고 할 수 있으려나?

일단 푸죠르 장군의 원수 즉위를 상수로 놓고, 그것을 전제로 결정한 인사라는 느낌이 강했다.

"푸죠르 장군에게 대항하려고 한다면 마르케스 백작이나 가질변경백도 괜찮지 않았을까?"

젠지로가 그런 질문을 하자, 여왕은 어깨를 으쓱하며 부정했다.

"기본적으로 왕궁의 고위직에는 지방 영주 귀족을 임명하지 않는다는 불문율이 있어. 왕궁의 요직은 왕궁 귀족의 것이라는 거지. 푸죠르 장군의 이전 장군은 지방 영주 귀족이었지만, 그건 대전 중이었기 때문에 특례였을 뿐이야."

"그렇구나."

쌍왕국 정도는 아니지만 카파 왕국에도 이런저런 복잡한 파벌의 힘이 존재하고 있는 듯했다.

"자, 그쪽 이야기는 그만하고, 젠지로, 조금 진지한 이야기를 하고 싶어."

지금까지도 꽤 진지한 이야기였다고 생각하는데. 그렇게 딴지를 걸고 싶다는 생각이 들지 않을 만큼 아우라의 표정은 여왕 그 자체였다.

"응."

젠지로가 의자 의자에서 자리를 고쳐 잡는 모습을 보고 여왕이 말했다.

"프레야 전하는 희망대로 '진수화' 마법 도구를 구입하셨어. 그에 더해 예상외의 성과로서 '잔잔한 바다'라는 매우 강력한 마법 도구도 얻을 수 있었고."

"응, 맞아."

맞장구를 쳐 주는 젠지로를 똑바로 바라보면서 여왕은 말을 계속했다.

"그 결과로 프레야 전하가 말하길, 대륙 간 항행의 위험은 급감했다고 하더군. 이제 '황금나뭇잎호'가 조난당할 위험은 만에 하나 정도까지 내려갔다고 해도 좋을 정도인 모양이야. 그런데 우리 카파 왕국은 발렌티아라는 항구 도시가 있긴 하지만 대륙 간 항행을 해본 경험은 없어. 그래서 나로서는 뭐라 판단하기 힘든데, 젠지로. 당신은 어떻게 생각하지?"

질문을 듣고 젠지로는 잠시 생각해 보았다.

"으~음. 글쎄. 만에 하나인지는 잘 모르겠지만, 위험이 급감했다는 것은 틀림없을 거라 생각해."

"그래……?"

젠지로의 대답을 들은 여왕은 그렇게 말한 뒤, 잠시 동안 아무 말도 하지 않았다.

"아우라?"

여왕이라는 입장에서 이야기를 하는 아우라가 말을 머뭇거리는

것은 드문 일이었다.

　자신의 이름을 부르는 젠지로 덕에 용기를 얻었는지, 한 번 심호흡을 한 뒤, 여왕이 다시 입을 열었다.

　"젠지로. 당신, 프레야 전하와 함께 '황금나뭇잎호'를 타고 북대륙에 가 줄 수 있을까?"

　"…………네?"

　젠지로는 여왕이 무슨 말을 하는 것인지 그 의미를 잠시 이해할 수 없었다.

『이상적인 기둥서방 생활 11』에서 계속

[부록] **주인과 시녀의 간접교류**^{주거개축}

일반적으로 후궁이라는 공간은 주인인 한 남성을 제외하고 남성의 출입이 금지된 공간이다.

그 인식은 잘못되지 않았지만, 현실적으로 후궁에는 언제, 어떠한 때에도 절대 남자가 들어오지 못하는가 하면 의외로 그렇지도 않다.

후궁이란 공간인 동시에 건물이다.

건축물은 평범하게 사용해도 손상되어 수리를 할 필요가 생긴다. 그런 때에 남성 출입을 금지를 계속 견지하려고 하면, 국내에 여성 목수를 확보해 둘 필요가 있다.

만약의 일도 있을 수 있다는 점을 생각하면, 여성 의사도 필요하다. 정원석을 움직이는 것도 여성의 힘으로만 해야 한다.

아무리 생각해도 비현실적이다.

따라서 후궁의 남성 출입 금지란, 일상적인 상황일 때에만 적용되는 것으로, 다수의 특례가 존재하는 것이 현실이다.

그리고 오늘, 아만다 시녀장이 후궁에 남은 시녀들에게 '특례'에 대한 이야기를 전달했다.

"……등의 사정으로 인해 내일부터 당분간, 후궁에 작업원들이 출입하게 될 겁니다. 여러분, 부끄러운 모습을 보이지 않도록 평소보다 더욱 신경을 쓰며 지내길 바랍니다."

"네, 시녀장님."

젊은 시녀들의 대답을 듣고 아만다 시녀장은 만족스럽게 고개를 끄덕인 뒤, 이야기를 계속했다.

"작업원의 목적은 '증기 욕실(사우나)'이라는 시설의 건축입니다. 설치 장소는 별채 근처가 될 겁니다. 그러니 별채와 중정 등, 눈에 띄는 장소는 특히 유념해서 청소해 주십시오. 잘 아시겠지요?"

"네, 시녀장님."

"그리고 당연히 여러분 자신의 몸가짐도 중요합니다. 깔끔하게 목욕을 하고, 잘 세탁된 옷을 입어 주십시오. 혹서기라는 점도 있어, 눈에 띄지 않을 때는 어느 정도 옷차림이 흐트러져도 묵인을 해 왔지만, 내일부터 당분간은 허용하지 않겠습니다. 후궁 시녀로서 부끄럽지 않은 모습을 보여 주시길 바랍니다."

"넷, 시녀장님."

이미 반사적으로 말하는 것이 아닐까 할 만큼 젊은 시녀들은 동시에 그렇게 대답했다.

하지만 그것을 교육의 성과라고 판단했는지, 아만다 시녀장은 몇 번인가 고개를 끄덕인 뒤, 최후의 경고를 했다.

"하지만 무엇보다도 조심해야 하는 것은 함부로 남자분들 앞에 나서지 않는 것입니다. 중요한 일은 저희들이 처리할 테니, 여러분은 가능한 한 사람들 앞에 모습을 드러내지 마시길 바랍니다. 만에 하나 모습을 드러내야 할 때도 말없이 일을 끝내고 바로 물러나도록 하십시오. 알겠습니까?"

"어? 그럼 몸을 깔끔하게 유지할 필요가 없을 것 같은데……."

"거기! 지금 무슨 말을 한 것 같습니다만?!"

"아닙니다, 시녀장님!"

젊은 시녀의 중얼거림은 시녀장의 날카로운 질문에 그대로 지워져 버렸다.

———◆———

다음 날.

후궁에는 예정대로 이질적인 집단의 사람들의 모습이 보였다.

튼실한 체격에 지저분한 작업용 바지를 입고 허름한 셔츠를 입은 사람들. 열 명을 넘는 사람들이 있었는데, 그들 모두가 남자였다.

목수, 석공, 대장장이, 토목 작업원.

평소라면 절대로 후궁에 들어오지 못할 사람들이었다.

특히 눈길을 끈 사람은 집단의 중앙에서 주변을 둘러보는 키가 큰 남자였다.

주변 사람들보다 머리가 반 개는 더 큰 것도 눈에 띄는 원인 중 하나였지만, 가장 큰 이유는 외모 그 자체였다.

옅은 갈색 머리카락에 회청색 눈동자. 바다의 내리쬐는 태양빛을 받아 탄 피부는 농담으로도 희다고는 할 수 없었지만, 그래도 한눈에 카파 왕국 사람들과는 다르다는 사실을 알 수 있었다.

'황금나뭇잎호'의 선원들은 당연하지만 모두 본업은 선원이나 전사 중 하나였지만, 그 외에도 기술을 지닌 사람들이 의외로 많았다.

장거리 항행선의 선원은 많은 위험에 직면한다. 한마디로 말해 죽기 쉬운 직업이다.

그래서 항상 사람을 모집한다. 그런 직업을 선택하는 사람은 물론 선조 대대로 전사이거나 선원인 가문의 사람도 많지만, 그에 못지않게 많은 사람이 본가의 가업을 잇지 못한 차남, 삼남들이었다.

산양의 사육을 맡고 있는 니콜라이 등은 그 전형적인 예였다.

그리고 이 남자도 그러한 기술을 지닌 인재 중 하나였다.

본가의 가업을 도와준 덕에, 이 남자는 증기 욕실(사우나)을 처음부터 끝까지 건설할 수 있다고 한다.

물론 그 말을 무턱대고 믿었기 때문에 후궁으로 데리고 온 것은 아니었다.

밖에서 시험 삼아 만들어 보게 했더니, 확실히 만들 줄 알기에, 특별히 후궁 안으로 들어오는 것을 허락받은 것이었다.

남자는 두리번두리번 주변을 둘러보며 말했다.

"장소는 저쪽 건물 근처면 된다고 했었나? 근데 수원은 있나? 증기 욕실은 욕조 정도는 아니지만 물이 필요한데. 그리고 무엇보다 냉탕이 필요해. 증기 욕실을 나온 후에는 냉탕에 뛰어들어야 하니까. 물론 자연의 연못도 좋고, 겨울이라면 눈 속에 알몸으로 뛰어드는 편이 기분이 더 좋긴 하지만, 아무래도 그건 역시 좀 어려울 테니까."

남자의 말을 듣고 노인이라고 할 만한 나이대의 카파 왕국의 기술자가 턱에 손을 대고 대답했다.

"연못이라고 부를 만한 것은 중정의 분수지 정도겠군. 수원은 저쪽 본채 욕실의 수원에서 막을 제거하고 물을 끌어오면 자동으로 물을 채우고 배수할 수 있네. 조금 품과 시간이 들지만, 이 근처까지는 같은 방식으로 물을 끌어와야 해. 그 이외의 수원은 우물밖에 없지. 후궁에는 기본적으로 여자밖에 없으니까. 우물에서 나무통으로 물을 길어다 물을 채우게 하는 것은 너무 가혹하지 않겠나."

술술 후궁의 환경에 대해 대답하는 것을 보면 알 수 있듯이, 이 남자는 왕실 전속의 토목 기술자였다.

왕궁, 후궁의 겨냥도, 수원, 성벽의 두께 등 매우 많은 지식이 저 흰 머리가 난 머릿속에 담겨 있어, 강제나 다름없이 왕궁으로 거처를 옮기게 되었고, 자유라는 측면에서는 매우 제약이 많은 인생을 보내고 있었다.

덧붙이자면 총 책임자가 노인인 이유는 나이만큼 지식과 기술이 풍부하다는 이유 외에도, 몸이 약한 노인이라면 밖으로 나돌아 다니지 않아도 젊은 사람만큼 불편함을 느끼지 않는다는 것과, 후하게 대접해 주어도 어차피 늙어서 갈 날이 머지않은 덕에 기밀을 유지하기에 딱 좋다는 것 등의 가혹한 이유도 있었다.

물론 진짜로 가혹한 국가는 이렇듯 필연적으로 기밀을 알게 된 기술자의 경우, 일이 끝난 뒤에 물리적으로 목을 쳐 버리는 일도 있으니, 카파 왕국의 방식은 굳이 따지자면 매우 온건한 편이라고 할 수 있었다.

"그래, 여자한테는 가혹한 일이겠어. 하물며 후궁의 공주님들에게 그런 일을 시킬 수는 없지."

"우리 마누라라면 몰라도 말이야."

"하하, 그러네."

나이든 기술자들이 그런 농담을 섞으며 회의를 하고 있는 사이에 젊은 기술자들은 매우 침착하지 못한 모습으로 안절부절못하며 주위를 둘러보았다.

물론 이해 못 할 일은 아니다.

이곳은 후궁.

젠지로는 이미 완벽하게 익숙해졌지만, 보통 일반인은 절대 발을 들이지 못하는 가장 비밀스러운 장소다.

주인인 젠지로 이외에는 남자의 출입이 금지된 공간. 그야말로 정원의 공기마저도 달콤하게 느껴지는 곳이었다.

젊은 기술자들이 두리번거리며 시선을 움직이다가 드디어 비록 먼 곳에서이긴 하지만 그것을 발견했다.

"앗?!"

"있다!"

"우오, 정말?!"

무슨 볼일이 있었던 걸까.

젊은 시녀 세 사람이 저 먼 곳을 빠른 걸음으로 가로질러 가는 모습을 젊은 기술자들이 발견한 것이다.

아마 상대도 이쪽을 눈치챈 모양이었다.

순간적으로 놀란 듯이 발걸음을 멈추더니, 격려를 하듯이 이쪽을 향해 작게 손을 흔들어 주었다.

"우오오!"

"나, 나야. 방금 나랑 눈이 마주쳤어!"

"멍청하긴. 당연히 나랑 마주쳤지! 넌 네 얼굴을 본 적이 없으니 그런 말을 할 수 있는 거야."

"이 자식이?! 비켜. 얼른 비켜. 안 보이잖아!"

젊은 기술자들은 이곳이 어디인지를 잊고 마구 소란을 피웠다.

처음부터 왕족으로 이쪽 세계에 정착한 젠지로는 실감이 안 날지도 모르지만, 후궁의 시녀는 일부를 제외하고 그 대부분이 귀족의 귀한 아가씨들이었다.

그것도 그냥 젊은 귀족의 딸이 아니었다.

교양과 인격, 그리고 용모라는 관점에서 '후궁 시녀에 어울리는' 사람을 엄격하게 심사해 선발한 소녀들이었다.

즉, 후궁 시녀라는 존재는 평민에 불과한 기술자들의 입장에서는 문자 그대로 고귀한 꽃이었다. 한 번 보기도 힘들고, 보는 것만으로도 눈이 호강했다는 생각이 절로 드는, 그런 존재였다.

그런 소녀들을 비록 멀리서이기는 하지만 직접 본 것은 물론, 소녀들이 미소를 지으며 손까지 흔들어 줬으니, 젊은 남자들이 뜨겁게 달아오르는 것도 무리가 아니었다.

하지만 이곳은 후궁. 원래는 남자가 들어와서는 안 되는 공간이었다.

그곳에 특별히 들어올 수 있게 허락을 받은 기술자들이 후궁 시녀들을 보고 소란을 피우다니, 당연히 당치도 않은 일이었다.

"이 자식들아! 뭘 떠들고 그러냐!"

늙은 기술자가 그 메마른 몸에서는 상상도 없는 목소리로 따끔하게 소리쳤다.

"히익!"

"바, 반장님. 아, 아닙니다, 이건 그러니까."

젊은 기술자들이 이제야 눈이 뜨였다는 듯이 변명을 했지만, 그 정도로 대충 넘어갈 만큼 기술자들의 반장이라는 사람은 온건하지 않았다.

"이 멍청이들이!!"

결국 젊은 기술자들은 모두 미간에서 불꽃이 튈 정도의 주먹맛을 보게 되었다.

———◆———

젊은 기술자들이 한바탕 혼쭐이 나는 원인이 된 세 시녀들은 그즈음 뭘 하고 있었는가 하면.

인과응보라고 해야 할까? 이쪽도 아만다 시녀장에게 길고 긴 설교를 듣고 있었다.

"도대체 여러분은 왜 그렇게 경솔한 겁니까? 오늘은 멀리 돌아가라고 그렇게 말했지 않습니까. 제멋대로 행동하니 이런 문제가 일어나는 겁니다!"

끝없이 설교를 이어나가는 아만다 시녀장 앞에서 신묘한 표정을 지으며 목을 움츠리고 있는 사람은 문제아 3인방——페, 돌로레스, 레테, 세 사람이었다.

오늘은 중정에서 별채에 걸쳐 기술자들이 들어와 있었다.

그래서 시녀들은 가능한 한 그 사람들 앞에 모습을 드러내지 않도록, 밖에 볼일이 있으면 멀리 돌아가도록 지시를 받았지만, 귀찮았던 문제아 3인방은 맹랑하게도 지름길을 이용했고, 아니나 다를까 들키고 말았다.

　"정말 죄송합니다."

　"반성하고 있습니다."

　"이제 그러지 않겠습니다."

　아주 반성한다는 듯한 표정을 지으면서 기어들어 가는 목소리로 대답하는 모습을 보고, 아만다 시녀장도 그만 너그럽게 넘어가 줄 뻔했지만, 여기서 속아 넘어가서는 안 되었다.

　페 일행은 사실은 반성하고 있지 않았다.

　이렇게 반성하는 척 표정을 짓고 목소리를 낮추면 설교가 상대적으로 빨리 끝난다는 사실을 잘 알고 있을 뿐이었다.

　이 반성 없는 문제아들의 행동을 교정하려면 물리적으로 따끔한 맛을 보여 주는 수밖에 없었다.

　마침 기술자들과 한 가지 상의를 했었던 아만다 시녀장은 그 일을 이 문제아들에게 실험해 보도록 권하기로 결정했다.

　"알겠습니다. 그럼 그 반성은 행동으로 나타내 주세요. 괜찮겠지요?"

　씨익 웃는 아만다 시녀장의 표정을 보면 좋은 일이 아니라는 것쯤은 쉽게 알 수 있었다.

불길한 예감 정도가 아니라, 정말로 불길한 것이 맞다고 확신했지만, 젊은 시녀들에게는 거부권이 없었다.

"네."

"알겠습니다."

"네에."

페, 돌로레스, 레테, 세 사람은 굳은 얼굴로 지시에 따르겠다고 대답했다.

그날 저녁.

페를 비롯한 문제아 3인방은 예감한 대로, 그냥 고행이라도 해도 좋을 일을 억지로 하고 있었다.

"좋아, 이 정도면……!"

"아직 반도 안 찼어……."

"하아, 하아, 하아……."

그 일이란 별채 근처에 설치된 목제 간이 욕조에 우물에서 양동이로 물을 길어 채우는 것이었다.

간이 욕조는 나무를 조립해 만든 직사각형의 거대한 욕탕이었다.

이게 지금 만들고 있는 증기 욕실 옆에 설치될 냉탕의 모델인 모양이었다.

물론 진짜로 만들 때는 돌을 이용하고, 지면에 반쯤 묻힌 형태가 될 테지만, 일단 크기와 필요한 수량을 재기 위해 기술자들이 가지고 온 것이라고 한다.

사람이 들어가면 바닥이 빠질 염려가 있어 실제로 입욕을 해 보지는 못 하지만, 시험 삼아 물을 넣어 보는 것은 가능했다.

후궁 본채에 있는 대욕탕의 욕조와 비교하면 아주 작은 편이지만, 그래도 이 거대한 욕탕에 사람의 힘으로 물을 채우는 일은 작업이 아니라 고문에 가까웠다.

적어도 힘이 약한 소녀 세 사람에게 맡길 만한 일은 아니었다.

"이런, 일을, 매일, 할 수, 있을 리가, 없, 잖아!"

"동감이야……!"

"하아, 하아 하아……."

불평불만을 쏟아내는 페와 돌로레스는 그나마 나은 편으로, 가장 체력이 약한 레테는 조금 전부터 거친 숨을 내쉴 뿐, 제대로 말을 할 힘도 없었다.

땀으로 범벅이 된 얼굴에 옅은 갈색 머리카락이 들러붙은 모습은 유난히 요염해 보였다.

왜 이렇게 가혹한 일을 페 일행이 해야 하는 것인가?

물론 가장 큰 이유는 낮에 뻔뻔스럽게도 약속을 어긴 벌이었지만, 일단 실용적인 의미도 있었다.

나중에 별채의 주인이 될 프레야 공주를 위해 북대륙 북쪽에는 일반적인 증기 욕실을 설치하기로 했는데, 지금까지는 없었던 시설을 새로 추가하는 것은 그리 쉬운 일이 아니었다.

증기 욕실과 그것에 부속되는 냉탕에는 대량의 물이 필요했다.

하지만 조금 생각해 보면 알 수 있는 일인데, 지금까지 물을 사용하지 않았던 곳에 물을 끌어오는 것은 결코 쉬운 일이 아니었다.

성 주변의 수원에서 수량과 고저차를 계산하여 새로 만드는 냉탕에 물이 통하도록 상수도를 연결하고, 그 냉탕에서 배수가 되도록 하수도를 파야 한다.

이쪽 세계에는 마법이라는 힘이 있다. 토목 기술 숙련자에게는 '흙 조작' 사용자가 있기 때문에 어느 정도는 일이 편하지만, 자동으로 물이 차고 배수되는 욕탕을 만드는 것이 대공사라는 점은 변함이 없었다.

하다못해 상수도 쪽 일만이라도 생략할 수 있다면 공사는 훨씬 간단해진다. 기간도 단축할 수 있다.

실제로 보통은 그런 쪽을 선택한다.

양동이로 욕탕을 채우는 일은 확실히 중노동이지만, 그건 소녀 세 명이 일을 하고 있기 때문이라고도 말할 수 있었다.

건장한 남자가 더 많이, 예를 들면 열 명씩 와서 채우려고 하면 그다지 힘든 일은 아니었다.

왕도에서 일꾼을 모으면 매일 돈을 지불하더라도 큰 부담이 되지 않는 금액으로 고용할 수 있을 정도의 일이다.

하지만 공교롭게도 이곳은 후궁. 그곳에는 여자뿐이다. 게다가 신분과 사상을 체크하는 탓에 인원을 쉽게 증원할 수도 없다.

그래서 기술자들도 처음부터 포기했었다.

조금 품과 시간이 들고 예산이 늘어나지만, 결국엔 상수도를 끌어올 수밖에 없다고 판단했다.

그런데 아만다 시녀장이 이렇게 말한 것이다.

"혹시 모르니 한번 시도해 보죠."라고.

결과는 물론 볼 것도 없었다. 예상대로 무참했다.

저녁이 지나고 해가 완전히 저물었을 때.

물이 가득 차 하얀 달을 비추는 욕조의 수면 옆에서 소녀 세 사람은 끝없이 거친 숨을 몰아쉬었다.

"히이, 하아, 후우……."

"후우, 하아, 하으……."

"……."

레테는 이미 실신하기 직전이었다.

후반에 완전히 그로기 상태였던 레테는 페가 세 번 왕복하는 사이에 겨우 한 번을 왕복하는 것이 고작이었다.

그래도 페나 돌로레스가 불만을 터뜨리지 않은 이유는 평소에 요리 등에서 반대로 레테에게 도움을 받고 있다는 것도 있었지만, 무엇보다도 이러니저러니 해도 세 사람은 사이가 좋았기 때문이었다.

아무튼, 간신히 벌칙을 끝낸 세 사람에게 뚜벅뚜벅 하는 소리를 내면서 사람 그림자 하나가 다가왔다.

그 착실한 발소리만으로 세 사람은 누가 왔는지 알 수 있었다.

보통이라면 곧장 벌떡 일어서 자세를 바로 잡아야 할 상대이지만, 지금 페 일행에게는 그럴 기력이 남아 있지 않았다.

그 인물——아만다 시녀장은 쓰러져 있는 세 사람 앞에 서서 말했다.

"수고했습니다. 모습을 보아 하니, 역시 물을 길어서 욕조에 채우는 것은 여러분에게 매우 힘든 일인 듯하군요."

역시 이런 모습을 앞에 두고 '칠칠치 못하군요, 자세를 바로 잡으세요'라고 혼낼 만큼 아만다 시녀장도 악마 같은 사람은 아니었다.

하지만 수고했다는 말을 듣고도 지금의 페 일행은 겨우 목을 들어 올리는 것이 고작이었다.

"아만다 님, 역시 이건…… 못 하겠어요……."

"힘들어요."

"……."

젊은 시녀들이 시녀장을 향해 확실하게 못 하겠다고 말하는 것은 상당히 용기가 필요한 행동이다.

그만큼 이번 물을 긷는 작업은 힘이 들었다.

아만다 시녀장도 조금 죄책감을 느꼈는지, 얼버무리듯 어흠 하고 헛기침을 한 다음, 마치 아무렇지도 않은 듯이 말했다.

"하지만 상수도를 새로 끌어오게 되면 아무래도 공사 기간이 길어집니다. 즉, 앞으로 며칠이나 더 후궁에 남자분들이 들어오게 되는 것이지요. 그 공사 기간을 단축할 수 있는 방법은 단 하나. 상수도를 포기하는 것입니다. 여러분이 낮에 그런 것처럼 실수하는 사람이 나오지 않는다면, 저도 안심하고 공사 기간을 연장하여 상수도를 연결하자고 제안할 수 있겠습니다만."

어떻게 하겠습니까? 라는 아만다 시녀장의 말은 표면적으로는 질문이었지만, 사실은 아무래 생각해도 협박이었다.

"괘, 괜찮습니, 다!"

"이제 그런 부주의한 짓은 안 하겠습니다!"

"죄, 죄송해요……."

비교적 힘이 남아 있는 편인 페와 돌로레스는 물론, 조금 전부터 거의 시체 수준으로밖에 움직이지 못했던 레테도 온힘을 쥐어짜 필사적으로 그렇게 말했다.

아무래도 정말 진짜로 이번에 물을 긷는 작업은 힘들었던 모양이었다.

조금 지나친 감은 있었지만, 일단 아만다 시녀장으로서는 처음의 목적을 달성한 셈이 되었다.

"그럼 뒷정리는 제가 해 두겠습니다. 오늘은 이만 됐으니, 여러분은 회복되는 대로 자신의 방으로 돌아가 쉬십시오. 아, 지쳤어도 식사와 목욕은 잊지 마시길. 그런 점을 게을리하면 내일 일에 지장이 생기니 말입니다."

"네."

"감사합니다."

"(네)에⋯⋯."

구원과도 같은 시녀장의 말을 듣고 문제아 3인방은 일단 몸을 눕혀 체력을 회복하려 했다.

◆

그런 무참한 일이 있은 지 약 한 달 후.

흙 마법 사용자들을 아낌없이 투입한 보람도 있어, 대규모 공사였던 증기 욕실 및 냉탕 설치가 완료되었다.

냉탕은 칸막이를 치우면 물이 차고, 마개를 빼면 배수가 되는 시스템이었고, 증기 욕실도 완벽하게 밀폐되어 열기가 빠져나가지 않는 구조였다.

겉보기에는 목조 건축물이었기 때문에 주변 건물과 조금 어울리지 않았지만, 그게 오히려 다른 문화권에서 왔다는 상징처럼 보여서 좋은 포인트가 되었다.

책임자인 '황금나뭇잎호'의 선원은 '좋아, 문제없어'라고 크게 만족했지만, 물론 그 말을 의심 없이 받아들일 수는 없었다.

나중에 이곳을 사용하게 될 사람은 프레야 공주. 그 전에 사용할 가능성이 있는 사람은 왕의 배우자인 젠지로와 여왕 아우라.

어느 쪽이든 간에 이 나라에서는 최고위에 해당하는 귀인들뿐이었다.

젠지로가 처음으로 수제 비누나 샴푸를 완성했을 때도 그랬듯이, 막 완성된 것은 먼저 안전성을 확실히 확인해 둘 필요가 있었다.

그런 이유에서 이번에 후궁 시녀들에게는 새로운 임무가 주어졌다.

증기 욕실의 사용 시험이다.

증기 욕실의 실내에는 역디근자 형태의 앉을 수 있는 자리가 마련되어 있었다.

구체적으로 말하자면, 출입구가 있는 쪽 이외의 세 벽면에 딱 앉을 수 있는 높이의 돌출부가 있었다.

그리고 좁은 실내의 중앙에 두 군데, 구석에 두 군데. 총 네 군데에 돌을 굽는 아궁이가 설치되어 있는데, 그 돌에 나무 국자로 물을 끼었으면 실내에 뜨거운 증기가 피어오른다.

앉아도 아프지 않도록 좌석에는 긴 천이 몇 겹이나 겹쳐져 있어, 마음만 먹으면 그곳에서 누워 있는 것도 가능했다.

게다가 안의 중앙 부분에는 튼튼한 대좌(臺座)도 놓여 있는데, 보통은 그곳에 촛불을 세워 두거나, 등잔을 올려두어 빛을 밝힐 수도 있었다.

열기를 가두기 위해 창문이 없는 증기 욕실 내에 빛을 비추기 위한 조치이지만, 그 역할은 젠지로가 가져온 LED 랜턴이 담당했다.

그런 혹서기의 남대륙에서도 찾아보기 힘든 열기가 가득한 곳에서, 젊은 후궁 시녀들은 얇은 천 한 장으로 몸을 둘렀을 뿐인 휑한 차림으로 진득하게 땀을 흘렸다.

"……더워."

참을성이 약한 페가 그새 약한 소리를 하자.

"나는 덥다기보다는 뜨거워……."

하고 옆에 앉은 돌로레스가 딴지를 걸었다.

하지만 돌로레스도 그렇게까지 여유가 있는 것은 아니었다.

"숨을…… 못 쉬겠어~."

그에 더해 그 옆에 앉은 레테는 산소 부족을 호소하듯이 그 커다란 가슴을 조금 전부터 계속 위아래로 흔들고 있는 상태였다.

일반적은 더위와 습도에 익숙한 카파 왕국 사람들이지만, 역시 참는 데도 한계가 있는 법이다.

그런 중에 딱 한 명, 전혀 표정이 변하지 않은 맞은편 사람에게 페가 불평을 했다.

"루이사. 전혀 표정이 안 변했는데, 덥지 않아?"

선배 시녀인 페의 말을 듣고 검은 머리카락과 검은 눈동자를 지 닌 후배 시녀——루이사는 담담한 말투로 말했다.

"아니요, 페 선배님. 저도 더위는 느끼고 있습니다. 단지, 유사한 훈련은 받은 적이 있기 때문에 아직 허용 범위입니다."

그렇게 말하는 루이사의 앉은 자세는 그 말을 뒷받침하듯이 등 을 곧게 뻗은 상태였다.

그와는 대조적인 사람이 루이사 옆에 앉은 미레라였다.

"루이사는 대단하다. 존경스러, 워……."

이미 말조차 더듬거릴 정도였던 미레라는 레테보다도 더 괴로운 것처럼 보였다.

아무래도 미레라는 증기 욕실에서 오래 버틸 수 없는 체질인 듯 했다. 아니, 애초에 고통에 대한 내성이 별로 없는 것인지도 모른다.

그런 미레라에게 맞은편에 앉은 돌로레스가 다정한 목소리로 충 고했다.

"미레라, 무리할 필요는 없어. 참지 못하겠다면 바로 옆방에 가 줘. 그쪽에는 냉탕이 있으니까."

돌로레스의 말을 듣고 미레라는 땀에 젖은 검은 생머리를 흔들면 서 작게 미소 지었다.

"감사합니다, 돌로레스 선배님."

후궁 시녀의 대부분은 귀족의 딸이다. 현재 예외라고 한다면 루 이사와 마르그레테, 그리고 청소 담당 책임자인 이네스뿐이었지만, 그 외의 귀족 딸들도 한데 묶기 어려울 만큼 신분에는 차이가 있었다.

그중에서 이 미레라는 최고위급 집안 출신이었다.

유력 귀족인 마르케스 백작의 조카로, 부모님을 지난 대전에서 잃은 탓에 백작 가문의 본가에서 자랐다.

몸에 익은 예법을 보면, 완벽하게 상급 귀족 그 자체였다.

물론 본가의 격이 높아도, 예법이 아직 몸에 익지 않은 예외도 존재했다.

"덥네요~."

뭐가 즐거운지 땀범벅이 된 얼굴에 가득 웃음을 짓고 있는 니르다였다.

미레라의 옆, 레테의 맞은편에 앉은 이 몸집이 작은 소녀의 정체는 가질 변경백의 차녀였다.

집안의 격으로 따지면 마르케스 백작 가문에게도 뒤지지 않았고, 게다가 조카가 아니라 엄연한 딸이었다. 이 이상 훌륭한 신분을 지닌 자는 후궁 내에도 거의 찾아볼 수 없었다.

굳이 꼽자면 레가라드 자작의 딸이 그에 해당되었지만, 집안의 힘과 전통이야 어쨌든, 실제 작위는 어디까지나 자작에 지나지 않았기 때문에, 역시 종합적으로 보면 니르다가 가장 훌륭한 신분이라 할 수 있었다.

물론 니르다의 아버지는 확실히 가질 변경백이었지만, 어머니는 평범한 마을 처녀였다. 니르다 자신도 여덟 살까지 그냥 마을의 평범한 여자아이로 자랐기 때문에, 예법에 관해서는 이 안에서도 가장 서툴렀다.

실제로 니르다는 후궁에 들어온 뒤로도 정기적으로 예법에 어긋나는 말과 행동을 했지만, 그렇다고 특별히 니르다를 싫어하는 사람이 없었는데, 그것은 또 하나의 재능이라고 불러도 이상할 것이 없는 수준의 인덕 덕분이었다.

그런 니르다이니, 감정을 그대로 드러내고 행동한다 해도 아무도 뭐라 할 사람이 없었다.

"죄송해요, 저는 이제 한계예요."

그렇게 말하며 니르다가 깡충 일어서자, 남은 시녀들도 서로 얼굴을 마주 보고는 웃으며 그 뒤를 따랐다.

"니르다, 나도 갈게."

"동행하겠습니다, 니르다."

"오, 젊은 아이들이 가겠다고 하니 나도 나가 볼까?"

"음, 더 이상 무리를 해서 참을 필요는 없겠지."

"응, 나가자~."

젊은 시녀들은 가장 어린 니르다를 선두로 더운 증기 욕실에서 나가기 시작했다.

문을 열자 그 앞에는 차가운 물이 담긴 욕조가 있었다.

앞을 다투듯 냉탕으로 뛰어든 젊은 시녀들은 기쁨에 넘쳐 외쳤다.

"크으, 시원해!"

"아아, 정말이야."

"살 것 같아~."

"그렇습니다. 땀으로 배출된 노폐물이 씻겨 나가고 피부가 탄력을 되찾는 느낌입니다."

"프레야 전하의 고국에서 이런 풍습이 사랑을 받는 것도 이해할 만하네요."

"기분 좋아요~."

페는 예의 없게 머리까지 탕에 넣어 머리카락을 전부 냉탕에 적셨지만, 그러지 말라고 주의를 주는 사람은 없었다.

그만큼 한계까지 증기 욕실에 들어간 후의 냉탕은 매우 만족스러웠던 듯했다.

모두 살 것 같다는 표정을 지었다.

무표정이 장기인 루이사마저도, 입을 반쯤 벌리고 웬일로 미소를 지었을 정도였다.

"……."

잠시 동안, 젊은 시녀들은 그렇게 차가운 물에서 몸에 머물렀던 열기와 땀을 씻어 냈다.

하지만 한 가지 큰 문제는 이곳에 있는 사람들 모두 증기 욕실 초보자라는 점이었다.

처음으로 증기 욕실에서 저지르기 쉬운 실수를 이 자리에 있는 모든 사람이 저지르고 말았다.

그것은.

"추워……."

"몸이 차가워졌어."

"손끝에 감각이 없어~."

"체온 저하. 운동 능력이 저하되고 있습니다."

"역시 너무 오래 있었나 봐요."

"아하하, 몸이 차가워요."

냉탕에 너무 오래 들어가 있어서 몸속까지 차갑게 만드는 실수다.

사실 그 실수를 만회하는 것은 의외로 간단하지만.

"그럼 한 번 더 몸을 따뜻하게 하자."

"그게 최선이려나?"

"찬성~."

"좋습니다. 다음은 실수하지 않도록 시간을 조정하길 제안합니다."

"그러네요. 부끄럽지만 저도 함께 하겠습니다."

"와아이, 모두 다 같이 들어가는 거네요?"

조금 전에 도망치듯이 빠져나왔던 증기 욕실 안으로, 온몸이 차가워진 젊은 시녀들이 스스로의 의지로 다시 되돌아갔다.

───────◆───────

그리고 후궁에 증기 욕실이라는 새로운 시설이 생긴 지 며칠 후.

젊은 시녀들 사이에 증기 욕실 방문은 어느새 필수가 되기 시작했다.

증기 욕실에서 땀을 흘리고, 냉탕에서 땀을 씻어 내고. 그다음 냉탕에서 차가워진 몸을 증기 욕실에서 다시 덥힌 뒤, 마지막으로 냉탕에서 몸을 식히는 정도로 땀을 씻어 내면 끝.

그러는 가운데, 일반적인 증기 욕실과는 다르게 사용을 하는 사람들도 요즘에는 나오기 시작했다.

일단 맨 처음에 냉탕에 들어가는 것이다.

생각해 보면 현명한 것인지도 모른다.

왜냐하면 이곳은 남대륙의 카파 왕국. 계절은 혹서기. 밤에도 35도를 가볍게 넘어가는 열대야가 계속된다. 습도도 높아서 나라 자체가 약한 증기 욕실이나 마찬가지였다.

그러니 처음에는 냉탕에 들어가 땀을 씻어 내고, 몸을 먼저 식히는 것도 이치에 맞는 일이었다.

그에 더해 페를 비롯한 문제아 3인방은 거기서 한 발 더 나아간 방법을 발견했다.

그것은 최대한 증기 욕실에 들어간 뒤에 먹는 얼음을 띄운 과실수나 빙수, 그리고 아이스크림은 각별하게 맛있다는 새로운 사실이었다.

하지만 거기에는 한 가지 문제가 있었다.

젠지로가 가져온 냉장고는 문이 다섯 개짜리로 나름 큰 것이었지만, 당연히 그 용량에는 한계가 있고, 주로 사용하는 사람도 젠지로와 여왕 아우라였다.

젠지로는 지금 쌍왕국에 가 있지만, 그래도 시녀들이 사용할 수 있는 공간은 그렇게 많지 않았다.

필연적으로 시녀 한 명 한 명이 먹을 수 있는 얼음과 아이스크림의 양에는 한계가 있는데, 아쉽게도 그 양은 욕심이 많은 문제아 3

인방을 만족시킬 수 있는 양이 아니었다.

문제아 3인방은 생각했다.

기왕에 맛있는 아이스크림이 있으니, 더 많이 먹고 싶다.

무슨 해결 방법이 없을까? 조금 주변을 둘러보니, 의외로 가까운 곳에 해결 방법이 굴러다니고 있었다.

세 사람이 먹으니 부족한 것이다. 세 사람 몫을 혼자서 먹으면 양은 세 배다.

평소부터 사양할 줄 모르는 페와 돌로레스는 물론, 먹는 것에 관해서는 레테도 의외로 양보가 없었다.

그래서 결국, 세 사람 몫의 아이스크림을 먹기 위한 증기 욕실 오래 참기 대회가 열리고야 말았다.

"……."

"……."

"……."

말도 없이 계속 증기 욕실에 틀어박혀 있는 선배 시녀 세 사람을 같이 증기 욕실에 들어갔던 후배들이 걱정스러운 듯 바라보았다.

"저어, 먼저 실례합니다."

실눈이 특징인 밀라그로스가 그렇게 말하고 고개를 갸웃하면서 일어섰다.

대답이 없어 동요하는 밀라그로스에게 룸메이트인 마노라와 모니카도 서로 얼굴을 마주 본 뒤 말했다.

"저어, 페 씨?"

"레테 씨, 저희, 먼저 나가고 싶은데요……."

페는 평소에 몇 안 되는 자신보다 몸집이 작은 시녀인 마노라를 귀여워했고, 레테도 맛있는 음식을 좋아하는 모니카에게 이것저것 먹을 것을 챙겨 주었기 때문에, 서로 사이는 양호했다.

하지만 평소에 별나긴 했어도 다정했던 선배들이 지금은 험악한 눈빛을 내뿜으며 전혀 말을 하지 않았다.

요컨대 입을 열지 않아 조금이라도 체력 소모를 줄이려는 것이었지만, 후배 시녀들에게 그런 사실은 전해지지 않았다.

난처해서 멍하니 서 있는 후배 시녀들이 역시 보기 안쓰러웠는지, 돌로레스가 흐느적하게 몸을 뒤의 벽에 기댄 채, 손과 목만 움직여 '나가도 좋다'고 신호를 보냈다.

하지만 이상하게 침착한 표정으로 선배가 그런 신호를 보내자, 후배들은 '어서 나가'라는 뜻으로 받아들인 모양이었다.

"죄, 죄송합니다."

"시, 실례합니다."

"먼저 나가겠습니다."

밀라그로스, 마노라, 모니카, 세 사람은 앞을 다투듯 증기 욕실 밖으로 나갔다.

"……."

"……."

"……."

남은 사람은 페, 돌로레스, 레테 등, 문제아 3인방뿐이었다.

세 사람 중 아무도 말로 상대를 도발하려고 하지 않는 것을 통해 얼마나 다들 진심인지를 알 수 있었다.

반드시 자신이 마지막까지 남겠다. 그런 단호한 결의가 느껴졌다.

그렇지만 사람의 내구력과 정신력에도 한계는 존재한다.

맨 처음에 그 한계를 감지한 사람은 돌로레스였다.

"……푸하아, 이젠 한계야."

원래 문제아 3인방 중에서 가장 냉정하게 사물을 판단하는 편인 돌로레스가 첫 번째 탈락자가 된 것은 당연하다면 당연한 일이었다.

더 이상 무리를 하면 생활에 이런저런 지장이 온다.

그렇게 판단한 돌로레스는 자리에서 일어서 냉탕으로 갔다.

"너희도 적당한 때에 끊고 나오는 편이 좋아. 너희를 위해 하는 말이야."

그런 말을 남기고 돌로레스는 밖으로 나갔다.

"……."

"……."

남은 사람은 페와 레테.

페는 고집 탓에, 레테는 식탐 탓에 도저히 일어설 수 없었다.

줄줄 땀을 흘리면서 가끔 힐끔, 힐끔 하고 서로의 모습을 살피며 시간을 보냈다.

양쪽 모두 양보하지 않던 경쟁의 결말은 예상외의 형태로 찾아왔다.

철컥 하고 증기 욕실의 문이 열리더니 너머에서 사람 한 명이 들어왔다.

"어머, 아직 들어와 있었습니까, 여러분."

"?!"

"힉!"

갑자기 들어온 아만다 시녀장의 모습을 보고 페와 레테가 동시에 깜짝 놀라 몸을 떨었다.

당연하지만 증기 욕실을 사용하는 사람은 젊은 시녀들만이 아니었다. 젊은 시녀들이 나가면 아만다 시녀장을 비롯한 선배 시녀들도 이용했다.

페와 레테는 서로 눈과 눈을 마주치며 의견을 나눴다.

지금은 경쟁할 때가 아니다. 입을 맞춰서 어떻게 해서든 아만다 시녀장의 추궁을 받지 않고 이 자리를 피해야 한다.

"죄송합니다. 조금 오래 있고 말았네요~. 페, 이제 나가자~."

얼버무리듯 그렇게 말하며 레테가 일어서자, 페도 따라서 일어서려고 했는데.

"응…… 어라……?"

"페?!"

"페?! 왜 그러죠? 제 목소리가 들립니까, 페?!"

시야가 캄캄해지며 의식을 잃었다.

다음으로 페의 시야에 들어온 것은 익숙한 후궁의 거실 천장이었다.

"어라? 여기는……."

상황이 이해되지 않아 그렇게 중얼거린 페의 귀에 낯익은 목소리

가 익숙지 않은 다정한 말투로 들려왔다.

"아아, 다행입니다. 의식이 돌아왔군요. 페."

"…………어? 어어? 아만다 님?!"

순간적으로 벌떡 일어나려는 페를 아만다 시녀장이 부드럽게 제지했다.

"아직 일어나면 안 됩니다. 기억 안 나나요? 페는 증기 욕실에서 의식을 잃었습니다."

그 말을 듣고서야 페는 겨우 자신이 지금 어떤 자세인지 이해했다.

페는 지금 거실의 소파 위에 똑바로 누워 있었다. 그것도 하필이면 아만다 시녀장의 무릎을 베고.

아만다 시녀장은 지금까지 들어본 적 없는 부드러운 목소리로 이야기하면서 페의 짧은 곱슬머리를 쓰다듬어 주었다.

"고생했습니다. 폐하께서 사용하시기 전에 직접 사용법을 시험하는 것은 우리 시녀의 역할. 그 역할을 아주 훌륭하게 잘 해냈군요, 페."

"아………."

페는 상황이 어떻게 된 것인지 이해했다.

아만다 시녀장은 페가 순수하게 증기 욕실을 테스트해 보다가 졸도한 것이라고 생각하고 있었다.

"당연히 예상했어야 하는데, 역시 증기 욕실도 우리가 평소에 들어가는 욕실과 마찬가지로 너무 오래 있으면 현기증이 생기는 모양입니다. 사용법을 알고 계실 프레야 전하야 어쨌든, 아우라 폐하나